KB050134

그 여자의 집

그 여자의 집

초판 1쇄 인쇄일 2018년 7월 16일
초판 1쇄 발행일 2018년 7월 23일

지은이 이린
펴낸이 양옥매
디자인 표지혜 송다희
교 정 조준경

펴낸곳 도서출판 책과나무
출판등록 제2012-000376
주소 서울특별시 마포구 방울내로 79 이노빌딩 302호
대표전화 02.372.1537 **팩스** 02.372.1538
이메일 booknamu2007@naver.com
홈페이지 www.booknamu.com
ISBN 979-11-5776-586-7(03810)

이 도서의 국립중앙도서관 출판시도서목록(CIP)은 서지정보유통지원 시스템 홈페이지(http://seoji.nl.go.kr)와 국가자료공동목록시스템(http://www.nl.go.kr/kolisnet)에서 이용하실 수 있습니다.
(CIP제어번호 : CIP2018021763)

*이 도서는 충청남도 한국문화예술위원회, 충남문화재단에서 사업비 일부를 지원 받았습니다.
*저작권법에 의해 보호를 받는 저작물이므로 저자와 출판사의 동의 없이 내용의 일부를 인용하거나 발췌하는 것을 금합니다.
*파손된 책은 구입처에서 교환해 드립니다.

그 여자의 집

• 이린 에세이 •

prologue

어쩌면 우린 모두 인생이라는 감옥에 갇혀 사는 수인들인지도 모릅니다. 누구는 미결수로 누구는 기결수로 말입니다.

하지만 살아 있는 한 영혼에 생기를 불어넣기 위하여 사람들은 여러 가지를 합니다. 물리적인 생명을 이어 가는 일과는 무관할지 모르지만 누군가는 음악을, 누군가는 미술을, 또 누군가는 문학을 합니다.

생각해 보면 삶도 죽음도 보이지 않는 손에 의탁해야 하는 인간에게 어떤 행위도 부질없는 일이라는 걸 알면서도 살아 있는 한 나는 계속 무언가를 쓸 것 같습니다. 대지가 바람과 비와 눈으로 깎여서 완만해지듯, 나 또한 축축한 공기와 차가운 밤과 따뜻한 햇살이 만들어 주는 하루하루의 일상들로 잘 깎이고 다듬어지길 소망하면서….

2018년 봄꽃이 지는 거리에서

이 린

contents

3 # 그 여자의 집

4 # 갑이냐 을이냐

1

길, 길, 길

#

길, 길, 길

아직은 풍요로웠던 가을의 흔적이 군데군데 남아 있는 낮은 산언저리와 들판의 풍경을 보며 길을 떠난다. 차창 밖으로 스쳐 지나가는 길목의 건물에 비추는 햇살의 양감도 한가로운 오후의 나른함을 느끼게 할 만치 따사로운 밝음이다.

집안의 경사에 참석하기 위해 서울로 가는 길, 가만히 눈을 감고 있어도 고속도로를 달리는 느낌은 다르다. 일반 도로보다 조금 더 매끄럽게 빨리 가는 속도감이 느껴진다. 버스가 일반도로로 계속 가는 것이 내심 답답했었나 보다. 돌아보면 불과 몇 십 년 전만 하더라도 비포장자갈길을 달려 서울로 가던 시절도 있었는데….

그때 그 시절 아스팔트 포장이 안 된 도로는 길에 깔아 놓은 자갈을 밟고 걷기도 힘들었지만 차가 한 번 지나갈 때마다 뿌옇게 일어나는 흙먼지 때문에 길을 가는 사람들을 고역스럽게 했었다. 게다가 여기저기 파인 웅덩이가 많아서 오랜만에 시외버스를 타고 친정나들이라도 할라치면 차가 말이 뛰듯 뛰어 긴장하지 않으면 안 됐었다. 그러니 관청에서는 장마철이 다가오면 신작로 부근에 사는 마을 사람들을 동원해 자갈을 주워다 웅덩이를 메우게 하는 게 연례행사였었다.

'빠른 길, 편안한 길, 안전한 길'이라는 슬로건이 적힌 고속도로를 따라 서울로 입성을 한다. 찾아가야 하는 곳은 성남시, 이번에는 지하철을 탄다. 기계에 돈을 넣고 카드를 받아 밀고 들어가는 지하의 길은 어쩌다 한 번씩 드나드는 나 같은 촌사람에게는 언제나 낯이 설고 주눅이 들게 만든다. 미끄러지듯 달려가는 지하철에 앉아 내 어린 시절엔 꿈도 꾸지 않았던 땅속으로 난 길을 가고 있는 사람들을 둘러본다.

길. '길'이란 우리말 단어만큼 다의적이고 함축적인 단어도 많지 않을 것 같다. 가장 기본적으로는 어떤 곳에서 다른 곳으로 이동할 수 있게 하는 일정한 너비의 공간을 말하는 인간이나 동물이 다니는 길, 이동수단인 차 · 배 · 비행기 등이 다니는 차로 · 해로 · 항로를 일컫는 길이 있다.

또 어떤 관계나 영역을 개척하거나 어떤 활동의 분야나 방향을 의미하기도 하고, 어떤 일을 하기 위한 방안이나 수단을 길이라 말하기도 한다. 조금 다른 의미의 길도 있는데 짐승을 잘 가르쳐 부리기 좋은 상태로 만드는 것과 손질을 잘하거나 또는 오래 써서 생긴 물건의 윤기를 말하기도 하고 어떤 일에 익숙해진 솜씨를 길이 났다고 말하기도 한다.

그런데 내가 취미 삼아 치고 있는 당구 게임에도 길이 있다. 공을 치는 순간 공과 공사이의 각도를 보고 큐대를 미는 힘과 방법에 따라 그 공이 가는 길이 달라진다. 따라서 길을 찾기 위한, 당구를 치는 사람들의 태도도 여러 가지다. 어떤 위치에 있는 공이라도 길은 다양하게 있어서 사람들은 제각기 자신이 하기 쉽거나 익숙한 방법을 찾아 길을 만든다. 그때그때 공과 공이 위치하고 있는 각도와 거리 등을 계산해서 제대로 된 길을 만들고 칠 수 있는 사람만이 양쪽에 있는 공과 공 사이의 길을 연결시키고 계속해서 게임을 즐길 수 있다.

어쩌면 사람이 사는 사회라는 곳의 길도 마찬가지가 아닐까 싶다. 부, 명예, 지위, 성공, 심지어는 사랑까지도, 자신이 만나게 되는 갖가지 관계의 길을 잘 연결할 수 있는 자만이 오래 영유할 수 있는 것이다.

생각해 보면 모든 살아 있는 것들의 한생이란 자신에게 주어진 하나의 길을 가는 것과 같은 게 아닌가 싶다. 이 지구라는 세상에 나타나서 사라질 때까지 저마다의 길을 홀로 만들면서 걷다가 가는 게 생명이 있는 것들의 숙명이지 않을까. 그것이 한자리에 붙박이로 왔다 가는 식물이라도 말이다.

사람에게 주어진 인생의 길이란 것도 결국 나만이 가야 할 홀로인 길이다. 아무도 가르쳐 주지 않는, 어느 누구도 도와줄 수 없는 고독한 길이자 되돌아갈 수 없는 길이 삶의 길인 것 같다.

가끔 문득 이렇게 살아도 되는 건가, 내 삶의 목적은 무엇인가, 어떻게 살아야 잘 사는 건가, 나는 지금 내 삶의 어드메쯤 와 있는 건가, 하는 의문으로 스스로가 걷고 있는 삶의 길에 대한 자신감이 흔들릴 때가 있다.

태양이 서산으로 기울어지고 저녁을 알리는 어스름이 낮게 깔리기 시작하는 즈음의 허허벌판에 선 나그네처럼 외롭고 허허로운 마음이 뭉글뭉글 일어날 때면 지금 현재 이곳의 내 삶이 문득 낯설게 느껴진다. 그리고 내가 가야 할 길은 아주 먼 어딘가에 따로 있는데 길을 잘못 찾은 것 같은 착각인지 감정인지가 나를 감쌀 때면 저 유명한 프로스트의 「가지 않은 길」이란 시를 떠올린다.

그렇다. 가 보지 않은 길에 대한 미련은 누구에게나 있게 마련이다. 그것이 자신의 삶을 반성할 줄 알고 성찰할 줄 아는 이에게는 더욱 그렇다.

하지만 더 중요한 것은 자신이 가고 있는 길이 잘못 든 길이 아닌가 하는 의구심이 들 때다. 자신이 선택한 길이 아닌 그냥 남들이 가니까 나도 가는 길이라든가 누군가 남을 의지해서 가는 길은 아닌지 스스로를 살펴볼 일이다. 삶의 길이란 결코 만들거나 그려 보일 수 없는 마음의 길이요, 잘못 온 줄 알게 되어도 두 번 다시 갈 수 없는, 단 한 번밖에 주어지지 않는 길이니 말이다.

누구에게나 인생의 길이란 미리 알려지지 않은 미지의 길이지만 어떤 길을 가느냐는 그 자신의 의지와 선택에 따라 달라지는 것이리니.

#

인생의 꽃

베란다 창가에 자리 잡은 군자란이 꽃을 피웠다. 그리스 파르테논 신전의 기둥처럼 매끈하게 쭉 뻗어 올라간 대궁 끝에 두 송이의 탐스러운 꽃송이가 열렸다. 등을 맞대고 핀 두 송이의 꽃은 짙은 핏빛의 빨강색이라 눈에 확 띌 정도로 화려하다. 여섯 장의 꽃잎이 별모양으로 맞붙은 중심에 여섯 개의 노란 꽃술이 수줍은 듯 내민 꽃의 모양이 섹시하고 요염하기가 레드카펫 위에 서서 포즈를 취한 성장한 여배우를 연상케 한다.

별로 많지는 않지만 취미 삼아 기르는 베란다의 화분이 꽤 된다. 덕분에 거의 일 년 내내 꽃을 볼 수 있어서 좋다. 때로는 제 이름을 달고 제집에 사는 꽃들이 미처 피지 않았을 땐 남의 집에 얹어 사는 괭이밥이 작고 노란 꽃을 피워서 명맥을 잇기도 한다. 그렇게 꽃을 키우고 볼 수 있는 베란다가 있어서 다행이고 감사하다. 많지 않은 종류지만 하나하나의 꽃이 어쩌면 그렇게 색깔도 다르고 모양도 다를 수 있는지, 그리고 저마다 다른 빛깔과 모양으로 피어나는 꽃들이 어쩌면 그렇게 예쁠 수가 있는지….

밭에 있으면 잡초라고 보기가 무섭게 뽑아 버리는 망초도 나지막한 산비탈에 무리지어 하얗게 피어 있는 걸 보면 너무나 예뻐서 한참을 바라다보게 되고, 화분마다 더부살이를 해서 하찮게 생각하고 뽑아 버리는 괭이밥도 그 꽃을 가만히 들여다보면 앙증맞고 예쁘기 그지없다. 산책길에 만나는 길가에 핀 이름 모를 꽃 한 송이도 들여다보면, 나태주 시인의 '자세히 봐야 예쁘다'는 시의 구절이 절로 연상되고 고개가 끄덕여진다.

생각해 보면 식물만 꽃을 피우는 게 아니다. 사람들은 아름다운 여인을 꽃으로 비유하기도 하고, 꽃 중에 제일 예쁜 꽃이 인꽃이라고도 한다. 내 개인적인 생각이겠지만 여인을 꽃으로 비유하는 것은 조금 못마땅하다. 여성을 자신들과 똑같은 인격과 인권을 지닌 인간으로 보지 않고 전쟁의 전리품처럼 차지할 수 있거나 갖고 싶은 꽃을 꺾듯이 꺾을 수 있다는 생각을 가진 남자들의 전근대적인 사고방식을 드러내는 것 같아서 그런 남자들은 곤충인 나비만도 못하다고 말해 주고 싶다.

그러나 무슨 꽃 무슨 꽃이 아무리 예쁘대도 인꽃이 제일이라는 말은 천진난만하고 귀여운 어린 아기들을 볼 때면 저절로 동감하게 된다. 하지만 어찌 인생의 꽃이 어린 아기에만 국한되겠는가, 인생살이에도 꽃이라 부를 수 있는 게 여러 가지라고 나는 생각한다.

아기가 태어나서 유아기 소년기를 거쳐 청년이 되는 것도 인간의 한살이에 비추어 보면 꽃이 피는 것과 같고, 남녀가 만나서 사랑을 하고 결혼을 해서 아기가 태어나는 것이 열매가 맺는 것으로 느껴질 때가 있다. 제 몸도 제대로 못 가누던 갓난아기가 자라 어엿한 청년이 되어 마음에 맞는 이성을 만나 열렬히 사랑을 하는 모습도 예쁜 꽃을 보는 듯 아름답다.

요즘 날이 갈수록 혼자 사는 이들이 많아지고 있다고 한다. 핵가족으로 인한 독거노인의 증가나 서구 취향의 개인주의의 만연 등 사회적인 여러 가지 이유가 많지만, 그중에서 제일 큰 이유가 결혼을 안 하고 사는 노총각 노처녀가 많아지는 것이 아닐까 싶다. 어쩌면 결혼을 안 하는 것도 아기를 안 낳는 것도 인생의 꽃을 피울 수 있는 여러 가지 기회나 권리를 스스로 포기하는 것 같아 안타까운 마음이 든다.

그밖에도 조금 다른 의미지만 '인생의 꽃'이라고 이름 지어 줄 수 있는 게 여러 가지인 것 같다. 인간은 누구나 꿈과 이상을 갖고 산다. 어쩌면 인간이 가지고 있는 꿈이나 이상을 실현시키는 것도 최선을 다해서 열심히 자기 앞의 생을 닦은 사람만이 피울 수 있는 꽃이라고 말하고 싶다.

그것은 돈과 명성이 따르는 유명한 연예인이나 세계적인 슈퍼스타가 되는 것만이 아니다. 무언가 자신이 지향하는 학문의 세계에서 두각을 나타내는 것도, 인류의 문명의 발달을 위해 새로운 어떤 것을 창작해 내는 것도, 저 아프리카나 아시아 오지의 가난하고 굶주린 사람들을 돌보는 것도 어떤 의미에서는 그 당사자의 인생에 꽃이 피는 것과 같다.

더 나아가면 많은 사람들이 즐겨 보는 〈생활의 달인〉이라는 TV 프로에 나오는 달인들도 제각기 그 분야의 꽃이 될 것이다. 말하자면 개개인들 자신이 가치와 의미를 갖는 어떤 일에서 보람을 느끼고 자신이 꿈꾸고 이루려고 했던 것을 이루어 냈을 때, 비로소 진정한 인생의 꽃을 피우는 게 아닐까 하는 생각을 해 본다.

사람들은 보기에 아름다운 것, 예쁜 것을 꽃으로 비유한다. 식물만이 아니라 사람을 보고도 겉으로 드러나는 외양을 중심으로 평가하고 판단한다. 그러나 어찌 외양만을 가지고 꽃을 연상하고 꽃처럼 예쁘다고 할 수 있는가.

세상에는 겉으로 드러나지 않는, 눈으로 확인할 수 없는 꽃도 많다고 나는 생각한다. 다만 그것을 꽃으로 인식하는가 그렇지 않은가에 따라 꽃이 될 수도 있고 안 될 수도 있는 게 아닐까!

진실로 꽃보다 예쁜 것은 형상화할 수 없는 마음 씀 같은 걸 테니 누군가의 내면의 꽃을 볼 수 있는 이야말로 참으로 아름다운 꽃을 가슴속에 스스로 가꾸고 있는 이가 될 것이요, 나 또한 그런 마음의 눈을 갖춘 사람이 되고 싶다.

#

뜻깊은 삶

가장 장수한 사람이란 오랜 세월을 살아온 사람이 아니라 가장 뜻깊은 인생을 체험한 사람이다. - 루소

자주 들리는 도서관 화장실 문에 붙어 있는 이 구절을 보면서 문득 뜻깊은 인생이란 삶을 어떻게 사는 것을 말하는 것일까 하는 의문이 들었다.

사람으로 태어나서 삶에 대한 어떤 것을 느끼기 시작할 나이가 되면 자연스레 뜻이 세워지고 가치관이 형성되기 마련이다. 어떤 이는 재물에 가치를 두고, 어떤 이는 지위에, 어떤 이는 명예에, 어떤 이는 쾌락에 가치를 두고 그 길을 간다. 드물게 인간으로서의 삶의 성찰이나 타인에 대한 봉사와 헌신에 가치를 두고 그 길을 가는 사람도 있다.

그리 보면 사람마다 가지고 있는 뜻에 따라 가치관이 정해지고 그 가치관에 따라 인생을 살 터이고 저마다 자신의 삶에 의미를 부여

할 테니 뜻깊은 삶이란 이런 것이다 하는 정의를 내리기는 어렵지 않을까.

그러나 오랜 인류의 역사 속에서 축척되어 온 뜻깊은 인생이란 어렴풋이 정의된 것이 있을 것도 같다. 그것은 자기 자신의 욕망과 이익만을 찾는 데 뜻과 가치를 두는 게 아니고 타인과 사회와 공유할 수 있는 데에 뜻과 가치를 두고 사는 삶일 것이다. 어떤 것이든 자신이 쥐고 있는 재화나 물질은 물론이요 무형의 자산조차도 보다 큰 가치를 위해 양보하거나 희생할 때 그것의 가치가 더욱 빛나고 커진다는 걸 우리는 오랜 인류의 역사 속에서 배운다.

물질만능시대에 최고의 가치를 가지고 있다는 돈의 가치도 어떻게 쓰느냐에 따라 대단히 달라진다. 요즘에도 비일비재한 일이지만 돈을 잘못 써서 패가망신을 당하기도 하고 잘 써서 자신의 이름은 물론이요 가문을 빛내기도 한다. 서슬 퍼런 일제의 지배하에서도 뜻깊은 곳에 돈을 써서 나라와 민족의 문화와 전통을 지키는 데 힘쓴 이들은 두고두고 그 뜻이 후손에게 알려지고 그 이름이 명예롭게 전해지는 것처럼 말이다.

어떻게 보면 가치란 때와 장소에 따라 달라지기도 한다. 아무리 잘 차려진 진수성찬이라 할지라도 내 배가 부른 상태에서는 별로 가치가 없다. 열심히 내 발로 걸어 올라간 산꼭대기에서 먹는 컵라면 한 개의 가치보다 못할 수도 있다.

무엇이든 그것이 지닌 가치는 꼭 필요할 때, 즉 그것에 맞는 역할이 주어졌을 때 가장 높고 밝게 빛난다. 한 나라를 움직일 수 있는 제왕의 지략과 용기를 가졌다 하더라도 한낱 필부의 삶을 산다면 그것은 무용지물과 같을 것이요 또한 제왕의 자리에 오른 자가 일개 필부보다도 못한 지략과 용기를 가졌다면 그가 앉은 왕좌의 가치는 소의 멍에만도 못한 것이 될 것이다.

가치에 대한 이해도 중요하다. 제왕의 자리에 올랐다 하더라도 그 자리에 맞는 제왕으로서의 능력과 역할을 제대로 갖춰야만 하고, 그것을 인정해 주고 존중해 주는 백성이 없다면 아무 가치가 없다는 걸 현명한 군주는 알지만 우매한 군주는 몰라서 결국엔 자신의 몰락과 나라의 멸망을 불러온다는 것을 우리는 역사를 통해서도 알 수 있다.

가치의 의미란 사람마다의 뜻에 따라 다르기 때문에 때로 의미의 충돌이 있을 수 있겠지만 숫자로 환산되지 않는 가치, 손으로 만져지지도 눈에 보이지도 않는 무형의 가치야말로 가장 고귀하고 아름다운 걸 내포하고 있다고 나는 생각한다.

여행이나 나들이를 나갔을 때 여자들이 모인 자리에서 들을 수 있는 말 중 그곳의 경치나 새로움에 대한 느낌이나 소감보다는 가장 빈도가 높은 말이 '아, 식구들 밥 안 해도 되니 좋다!'이다. 날마다 반복되는 일상의 일들에서 해방된 홀가분함을 그렇게 표현하는 것이겠거니 하고 일면 그 말이 이해가 되지 않은 건 아니다. 하지만 여행의 즐거움도 돌아갈 수 있는 집과 가족이 있다는 것 때문에 배가 되듯이 내게 주어진 일상의 일들이 있기에 내 자신의 존재에 대한 가치가 올라간다고 생각하면 다르지 않을까 하는 생각을 한다.

마찬가지로 살아 있는 동안 자신에게 주어지는 어떤 일도 스스로 그것에 대한 가치를 어떻게 두느냐에 따라 그 일에 대한 가치와 의미가 달라지는 것이다. 하찮고 귀찮은 일로 받아들이면 짜증이 날 것이고, 중요하고 가치 있는 일로 받아들이면 노동도 즐거울 수 있다는 것을 〈생활의 달인〉이라는 TV 프로에서도 볼 수 있으니 말이다.

'무엇을 위해 살 것인가?' 그리고 '어떤 것에 가치를 두고 살 것인가?'는 정말 중요하다. 내가 아는 지인 중엔 행복하기 위해 돈이 필요하다고 생각한 이가 있었다. 젊은 날부터 그는 돈이 생기는 일이면 물불을 가리지 않고 열심히 일을 해 돈을 모았다. 같이 사는 가족에게도 돈이 있으면 행복해질 거라고, 돈이 모아질 때까지 모든 것을 참으라고 강요했고 실제로 상당한 재물을 움켜쥘 수 있게 됐다. 하지만 그사이 그는 중병이 들었고 가족은 제각기 해체되다시피 했다.

짧은 듯 길고 긴 듯 짧은 게 인생이라는 생각이 가끔 든다. 마치 산 아래에서 올려다보면 아득하게 보이는 정상에 오르기 위해 몇 시간씩 땀을 흘리며 기를 쓰고 올라와서 정상에 서서 보면 내가 올라온 길이 한눈에 보이고 단숨에 뛰어 내려갈 수 있을 만치 가깝게 느껴지듯 말이다.

나이를 먹을수록 물질이나 눈에 보이는 것에 가치를 두었던 것이 어느 순간 덧없게 보이고 의미가 반감되기도 하는 걸 느낀다. 그래서 많은 사람들이 나이가 들면서 자신의 존재에 대한 진정한 가치와 의미를 찾으려는 생각을 하는 것 같다.

나 자신도 젊은 날엔 지식을 축적하는 게 가장 가치 있는 일이라고 생각했었다. 그러나 이즈음에 와선 지식을 많이 축적하는 것이 가치 있는 게 아니고 어떻게 사는 게 올바른 삶이 될 수 있는지, 가장 인간답게 사는 건 어떤 것인지를 아는 게 더 가치 있고 중요하다는 생각이 든다.

흔히 말하듯 공부에 왕도가 없듯이 인생이라는 삶에도 어떻게 사는 것이 뜻깊고 진정한 삶인지는 알 수가 없고 누구도 가르쳐 주지 않는다. 다만 금강석이 눈앞에 있어도 그것을 알아볼 수 있는 이에게만 선택할 수 있는 능력이 주어지듯이 삶에 대한 가치 또한 스스로 그 가치에 대한 안목과 함께 선택할 수 있는 능력을 갖춰야 주어질 것이다.

단 일회성의 삶을 사는, 두 번 다시 살아 볼 수 없는 삶을 사는 인간에게 가장 뜻깊은 삶이란 어떤 것일까? 하고 많은 생물 중에 미물이 아닌 인간으로 태어났으니 인간답게 가치 있게 살다 가는 지혜를 찾는 것이야말로 우리에게 주어진 영원한 화두인 것 같다.

#

마음의 봄

겨울 같지 않게 햇살이 포근하게 느껴지는 날씨다.

오랜만에 집 바깥으로 나가 동네 한 바퀴를 돌기로 했다. 강아지를 앞세우고 걷는 남편의 뒤를 따른다. 한파주의보가 내릴 정도로 연일 계속된 맹추위에 집 안에서만 맴돌았던 탓인지 웅크리고 있던 사지를 쭈욱 펴는 순간처럼 마음이 상쾌해진다. 지난가을까지 주택들 사이 군데군데 공터에서 키돋움으로 서로를 자랑하던 초록 식물들은 매서운 겨울 추위에 시달려 흑갈색 잔해만 남아 있다.

지나간 날의 흔적을 보여 주며 지금은 생명이 정지된 시간이라고 기다려야 된다고 무언으로 말해 주는 듯한 빈터를 뒤로하고 내친김에 천천히 뒷산을 오르기로 한다. 가을 내내 떨어져 내린 낙엽으로 산길은 푹신한 카펫을 밟는 듯하다. 어디선가 '딱따크르르르' 딱따구리의 나무 구멍 파는 소리가 숲속의 고요를 깨운다. 행여 낙엽에 미끄러질까 봐 조심조심 지팡이질을 하며 걷는다.

목줄을 풀어 준 강아지가 제 세상을 만난 듯 이리저리 신나게 뛰어

다닌 발길에 벗겨진 갈빛 낙엽 사이로 싱싱한 초록이 보인다. 벌써 새싹이 났나, 반가워 얼른 들여다보며 남편을 부르니 '사철란'이라고 원래 겨울에도 씩씩한 종류라며 시큰둥하다. 하지만 잎을 떨어 버린 낙엽목들 사이에서 보는 겨울 소나무의 녹색은 이런 감동을 주지 못한다. 사철 청청하다고 미리 알고 있는 탓일까.

그물처럼 짜인 잎맥이 튼튼해 보이는 사철란의 초록 잎이 마치 봄이 올 거라고 예고라도 해 주는 것 같아 반갑고 정겹다. 어딘가 있을 것만 같은 봄의 느낌을 찾아 길이 없는 길을 들어가 본다. 오! 있다. 나뭇가지에는 봉긋이 꽃눈이 돋아 있고 시들어 버린 갈색 풀잎들 속엔 초록이 올라오고 있다. 벌써 봄이 와서 숨어 있구나. 여기 이렇게 숨어서 누군가를 기다리는 여인처럼 만날 날을 기다리고 있구나! 어쩌면 숨바꼭질하는 술래처럼 봄을 찾는 이들이 찾아오기를 기다리고 있는지도 모른다.

오솔길을 따라 내려오는 길, 사람들의 발길에 형태를 잃어 가는 낙엽을 보며 문득 요즘 젊은이들을 생각한다. 경제적 위기에다 취업도 어려워져 3포(연애, 결혼, 출산)에 5포(내 집, 인간관계)를 넘어 모든 삶의 가치까지 포기한다는 N포 세대가 됐다고 한다. 인간사라는 게 늘 희로애락이 상존하는 고달픈 세상이라지만 어쩌다가 '헬 조선'이라는 신조어까지 만들어질 정도로 젊은이들이 살기 어려운 세상이 되었는지 안타까운 심정이다.

또 한편으론 6 · 25동란 이후 전쟁의 후유증 속에서 먹고 입고 자는 가장 원초적인 것조차 궁핍함에 떨어야 했던 저 오륙십 년대를 살아 낸 기성세대의 젊은 날에 비하면 사치에 가까운 비명이 아닌가 하는 생각이 들기도 하는 건 사실이다.

그러나 시대가 다르다는 걸 인정해야 할 것이다. 인류 역사상 끊임 없이 바뀌는 시대에 따라 가치관도 윤리관도 사회 분위기도 달라져 왔으니 '옛날에 비하면 너희들의 문제는 아무것도 아니다.'라는 말은 무리일 것이다. 하지만 겨울이 가면 봄이 오고 봄이 가면 여름이 오듯 시대가 아무리 바뀌어도 계절의 변화는 그대로인 것처럼 인간이 살아가는 기본 원리는 그대로라는 걸 말해 주고 싶다. 결코 이 순간만이 인생의 전부가 아니라는 걸 젊은이들이 알았으면 좋겠다.

인생은 단거리 경주가 아니요, 마라톤처럼 긴 여정이라 말해 주고 싶다. 마라톤 경주를 할 때 스타트라인에서 앞서 나갔다고 반드시 일등이 될 수도 없고, 늦게 나갔다고 꼴등이 되란 법이 없듯이 인간의 삶이란 변수가 많다. 마치 자연의 세계에 나무의 종류에 따라 봄에 피는 꽃, 여름에 피는 꽃, 가을에 피는 꽃이 있듯 인간사회도 사람마다 꽃이 피는 시기가 다르다는 것 알았으면 좋겠다. 그래서 포기하기보다는 노력하는 사람이 되어야 한다. 최선을 다해 노력을 한다면 언젠가는 기회가 오고 꿈이 이루어지는 날이 올 것이다. 마치 겨울이 가면 봄이 오고 봄이 오면 꽃이 피듯이 말이다.

모든 것을 포기했다는 N포 세대만이 아니라 갑작스러운 사고로 사랑하는 사람을 떠나보내야 했던 사람들에게도 봄이 주는 희망을 불어넣어 주고 싶다. 식물은 물론이요 대지 위에 있는 모든 것이 얼어 버린 저 시베리아 동토의 혹한 속을 맨발로 걸어 나가듯 시련과 고통의 나날을 보내고 있을 내 가여운 친구에게도 꽃이 피고 새가 우는 따뜻한 봄날이 돌아올 거라고, 결코 봄은 아주 가 버린 게 아니라고 속삭여 주고 싶다. 이 겨울 살 끝을 에이는 추위와 눈보라가 아무리 매서워도 저만치 어드메쯤인가 봄은 오고 있다는 걸 믿어야 한다고, 희망을 가지고 앞을 바라보라고….

어둡고 추운 긴 겨울을 견디어 내야 하는 모든 생명들에게 봄은 희망과 동의어가 된다. 기다리면 봄이 오리라는 희망이 있기에 고난을 견디어 낼 수 있는 힘이 있는 것이다. 하지만 사람에게 희망이라는 봄은 시간이 지나가야 맞을 수 있는 자연의 봄과는 달리 우리들 마음속에 이미 와 있는 건지도 모른다. 다만 그것을 찾아낼 의지와 행동이 있는 이에게만 희망이라는 봄은 잡을 수 있고 느낄 수 있는 게 아닐까.

길가에 돋아 있는 이름 모를 잡초조차도 갈빛으로 말라 버린 이파리 속에 파란 새싹을 품고 봄을 기다리는데 하물며 사람인 우리들 가슴속에 봄이 없으랴. 그 마음속에 숨어 있는 봄을 찾아내고 맞이하는 이에게 절망은 사라지고 화사한 봄 햇살 같은 희망이 펼쳐지리라.

조개 속에 모래가 들어가 진주가 되듯이 사유(思惟)하는 존재인 인간에게 진정한 의미의 봄이란 스스로 찾아서 발견해 냈을 때 더욱 값진 것이 될 것이다.

#

삭제

언젠가부터 가만히 있으려 하나, 아니 멈추려 하나 어쩔 수 없이 변화의 물결에 휩쓸릴 수밖에 없는 경우가 가끔 생긴다. 산중에 굴을 파고 혼자 살지 아니하고 사람들이 사는 사회 속에서 어울려 사노라면 내키지 않아도 해야 되는 게 있고 자의가 아닌 타의에 의해 움직이는 건 옛 시절에도 있어 왔을 것이다.

그러나 인공위성이 날고 인간이 달에 발을 딛어도 나하고는 관계없이 살 수 있는 시절이 있었다. 사회생활도 선조로부터 전해 내려오는 전통과 부모로부터 받는 가정교육과 학교에서 가르치는 배움으로 그럭저럭 살아갈 수 있었다.

하지만 요즘 시대는 아니다. 당장 가정생활에 필요한 가전기기부터 모든 생활용품들이 하루가 다르게 새로운 것으로 바뀌는 것을 보고 있으면 어느 사이 나라는 인간이 시대에 뒤떨어진 문맹이 되기 일쑤다. 누군가 옛날의 백 년이 오늘날의 십 년이고 몇 세기에 걸쳐서 발전해 왔던 문명이 몇 년이면 바뀔 정도로 우리 사회의 문명의 변화 속도가 빨라졌다고 한다.

그렇게 발전하는 문명의 바람에 떠밀리듯 멀쩡한 손전화기를 바꿨다. 아들의 배려로 손에 쥔 새전화기의 내용을 살펴본다. 먼저 전에 가지고 있던 전화기에 넣어 둔 지인들의 연락처가 제대로 들어가 있는지 살펴본다. 나는 대개 한 번 넣어 둔 전화번호는 여간해서 다시 정리를 안 하다가 이렇게 새로 기기를 바꿀 때 번호 정리를 하는 편이다.

오랫동안 연락이 끊겼거나 전화번호가 바뀌어서 내가 연락해도 소용없거나 국외로 이주를 해서 이 나라에 없거나 슬프게도 이제는 다시 볼 수 없는 다른 세상으로 떠나 버린 사람들의 번호를 삭제하는 것이다. 가나다 순서로 정렬되어 있는 번호들을 훑어 내려가다가 문득 어느 이름 앞에 멈췄다.

가장 최근에 너무나 갑작스럽게 무참하게 우리 곁을 떠나 버린 어느 시인의 이름이다. 이렇게 전화번호를 삭제하다 보면 아무렇지 않게 지워지는 이름이 있는가 하면, 싸하니 가슴 한쪽이 아파 오는 통증과 함께 힘들게 지워지는 이름이 있다.

이렇게 이 세상에 없는 이의 이름을 지우는 것도 쉽지 않은데 하물며 사람이 지구상에 살아 있는데 마음에서 눈에서 삭제된다면 그건 참으로 서글픈 일일 것이다. 더구나 그 관계가 혈육이라면 삭제당한 사람이나 삭제한 사람이나 서로 간에 참으로 가슴 아픈 일이지 싶다.

얼마 전 우리나라 입양아 출신이 프랑스 새로운 내각의 장관이 됐다고 해서 화제가 됐었다. 우리나라에서 버려진 입양아 출신이 프랑스의 고위층이 됐다고 매스컴에서 떠들썩하게 보도를 하면서 어느 기자가 한국에 가서 생모를 찾을 생각이 있느냐고 물었다고 한다. 생모를 찾을 생각이 없다는 그녀의 답변을 들으며 내가 아는 이가 생각났다.

그들 남매는 아버지가 없이 자랐다. 생부는 남매가 아주 어렸을 때 그들 곁을 떠나 버렸다. 부적절한 애정 행각으로 아내와 자식을 버린 그들의 생부는 그 뒤로도 전혀 그들을 돌아보지 않았다. 그녀는 철이 들면서부터 부친으로서의 도리와 본분을 저버린 아버지라는 이름을 완전히 마음에서 삭제하고 살았다. 그런데 그녀의 남동생은 그런 부친을 궁금해하고 존재를 확인해 보고 싶어 했다. 어른이 된 남동생은 어렵사리 수소문해서 부친을 찾아갔다가 더 큰 상처만 안고 돌아왔다는 것이다. 이미 부친이라는 사람의 가슴속에서 그들은 삭제돼 있었음을 몰랐던 것이다.

가끔 TV에서 어릴 때 외국으로 입양된 이들이 어른이 되어 생모나 생부를 찾기 위해 애를 태우는 것을 본다. 증빙자료도 마땅치 않고 오랜 세월이 흐른 탓에 찾기도 어렵지만 천신만고 끝에 실제로 찾게 되어도 만나기를 꺼리거나 만나 주지 않는 경우도 있다. 여러 가지 이유야 있겠지만 가장 중요한 이유는 그들은 이미 자신이 버린 아이를 가슴속에서 삭제해 버린 탓일 것이다. 그걸 보면 차라리 찾지 않았다면 그리움이나 갖고 있었을 텐데, 자신을 거부하는 생모나 생부의 처신에 다시 한 번 더 버림받는다는 느낌과 함께 더 큰 상처가 그들의 가슴에 남을까 봐 너무 안타까운 경우를 종종 본다.

그리 보면 아마도 프랑스의 장관급에 올랐다는 그 입양아 출신 여성은 자신의 가슴속에 있는 상처가 덧들이게 될까 봐 생모에 대한 어떤 미련들도 남기지 않은 채 모조리 삭제해 버리지 않았을까 하는 생각이 들기도 한다.

얼마 전 만난 어느 시인이 이렇게 말했다. '페이스 북을 열면 내가 있고 페이스 북을 닫으면 나는 사라진다'. 어쩌면 전파매체가 발달된 이 시대를 사는 사람들은 스스로 나타나고 사라지기를 무수히 반복하면서 사는 것 같다. 하지만 반면에 사라질 수 없어서 혹은 삭제할 수 없어서 애가 끓는 경우도 있다.

자의에 의한 것이든 타의에 의한 것이든 인터넷에 올려져서 떠도는 개인의 사생활이나 소문들을 삭제할 방법이 없어서 문제가 많다는 것이다. 이미 알려진 유명 연예인들의 피해는 말할 것도 없고 일반인들 중에도 누군가의 허위비방이나 사생활 폭로 때문에 일상생활을 제대로 못하는 경우가 있다고 한다.

헛소문이나 명예훼손에 가까운 글이라도 사실 여부를 따지기 전에 사람들의 입방아에 올려져서 당하는 당사자의 마음에 지울 수 없는 상처를 주고 심하게는 목숨까지도 끊게 만드는 일이 다반사인데도 삭제조차 마음대로 못한다는 것이다. 그래서 인터넷에 올려진 기사나 글을 삭제할 수 있는 법을 만드는 데 찬반의 토론이 있었다고 한다. 알 권리와 막을 권리에 대한 것이다.

삭제는 나 자신도 모르게 잊어버리는 것이 아니라 자의에 의해 스스로 기억에서 지워 버리는 것이다. 가슴 아픈 상처나 타인의 단점이나 슬픈 추억들은 빨리 지울수록 정신 건강에 좋은 거라니 꽃밭에 잡초를 뽑아 버리듯 마음속이나 기억 속에 있는 쓸데없는 것들은 삭제해야 한다. 하지만 절대로 잊어버리거나 스스로 삭제하지 말아야 할 소중한 것들도 있다. 과연 무엇은 잊어야 되고 무엇은 잊지 말아야 하는가? 그것을 가늠하는 잣대가 필요한 것 같다.

오늘도 컴퓨터를 연다. 익명의 누군가로부터 온 메일을 보지도 않고 삭제해 버리기도 한다. 매일같이 들어오는 메일을 구분해서 삭제할 것인가 열어 볼 것인가 잠깐씩 머뭇거리다 삭제를 택하면 그것은 흔적도 없이 사라진다. 그것이 누군가가 보내는 마음의 신호일지도 모르는데, 문득 내가 보내는 마음의 신호 또한 누군가에 의해 너무 쉽게 삭제당하는 건 아닌지 염려가 된다.

정신적으로 건강한 삶을 위해서라도 잊어야 할 것은 빨리 잊고 잊지 말아야 할 것은 영원히 잊지 말아야 되는데, 잊어야 할 것과 절대로 잊지 말아야 할 것에 대한 분별에 문제가 있는 것 같다.

사라져 가는 것들이 많아지는 세상! 너무 빨리 변하는 세상살이가 변하지 말아야 할 소중한 것들까지 마음에서 기억에서 삭제돼 가는 것 같아 어지럽다.

#

‘첫’에 대한 단상들

첫여름이다. 달력의 절기로는 아직 여름이 문턱쯤 올 시기인데 한여름을 방불할 만큼 연일 기온이 삼십 도를 오르내린다. 너무 빨리 온 여름이 버거워서 일찌감치 민소매에 반바지를 찾아 입었는데도 목덜미를 덮는 머리카락까지 자르고 싶을 정도다. 그 옛날 삼단 같은 머리털을 평생 기르고 살았던 조상들은 여름을 어떻게 지냈을까, 남자들은 상투를 틀어 올리고 여자들은 쪽을 졌다고는 하지만 무더운 한여름에 그 긴 머리가 더위를 더해 주었을 것 같다.

문득 일제의 강제적인 단발령으로 남자들의 머리카락이 잘라지기 시작했다는 건 알지만 맨 처음 긴 머리를 자른 여자는 누구였을까 궁금하다. 몸은 부모가 내려 주신 것이니 잘 간수해야 한다고 머리를 빗을 때 나오는 머리카락 한 올까지도 소중하게 싸서 간직했던 유교사회에서 말이다.

현대를 사는 보통 사람에게도 그 시대가 가지고 있는 전통이나 관습의 힘은 개인의 욕망이나 선택을 억누르는 강한 사슬 같은 것인데, 하물며 전근대적인 분위기가 팽배했던 그 시절에 긴 머리를 자르는 것은 여성으로서 대단한 용기와 결단이 필요했을 것이다. 문헌을 보면 학교교육을 받은 신여성들이 가장 먼저 머리를 자르기 시작했는데 그 당시 일반인은 물론이고 언론을 통해서도 무수히 많은 조롱과 지탄을 받았다고 한다.

지극히 개인적인 자신의 머리카락을 자르는 일로도 대단히 많은 비난과 큰 사회적 파장을 일으켰다고 하니 무슨 일이든 당시 사회의 통념에 반하는, 남이 하지 않은 일을 맨 처음 시작한 사람들의 첫걸음이 얼마나 떨리고 불안하고 힘들었을지 짐작만 할 뿐이다. 하지만 이렇게 아무도 걸어가지 않은 가시밭길을 맨 처음 걸어감으로써 새로운 길을 만든 이들이 있었기에 인권과 문명의 발전을 이루어 냈을 것이다.

철저한 남존여비의 사회에서 (아직도 불안전하지만) 남녀의 평등을 말하는 오늘날의 사회적 질서를 규정하는 법과 관습이 만들어지기까지 얼마나 많은 이들의 용기와 희생이 있었는지 우리는 무심하다. 비단 긴 머리를 자르는 일뿐만이 아니라 기존의 사회적인 전통이나 관습에 도전하는 첫 번째 사람들이 받아야 했던 지탄과 고통은 얼마나 힘들고 어려웠을까? 짐작만 할 뿐이다.

'첫'은 알 수 없는 미지의 것에 대한 도전이다. '첫'이라는 낱말에는 '신선하다, 깨끗하다, 설레다, 떨리다, 불안하다, 초조하다, 힘들다, 어리둥절하다' 등등 여러 가지 느낌이 포함되어 있지만 나에게

'첫'은 대체적으로 떨리고 불안하고 힘듦이 먼저 다가온다.

어떤 행동이든지 첫 번째 동작은 두렵고 서툴다. 하얀 손수건을 가슴에 달고 엄마 손에 이끌려 갔던 초등학교 입학식은 새로운 세계에 대한 두려움과 불안함이 먼저였던 것 같다.

첫 커피의 추억은 쓰다. 지금은 하루라도 커피를 안 마시면 입안에 가시가 돋을 정도가 됐지만 열일곱 살 크리스마스 파티에서 처음 마셔 본 커피는 너무 써서 마실 수가 없었다.

결혼식을 하고 처음으로 시댁에 갔을 때는 씨족마을 특유의 많은 친인척과의 상견례도 힘들었지만, 난생처음 들어간 시골 부엌은 도시 생활만 했던 내게 어디서부터 무엇을 어떻게 해야 할지 어리둥절하고 불안하게 만들었다.

첫아이를 낳을 때는 생전 처음 겪어 보는 산고의 아픔과 함께 아기를 무사히 낳을 수 있을지, 또 손가락 발가락이 제대로 있는 아기인지 초조하고 불안하고 힘들었었다.

결혼 후 십 년 가까운 셋방살이 끝에 처음으로 우리 집을 갖게 됐을 때의 감정은 설레면서도 벅찼었다. 은행 빚을 내어 산데다 지어진 지 오랜 십여 평밖에 안 되는 헌집인데도 처음으로 가진 내 집이라는 뿌듯함이 먼저였다. 크지도 않은 마당에 화단을 만든다고 세숫대야로 돌덩이를 주워다 경계석을 쌓고 밤잠을 설쳐 가며 어린것들을 데리고 도배며 페인트칠을 했었다. 이제는 더 큰집을 지니고 살고 있지만 그때만큼 신나게 집 안팎의 환경미화를 할 생각은 안 하고 산다.

첫 경험은 하얀 도화지에 맨 처음 찍힌 검은 점처럼 선명하다. '천리 길도 한 걸음부터'라는 말은 어떤 행동이든지 처음이 그만큼 중요함을 의미한다. 따라서 '첫'에 대한 불안과 두려움을 넘어서야만 그 다음의 과정들을 맛볼 수 있고 진행할 수 있다.

대체로 보통 사람들에게 첫 경험의 기억은 강렬하게 각인되어서 그것에 대한 좋고 나쁨이 결정되기도 하고, 사람들을 만날 때의 첫인상에 대한 기대와 평가도 우리들이 세상을 살아가면서 맺는 인간관계에 많은 영향을 준다고 한다.

가끔 나는 '첫'이라는 관형사가 있어야 되는데 없는 단어들에 불만을 가진다. '첫눈'이라는 단어는 있는데 왜 '첫비'라는 단어는 없는지? 해마다 풍성했던 가을이 가고 겨울이 오는 길목에 내리는 첫 번째 눈이라는 것과 모든 것이 얼어붙었던 겨울이 가고 봄이 오는 길목에 내리는 첫 번째 비라는 것은 같은데, 무수히 많이 오르내리는 첫눈에 대한 예찬에 비해 첫비에 대해서는 예찬은 고사하고 단어도 별로 들어 본 적이 없다. 사실 첫눈은 이제부터 지상의 모든 것들이 얼음과 추위 속에 갇혀야 한다는 암울한 통보나 마찬가지고 첫비는 이제부터 추위와 얼음에서 풀려나 지상의 모든 것들은 다시 소생할 것이라는 희망의 메시지와도 같은데 말이다.

'첫인생'이라는 말도 없다. 수없이 많은 삶을 되풀이한다는 윤회설대로라면 인생도 맨 처음 시작한 '첫인생'이라는 말이 있어야 하지 않을까 하는 생각을 한다. 풍선껌을 처음으로 불 때는 잘 안 불어지다가 자꾸 불면 능숙하게 껌풍선을 만들 수 있는 것처럼 윤회를 많이 한 사람은 삶에 있어서도 조금 더 능숙해지지 않을까? 그런 의미에서 나는 가끔 내게 주어진 현실이 버겁고 불만스러울 때 문득 다음 생에는 조금 더 나은 생을 살 수 있지 않을까 하는 바람을 가져보기도 한다.

'첫'이라는 단어에는 호기심과 모험을 불러일으키는 마력이 숨어 있다. 지나온 인생의 마디마디에서 부딪쳤던 첫 경험들은 나에게 불안과 고통을 안겨 주기도 했지만 끊임없는 도전정신을 일깨워 주기도 했었다. 어쩌면 인생이란 예비지식이나 연습이 없이 주어진 단 한 번만의 길이라서 인간은 살아가면서 끊임없이 첫 경험을 하고, 따라서 사람이 나이를 먹어 간다는 건 무수히 많은 첫 경험들을 쌓아 가는 게 아닐까 하는 생각이 들 때도 있다.

아 아! 두려움과 설렘이 가득 찬 가슴으로 나누던 첫 입맞춤의 그 또렷하고 선명한 느낌이 문득 그리워진다.

#

무덤

식당, 술집, 옷가게, 식품점, 편의점, 어디선가 본, 혹은 본 듯한 그것들의 이름을 읽어 본다. 산책 겸 동네 한 바퀴를 돌다 보면 만나는 그것들이 거기에 쌓여 있은 지도 여러 해가 된 것 같다. 제각기 다른 색깔과 이름들을 붙인 채 널브러져 있는 그것들을 보면 한때는 한 가게의 얼굴을 대신하며 저마다의 몫을 했던 시절이 보이는 것 같다.

길 건넛집에 세 들어 사는 광고 가게가 집 옆 빈터에다 버려진 간판을 쌓아 두고 있는지도 여러 해다. 날마다 지나치는 그곳을 무심히 지나다가도 어느 땐 생명을 다하고 죽은 것들의 무덤이 연상되기도 한다. 필요에 의해 창조되었다가 제 할 일이 끝나면 버려지는 것들이 어쩌면 이 세상에 태어났다가 때가 되면 죽어야 하는 사람의 운명과도 비슷하다는 생각이 들기도 한다.

그런데 얼마 전 조간신문을 보다가 「비행기 · 택시 · 자판기들의 무덤을 아시나요」 란 제목의 기사를 보았다. 중국의 충칭이라는 곳엔 노란 택시의 무덤이 있는데 인구가 이천팔백만 명이 넘는 충칭시민들의 발이 돼 주던 택시가 수명을 다하면 적법한 절차를 거쳐 폐차처리를 하기도 하지만 상당수는 빈터에 버려진단다. 그렇게 한 대 두 대 방치된 택시들이 자동차의 무덤을 만든 거란다.

미국 네바다의 라스베이거스는 도박의 도시로 유명한데, 이곳에는 네온사인의 무덤이 있단다. 영화촬영장이나 라스베이거스 카지노에서 나온 네온사인들이 이곳에 모여지는데 폐기장 옆에는 네온박물관도 있어서 많은 사람들이 구경하러 오기도 한단다.

멕시코의 소시밀코운하에 있는 무네카스 섬이란 곳에는 인형의 무덤이라는 곳이 있고, 뉴질랜드의 테파후에는 못 쓰게 된 칫솔들을 걸어 놓은 울타리가 있는데 누구나 이곳으로 못 쓰게 된 칫솔을 보내면 울타리에 걸어 준다고 한다. 무네카스의 인형의 무덤은 물에 빠져 죽은 어린 소녀의 혼령을 위로하기 위해서 인형을 하나 둘 나무에 매달아 놓기 시작하면서 생겼고, 테파후의 칫솔무덤은 주민이었던 사람이 자기가 쓰던 칫솔을 울타리에 걸어 놓기 시작한 것이 이제는 세계 각국에서 보내오는 칫솔도 다 걸어 준다고 한다.

영국의 빨간 공중전화부스들도 그들만의 묘지가 있고, 자판기의 천국인 일본에는 자판기의 무덤이 있고, 미국의 사막엔 비행기들의 무덤이 있고, 대서양에 면한 아프리카의 모리타니에는 배들이 버려지는 무덤이 있다고 한다. 인간의 필요에 의해 혹은 욕망에 의해 생겨난 것들이 그 기능이 다하고 생명력을 잃으면 버려지는 곳, 그곳이 무덤이 된다. 먼 옛날 역사가 만들어지기 훨씬 전 우리 인간들의 무덤도 이렇게 우연히 만들어지기 시작하지는 않았을까?

사람도 죽으면 버려진다. 그러나 사람의 무덤에는 등급이 있다. 우리나라처럼 살아생전 민족과 국가를 위해 얼마나 희생했느냐에 따라 혹은 국가의 어떤 지위에 있었느냐에 따라 묘지의 자리가 정해지는가 하면, 돈의 액수에 따라 장소의 좋고 나쁨이 결정되는 대만에서는 어마어마한 금액을 내고 묘지를 마련하기도 한다. 십여 년 전 홍콩에 배낭여행을 갔다가 잘 꾸며진 공원인 줄 알고 들어가 본, 아름다운 음악이 흐르고 예쁜 꽃들로 장식된 화려한 묘지공원엔 에스컬레이터까지 설치돼 있었다.

하긴 돈 많은 사람은 죽은 후에도 큰집을 지어서 그 안에 석관을 안치하는 필리핀에선 집이 없는 가난한 사람들이 죽은 사람이 들어 있는 무덤집 속 석관위에서 밥을 먹고 잠을 자고 갓난아이를 키우고 사는 걸 TV에서 봤다. 좋게 말하면 죽은 부자가 살아 있는 가난한 사람들에게 숙소를 제공하는 적선을 하는 셈이다.

얼마 전 탈북자 여인이 돈을 모아 국군포로였던 아버지의 유골을 북한에서 어렵사리 모셔다가 국내에 안장할 곳을 찾고 있다는 짤막한 신문기사를 봤다. 동방예의지국이라는 옛 명성이 무색하게 지척에 살아 있는 부모도 될 수 있으면 모시지 않으려는 요즘 사람들에게 어떤 울림을 주는 것 같았다.

생각해 보면 인간이 무덤을 만들지 않았다면 구석기시대의 고인돌도, 이집트의 피라미드도, 중국의 진시왕릉도 없었을 거다. 부활이나 영생을 기원하는 혹은 죽은 사람에 대한 애정과 예우를 다해 만든 무덤문화가 있었기에 먼 고대로부터의 인류역사와 문화를 현대에서도 만날 수 있는 것이다.

하지만 시대는 달라지고 있다. 전통적으로 전해 오던 풍습과 문화가 하루가 다르게 변하고 있다. 전국토의 묘지화를 걱정하던 매장문화가 이제는 화장문화로 바뀌어 납골당과 수목장으로까지 발전했다. 그런데 여기에서 조금 더 나아가면 어떨까?

우리나라의 의과대학병원에는 해부용 실습체가 부족해서 외국에서 시체를 사다 학생들이 실습을 한다고 한다. 하루가 다르게 발전하는 의학은 피부는 물론이요 뼈도 이식을 하는데 기증을 하는 사람이 없어서 대부분 수입을 한다고 한다.

그래서 우리 부부는 몇 년 전 일찌감치 국립의대에 사후 헌체기증을 약속했다. 뭐 의학 발전에 일조를 하겠다는 그런 거창한 말은 하고 싶지 않다. 숨이 끊어지고 영혼이 나가 버린 시체는 어차피 묻어 버리거나 태워 버릴 걸, 재활용할 수 있다면 더욱 좋지 않나 싶은 마음에서다.

찌그러지고 녹이 슨 고철들이 모여서 용광로에서 녹여지면 산업현장의 도구로 새롭게 쓰이고 깨진 병들이 모여서 불에 녹여지면 새로운 모습으로 태어난다. 그처럼 인간의 장기와 근육과 뼈도 다시 태어날 수 있는 것이다.

버려지는 모든 것들은 누군가에게는 한낱 처리해야 할 쓰레기에 불과하지만 누군가에게는 더없이 귀한 소중한 무엇이 될 수 있는 것처럼 인간의 시체도 남아 있는 다른 이들을 위한 소중한 생명줄이 될 수 있다는 것을 많은 이들이 기억하면 좋겠다는 바람을 가져 본다.

아울러 유구한 인간의 역사에서 여러 가지 형태로 발전해 온 무덤의 형태가 있지만 가장 아름답고 좋은 무덤이란 살아 있는 이의 가슴과 기억 속에서 만들어지는 게 아닐까 하는 생각을 한다.

#

잉여인간

창밖에 가을이 깊어 가고 있다. 스산하게 부는 바람결에 떨어진 낙엽이 골목길을 쓸고 사라져 간다.

시숙님이 운명하셨다. 올해 칠십구 세, 남편에게는 형님이 두 분이신데 맏형님은 오래전에 돌아가시고 이제 둘째 시숙님마저 떠나시니 남자 형제로는 남편만 남았고 결혼을 함으로써 얻었던 나의 호칭 '제수씨'의 수명도 끝이 났다.

지병으로 앓고 계시긴 했지만 일주일 전 병실로 찾아뵌 시숙님은 여느 때보다 혈색도 좋아 보이고 저승으로 가기도 쉽지 않다며 농담도 하시고 우리와 더불어 담소도 나누실 만큼 쾌활하셨었는데, 이렇게 빨리 떠나실 줄은 몰랐다. 티 없이 맑게 미소 지으시던 모습이 눈에 선하다.

부음을 듣고 달려간 광주의 장례식장은 웬만한 호텔에 버금갈 만큼 시설이 좋았다. 고인을 모신 조문실과 문상객을 접대하는 식당이 분리되어 있고 상주와 유가족의 휴식을 위한 방도 세 개나 되는데,

방마다 화장실과 컴퓨터며 TV까지 설치되어 있을 정도였다. 공간이 넓어 무엇보다도 전국 각지에서 한꺼번에 몰려온 유가족들의 연령이나 항렬에 따라 나뉘어 쉴 수 있어 좋았다.

장례식은 고인의 미망인과 자녀들이 기독교신자들이라 기독교식으로 진행되었는데, 아직도 유교식의 장례 절차에 익숙해 있는 남편과 나에게는 낯설기도 하지만 참여할 수 있는 기회가 마땅치 않아서 돌아가시는 시숙님과의 이별의식이 편치가 않았다.

손님을 접대하는 식당에서도 내가 설 자리는 없었다. 상조회사에서 나온 도우미도 있었지만 이제는 사오십 대에 들어선 조카딸들과 그들이 낳은 이십대의 자녀들이 웬만큼 많은 문상객도 능숙하게 접대하고 있어서 내가 해야 할 일을 찾을 수가 없었다. 오히려 거치적거리지 않도록 방으로 들어가 조용히 있어 주는 게 돕는 거라고 느끼며 처음으로 내 존재로서의 가치에 대하여 많은 생각을 했다.

하긴 벌써부터 조짐은 있었다. 요 몇 년 사이 많지 않은 숫자지만 사회생활을 하면서 가지는 공적인 모임에서나 집안의 대소사를 의논하는 사적인 모임의 자리에서 나의 자리가 주연에서 조연으로 바뀌고 있다는 것을 느끼고 있었다. 어느 사이 내가 내는 목소리의 위력이 사라져 가고 있다는 것에 처음에는 화를 내기도 하고 더 큰 목소리를 내 보려고 시도도 해 봤지만 소용없다는 것도 알았다.

마치 한평생 열심히 달려 다니던 경마장에서 순위 밖으로 밀려나는 늙은 말처럼 점점 나라는 존재의 가치가 떨어져 가고 있고, 머지않아 내가 맡던 자리마저도 밀려날 것 같은 예감이 드니 서글퍼지려고 한다.

세상만사가 그러한 것을 일찍이 알고 있었지만, 왕성하게 푸르름을 자랑하던 나뭇잎들도 가을이 깊어 가면 그 빛깔을 잃고 낙엽으로 떨어져 내리는 게 자연의 이치인 것처럼 나이를 먹는다는 건 그만큼 효용가치가 없어지는 것이고, 효용이 없다는 것은 존재로서의 설 자리가 없어지는 것일 테니 당연하게 받아들이고 순응해야 되겠지만 서글퍼지는 마음만큼은 어쩔 수가 없다.

언젠가부터 장수시대니 백세시대니 하더니 노인 문제가 나라의 장래까지도 걱정되게 하는가 보다. 신문이고 방송이고 예전보다 오래 사는 노인들의 문제로 말들이 많다. 돈은 얼마나 있어야 되고 처세는 어떻게 해야 되고 일찍부터 취미도 만들어 놔야 되고 등등 참 친절하기도 하다. 하지만 경제도 건강도 취미도 수능 커트라인처럼 제시된 사항에 미달된 이들에겐 더 큰 자괴감을 준다는 것을 알기나 하는지.

하지만 오래 사는 것보다는 어떻게 사느냐가 더 중요하다고 나는 생각한다. 스스로 한 인간으로서 존엄성을 지킬 수 없는 상태의 생명 연장은 물론이요, 자신의 자존감을 지킬 수 없는 무가치한 잉여 인간으로서의 삶도 바람직하지 않다. 그러기에 병든 노인이 자신의 존재 가치를 느끼기 위해 자리맡에 돈을 깔고 자식이나 손주들이 오면 한 장씩 내어줬다는 서글픈 사연도 이제 보편적이 됐다.

요양원이나 요양병원에 있는 노인들이 장삿속 때문에 제명에 죽기도 어렵다는 말이 떠돌기도 하고, 죽어 가는 노인환자에게 인공연명

장치로 무의미한 생을 연장시킨다는 이야기도 들린다. 사사건건 의견이 별로 잘 맞지 않은 우리 부부지만 잉여인간으로 사는 것만큼은 싫다는 데에 죽이 맞아서 우린 사전의료의향서라는 걸 작성해서 무의미한 연명치료를 거절한다는 의사를 미리 분명하게 밝혀 놨다.

시숙님은 일평생 나고 자란 고향을 떠나지 않고 농사일을 하신 분이다. 입원하시기 며칠 전까지 자신의 사후 혼자 남아 있을 아내에게 고추건조기와 쌀 찧는 정미기의 조작법이며 전기차단기 운용법을 가르쳐 주고 가신 시숙님은 스스로 존재 가치를 지키다 가신 셈이니 행복하신 분이다.

그러나 평생을 고향을 지키고 사시던 시숙님 덕분에 익숙하게 드나들던 시댁 고향길은 이제 '제수씨'로서의 나의 존재 가치가 없어졌으니, 그 또한 나에게서 잉여의 길이 되어 갈 것 같은 예감이 드는 건 어쩔 수 없는 것 같다.

원하든 원하지 않든 옛사람들보다 늘어난 여명을 사는 시대가 됐다. 윤동주 시인이 원했던 죽는 날까지 한 점 부끄럼 없는 삶을 살기는 어렵겠지만, 노력한다면 죽는 날까지 존재로서의 가치를 지니는 삶을 살기는 가능하지 않을까? 노력하고 노력할 것이다.

#

갈무리

울긋불긋 가을 산을 황홀하게 수놓던 단풍이 서서히 그 빛을 잃고 퇴색해 간다. 한 잎 두 잎 떨어져 내려오는 낙엽이 가을이 멀어져 가는 걸 알리는 전령처럼 느껴진다. 가을에서 겨울로 넘어가는 이즈음은 나무들도 갈무리를 할 시간이다.

가을의 상징처럼 풍요롭게 출렁이던 황금빛 들판도 달라져 간다. 군데군데 벼들이 베어진 자리에 소의 먹이로 쓸 하얀 건초뭉치가 들어서고, 논들은 화려했던 시간들을 뒤로하고 잿빛으로 변해 간다. 밭두렁에서 빨갛게 익어 가던 대추나무 열매가 거두어지고, 길가에 서서 파란 가을 하늘을 장식해 주던 주홍빛 감들도 나무 우듬지에 두어 개 까치밥만 남겨진 채 다시 태어나기 위해 건조장으로 자리를 옮겼다.

어설픈 농부인 나도 요즘 갈무리로 제법 바쁘다. 사월 중순 파종해서 가꾼 땅콩을 가을이 시작되는 구월에 수확하고, 오월에 심은 고구마를 시월 중순에 캐고, 남편이 심어 놓은 쪽파와 무를 된서리가 오기 전에 뽑아 들여오고, 제일 늦게 심어 가을이 되도록 무성한 잎을 자랑하더니 드디어 갈색으로 변해서 다함께 쓰러져 누운 서리태 콩을 뽑았다.

가을은 수확의 계절이라고 한다. 그러나 수확은 가을에만 하는 건 아니다. 많지는 않지만 몇 가지 나무도 가꾸는 우리 집에서는 오월이 가기 전에 익어 가는 보리똥열매를 시작으로 뒤이어 빨간 앵두를 따서 먹고, 유월이면 매실을 따서 효소를 담고, 팔월이 가기 전에 진보라색 아로니아열매를 따서 즙을 낸다.

밭이나 나무에서 거두어들인다고 갈무리가 끝나는 건 아니다. 나무에서 딴 보리똥이나 앵두는 깨끗이 골라서 봄의 귀물로 몇 집의 지인들에게 보내지고 새콤달콤한 맛으로 우리 집 식구들의 입에 들어가면 봄의 갈무리가 끝난다.

매실은 때를 놓치지 않아야 된다. 효소를 만들 것은 너무 어리지도 아주 익지도 않고 알맞게 살이 오른 파란 매실을 깨끗이 씻어서 물기를 빼고 적당한 용기에 설탕과 함께 들어가면 갈무리가 된다.

아로니아는 꽃이 지고 동그란 열매가 맺히면 한여름 뜨거운 태양의 열기를 다 받아들인 것처럼 아주 진한 보라색으로 탱탱해질 때까지 기다려야 된다. 수확이 된 아로니아는 두 등급으로 나누어져서 제일 실한 것은 딸아이가 아침마다 우유랑 갈아먹게 생과로 냉동시키고, 나머지를 이등분해서 설탕과 버무려 효소를 담는다. 그다음은 꿀과 대추를 곁들어 보신원에 가서 즙을 만들어서 친정오빠에게 보내 드리고, 남은 즙은 우리 식구들이 두고 먹을 수 있게 서늘한 곳에 둔다.

밭에서 나오는 것들도 즉시 입으로 들어가지는 않는다. 밭에서 캔 땅콩은 미처 못 영근 알들이 영글기도 하고 수분도 제거하려고 뿌리째 줄에 걸어 말린다. 달포쯤 건조를 시킨 다음 줄줄이 달려 있는 땅콩열매를 따서 흙을 턴 다음 쭈그렁이를 골라내고 실한 것으로 포장을 해 두어 군데 친지 댁에 보내고 나머지는 우리 식구가 겨우내 두고 먹게 상자에 담겨 뒷베란다에 놓여진다.

고구마 또한 밭에서 캐면 수돗가에서 흙을 닦은 다음 적당히 물기를 거두고 캐면서 호미나 쇠스랑에 찍힌 것과 아주 못난이는 골라낸다. 찍힌 것은 상처 때문에 쉬이 썩기 때문이고 못난이는 우리 집용이다. 고구마도 두어 군데 친지 댁에 보내는데 아주 작거나 너무 크거나 못난이는 보내기가 민망하기 때문이다.

서리태도 콩대를 뽑는다고 끝난 게 아니다. 전문 농업인이 아니라서인지는 몰라도 나는 콩 타작을 잘 못한다. 도리깨질도 할 줄 모르지만 방망이로 두들겨서 콩알을 나오게 하려면 이파리와 흙에서 나오는 먼지가 장난이 아닌데다 일의 과정이 더 복잡해서 일일이 손으로 콩꼬투리를 열어서 콩알을 꺼낸다. 그 작업을 혼자서 쉬엄쉬엄 하는 까닭에 약 이삼 주가 걸려야 콩 수확이 끝난다. 쉬엄쉬엄한다고 해도 콩알을 까는 작업이 쉬운 일이 아니다. 10킬로 내외의 콩을 까고 나면 손가락 끝에 물집이 생기기도 하고 군살이 생겨 굳어지면 나중에 뜯어내야 한다.

해의 길이가 짧아지고 기온이 낮아지면 생명들은 저마다의 방식으로 겨울을 준비한다. 겨울은 고달프고 가혹한 계절이다. 새하얀 눈으로 덮인 설경은 보기엔 아름답지만, 살아서 움직이는 것들의 생명을 이어 갈 먹이를 감추어 버린다. 해서 본격적인 추위가 오기 전 곰이나 여우는 굴을 파서 긴 겨울잠을 준비하고 다람쥐는 식량으로 쓸 도토리를 부지런히 저장해 둔다.

제자리에 서서 숲을 이루는 나무들도 겨울을 준비한다. 나무들이 잎을 떨구는 게 결코 다가오는 겨울을 나기 위한 것만이 아니라 내년 봄에 싹 틔울 이파리들이 사용할 물질들을 회수하여 보관하기 위함이라고 한다. 겨울 동안 쉽게 얼지 않도록 담근질 세포 사이로 당을 채워 넣어 돌아오는 봄을 위한 새 생명의 에너지를 응축시키는 작업을 한다니, 보이지 않는 곳에서 이루어지는 나무의 겨울 준비도 치열할 것 같다. 하지만 나무가 미련과 집착을 못 버리고 잎을 떨구지 않는다면 봄이 오더라도 생명의 에너지가 그토록 아름다울 수 없을 것이다.

갈무리란 일 년이 끝나 가는 가을에만 하는 게 아니다. 하루의 갈무리는 잠자리에 들기 전에, 한 주의 갈무리는 주말에, 한 달의 갈무리는 월말에 하게 되는 게 아닐까. 결국 어떤 일의 시작이 있었다면 끝남이 있는 것이 갈무리가 아닐까 한다.

인생의 가을이라는 노년의 삶의 성패 또한 자신이 걸어온 삶의 갈피들을 어떻게 갈무리를 잘하느냐에 달린 것도 같다. 꿈이나 이상이라는 이름으로 혹은 현실이라는 미명으로 포장된 오랜 세월 놓지 못하는 자신이 가지고 있는 욕망에 대한 반성과 함께 미련과 집착을 떨쳐 버리는 연습을 많이 해야지 않을까 싶다. 깊어 가는 인생의 가을, 자연 속의 나무처럼 아름다운 갈무리에 대해 성찰해 봐야겠다.

#

성숙한 늙음을 위하여

날씨가 영하권으로 내려가지 않아 다행이다. 텃밭에 있는 대파를 뽑아서 ㅂ선생에게 가져다주기로 했는데 흙이 얼어 버리면 파를 뽑기가 어려울 테니 말이다. 본의 아니게 요리에 입문하게 된 ㅂ선생이 뿌리가 있는 대파를 구한다는 말을 한 게 어제다.

육순이 넘어 상처를 한 ㅂ선생은 아들네랑 같이 살고 있다. 그동안에도 맞벌이를 하는 아들 내외를 도와 손자 손녀를 돌보기는 했었다. 타지에서 대학교수로 재직하고 있는 아들은 주말에만 집에 오는 데다 오후 늦게 퇴근하는 며느리를 대신해 유치원에서 일찍 오는 손자를 데리고 논다든지 군인인 며느리가 비상근무라도 할라치면 아이들 학교 준비물 준비나 자모회에도 가는 등….

그런데 간호장교인 며느리가 작년 말 이곳에서 200킬로 정도 떨어진 곳으로 발령이 났다. 집을 옮겨 며느리의 직장 근처로 가기도 수월찮은 일인데다 여러 가지 사정상 ㅂ선생과 아이들은 이곳에 있기로 했다며 식사 문제며 집안일을 어찌해야 할지 미리 걱정이 많았었다. 시간제로 와서 집안일과 식사 준비를 해 줄 도우미를 알아보는 등 도와줄 사람을 구하던 ㅂ선생이 어느 날 자신이 혼자서 해결해 보겠다고 나섰을 때 지인들은 모두 부정적이었다. '늙은 말년에 뭐하러 사서 고생이냐', '밥은 어떻게 한다지만 반찬은 어떻게 하냐.' 말들이 많았다.

ㅂ선생의 며느리가 전근을 간 지도 벌써 두 달이 다 되어 간다. 요즘 당구클럽에서 만나는 ㅂ선생은 날마다 자신이 어제 만든 요리를 자랑하느라 핸드폰 화면을 펼쳐 보이며 설명이 요란하다. 인터넷에 나와 있는 대로 하면 다 된다나, 이제 웃제 요리에 대해 궁금한 게 있음 자신에게 물어보란다. 이런 ㅂ선생을 두고 동년배들 중엔 다 늙게 궁상스럽다고 생각하는 사람들도 있지만 나는 그렇게 생각하지 않는다.

ㅂ선생이야말로 청춘이라고 말해 주고 싶다. 청춘은 나이로 따져지지 않는다. 끓는 용암보다 뜨거운 열정과 굳센 강철 같은 의지를 갖고 있는 한 그는 청춘이다. 늙는다고 슬퍼하고 세월이 가는 걸 한탄하며 어른으로서 받들어 모심만 원하는 이야말로 노인이고 늙은 이인 것이다.

늙음이란 살아온 시간의 길이에 의한 게 아니라, 이제 새로운 것을 받아들이기에는 늦었다고 느끼는 순간부터이다. 아니, 그렇게 생각하는 순간부터이다. 다시 말하면 새로움에 대한 두려움과 변화에 대한 불안을 떨쳐 버리고 뭐든 할 수 있다는 능동적인 삶의 기대와 더불어 활력 있는 생활 방식을 유지하는 한 그는 늙은 사람이 아닌 것이다.

주어진 인생을 생기 있게 보내는가 아니면 죽음의 가장자리에서 무기력하게 보내는가에 따라 노년의 삶의 질은 확연히 달라질 것이다. 주어진 시간에 제대로 된 삶을 살려는 고집이나 정신적인 넓이와 민첩함이 있다면 질적으로 만족스럽고 풍성하고 자유로운 삶을 살게 될 것이다.

평균 수명이 삼사십 세에 불과했던 18세기에 팔십을 넘게 산 괴테에게 긴 인생을 사는 기술은 끊임 없이 생활에 변화를 주고 병마와 싸우면서도 창작을 위한 펜을 놓지 않고 세월이 흐르면서 자신에게 맞지 않게 되는 모든 것을 떨쳐 버리는 것이었다.

생각해 보면 노년의 생은 인생의 어느 시기보다도 자신이 아닌 타인이나 타의에 좌우되지 않는 자유로운 삶을 살 수 있는 가능성이 많다. 대개의 보통 사람들에게 젊은 날은 원하든 원하지 않든 의무와 책임의 나날이다. 남녀를 막론하고 가정의 경제와 자식의 양육은 인생의 보람과 가치를 느끼게도 해 주지만 자신의 삶을 위한 시간이나 여유를 갖기는 쉽지 않다. 하지만 노년이 되면 그런 의무와 책임으로부터 자유로워지고 자신을 위한 여유가 생긴다.

노년의 약점이랄 수 있는 새로운 정보 습득의 느림 같은 건 지나온 삶에서 체득한 지식과 경험으로 충분히 커버할 수 있을 것이다. 중요한 것은 본질적으로 우리의 삶을 이루는 것이 무엇인가에 대한 물음과 성찰이다. 살아온 세월 동안 주어진 삶의 기회를 활용했던가? 포기해야 했던 것은 무엇인가? 남은 세월에 그것을 되찾을 수 있겠는가? 이와 같은 자신에 대한 물음이 필요하다.

노년이 동반하는 모든 어려움과 제한에도 불구하고 자신이 깨달은 삶의 과제를 끝까지 부여잡고 이루어 내는 것은 가능하다. 그러기 위해 시력의 감퇴, 청력의 상실, 기억력의 쇠퇴 같은 나이가 듦으로 동반하는 신체의 기능들이 변화되어 가는 시기에도 자신에 대한 영향력이나 행동력, 변화의 능력, 역할 전환의 능력 등 스스로 그것에 대처할 수 있는 능력을 갖춰야 된다.

언제 죽을지 모르니 다 부질없는 것이라는 허무주의에 빠지지 말고 모든 것을 긍정적으로 생각하고 새로운 지식의 습득이나 배움에도 능동적이 되어야 한다. 그러려면 마음의 시계를 돌려놓는 것이 중요하다. 즉, 나이는 숫자에 불과하다는 것을 믿고 스스로 젊게 살기를 실행하는 것이다. 그렇다고 지식의 습득이나 배움에 지나치게 치열할 필요는 없다. 노년의 삶은 그것이 무엇이든 느긋함과 여유로움이 함께해야 한다. 젊은 날의 배움이나 지식 습득과 달리 어떤 일을 함에 있어 스트레스를 받아 가며 할 필요는 없는 것이다.

긴 인생을 성숙하게 사는 기술은 유연해지는 것, 즉 학습능력을 잃지 않고 새로운 행동규범을 능동적으로 습득하는 것이다. 자신의 욕망을 주어진 환경과 조건에 맞추는 게 아니라 주어진 환경과 조건에 자신의 욕망을 맞추면서 말이다. 그러려면 자신의 능력과 창의성에 손상이 가지 않도록 자신이 원하는 어떤 욕망들을 포기하지 말아야 하는지를 알아내야 한다.

자연의 섭리에 따라 늙어 가는 건 어쩔 수 없는 일이다. 하지만 늙더라도 성숙하게 자기 앞의 생을 좀 더 당당하게 살아가야 할 것이다. 또한 남아 있는 날들을 소중하고 귀하게 여기며 즐길 줄 아는 슬기와 지혜가 있어야 한다. 천만다행인 것은 나이가 들어도 우리가 갖고 있는 두뇌의 신경세포들이 계속 생성된다는 것이고, 이 사실을 잊지 않고 활용해야만 성숙한 늙음을 즐길 수 있을 것이다.

#

시월의 나무

가을이다. 조석으로 스치는 바람결이 가볍고 서늘해졌다. 여름 내내 견딜 수 없이 따갑던 햇살도 그 느낌이 부드러워졌다. 어쩌면 절기의 변화는 이렇게 정직할 수 있는지 영영 오지 않을 듯싶었는데 어느 사이 제자리에 와서 제 역할을 하는 게 자연의 섭리인 것 같다.

그러나 변덕 심한 시어머니 성미처럼 믿을 수 없는 것도 자연이다. 지난여름은 장맛비도 시원찮게 내리고 찌는 더위 속에서 다 보내나 싶더니 뒤늦게 연일 비가 오락가락해서 우리나라가 건기와 우기가 있다는 열대지방이 되어 가는 것인지, 어느 해보다 날씨의 변화가 심했었다.

온도에 따라 제 몸을 추스르고 사는 나무들이 제멋대로인 기후 때문에 어리둥절하지 않을까 염려했는데 그래도 시월은 시월이다. 자연은 변함없이 시월을 몸으로 보여 주려 한다. 숲을 품고 있는 산은 산대로 계곡을 흐르는 물은 물대로 가을의 정취로 익어 간다. 천년 만년 그 자리 그대로 멈추어 있는 산인데도 어쩌면 계절에 따라 표정이 그리 다른지! 봄의 숲이 열여섯 소녀의 분홍빛 첫사랑 같은 애틋함으로 피어난다면 가을의 숲은 서른아홉 여인의 애끓는 사랑처럼 농익음이 서려 있다.

시월의 나무들에게선 온갖 풍상을 다 겪고 어떤 경지에 올라선 이의 늠름하면서도 의연한 기상이 풍긴다. 파릇하게 피어나던 봄날의 풋풋함이나 한여름 뜨거운 태양과 맞서던 맹렬한 생명력에선 느낄 수 없는 완숙미랄까, 그런 것과 함께 지혜롭게 살아온 이의 품위와 넉넉함이 보인다. 삶의 구비마다 겪어야 했던 고와 락의 험로를 잘 이겨 낸 깊고도 넓은 세계를 살아 본 사람에게서 느낄 수 있는 대범함과 깊이가 느껴진다.

내가 살고 있는 계룡시는 비교적 자연이 많이 살아 있는 곳이다. 곳곳에 작은 공원들도 많고 계룡산줄기가 도시를 둘러싸고 있어서 높고 낮은 산기슭에 숲이 우거져 있다. 덕분에 집 밖으로 몇 걸음만 나서면 온갖 나무들을 만날 수 있다. 그중에서 특히 눈에 띄는 나무는 가로수로 심어져 있는 벚나무와 은행나무다. 당연히 벚나무는 봄이면 흐드러지게 피어나는 벚꽃으로 눈을 호사시키고, 가을이면 홍갈색으로 익어 가는 단풍으로 또 한 번 마음을 녹인다.

하지만 뭐니 뭐니 해도 시월은 은행나무의 계절이다. 가을이면 풍성한 잎들이 홍갈색으로 물들어 가는 모습도 좋지만, 아무래도 벚나무는 소담스럽고 여릿한 벚꽃으로 봄을 대표하는 나무라면 쭉 곧은 몸매에 황금빛으로 물든 잎을 풍성하게 매달고 있는 은행나무가 가을을 대표하는 나무라고 나는 생각한다. 그중에서도 길가에 줄지어 서 있는 은행나무야말로 시월이라는 계절을 가장 잘 보여 주는 나무라고 나는 느낀다.

시내에서 계룡대 정문 앞을 지나 동학사로 넘어가는 길목은 가을이면 온통 은행나무들의 나라가 된다. 가을날의 밝은 햇살 속에 붉고 푸른 산을 배경으로 황금빛으로 물든 은행나무들을 보는 순간 '아!' 하는 감탄사가 절로 나온다. 가을이 익어 가는 어느 날, 사열을 받는 정예병처럼 한 점 흐트러짐 없이 도로 양쪽으로 줄지어 서서 있는 은행나무들 사이를 차를 타고 지나치면 마치 내가 국가원수라도 된 양 특별한 대우를 받는 느낌이 든다.

은행나무가 황금색으로 물들어 가면 나는 집 안에만 있을 수 없다. 그 황홀한 황금색의 나라를 찾아 운전대를 잡고 여기저기 은행나무들이 도열해 있는 곳을 찾아 헤맨다. 찾아보면 은행나무 가로수 길은 전국 어디에나 있겠지만 어느 곳은 몰라서 어느 곳은 너무 멀어서 시간을 많이 들이지 않으면 안 되는 곳은 못 가고, 두어 시간 여유를 부리면 갔다 올 수 있는 곳을 찾는다.

그중에서도 서천에서 강경으로 넘어가는 옛길은 가을이면 한 번쯤은 꼭 가 보곤 한다. 도로 양쪽으로 심어진 가로수가 은행나무인데, 길이가 상당히 긴 편이라 차를 타고 지나가면서도 특유의 정취를 느낄 수 있어 그 황금빛 나라를 보려고 굳이 가을이 다 가기 전에 짬을 내서 가 보곤 한다. 거의 매년 가 보는 곳인데도 차를 타고 은행나무가 늘어선 그 길을 들어서는 순간, 그 순정한 노란색의 향연에 눈과 마음이 빠져 버린다. 봄이면 흐드러지게 핀 벚꽃터널이 환상 속을 지나가는 듯 황홀감을 준다면, 가을의 은행나무 길은 꿈꾸던 무언가를 이루어 낸 것 같은 여유로움을 느끼게 해 준다.

똑같은 은행나무라도 심은 지 몇 년 되지 않은 나무와 연륜이 수십 년이 넘어가는 나무에서 풍기는 정취는 천양지차이다. 두 팔로 안으면 가슴에 듬직한 느낌이 들 정도의 수령이 되는 크기라야 그 황금색의 느낌이 제대로 나온다. 사이사이 엇갈린 가지에 무성한 잎이 파란 하늘을 가릴 정도로 늠름하고 풍성한 시월의 은행나무 밑에 서면 세상의 온갖 부자가 부럽지 않을 것처럼 풍요로움을 느낄 수 있다. 그런 은행나무는 파란 잎을 무성하게 펼치고 있는 여름은 여름대로 힘차고 멋있다. 하지만 한 점의 푸른빛도 허용치 않은 노란 황금색으로 물든 시월의 은행나무만큼은 아니다.

나는 그림에는 문외한이라 구도라든지 하는 그림의 짜임새는 잘 모르지만, 하늘과 산과 숲과 나무가 어우러져 있는 자연이 그림같이 아름답다고 자주 느낀다. 그런데도 묘하게 자연만이 아니라 그 속에 사람이 어우러져 있을 때에 더욱 아름답다는 느낌을 지울 수 없다. 가을이 무르익어 가는 시월의 어느 날, 내가 찾은 황금의 나라에 우연히 누군가 은행나무 가로수 밑을 서성이기라도 하면 그것은 나만의 이야기가 담겨 있는 동화의 나라가 되기도 하고 어떤 위대한 화가가 그려 놓은 한 폭의 산수화가 되기도 해서 나의 눈과 마음을 매혹시킨다.

은행나무는 벌레가 먹지 않는다. 열매가 맺는 걸 보면 분명히 꽃이 피긴 필 텐데 꽃을 별로 볼 수 없는 나무다. 공룡시대부터 살아왔다는 은행나무는 씨앗의 냄새도 지독하다. 그럼에도 가을의 은행나무 앞에 서면 풍요로움과 여유가 느껴진다. 더구나 연륜이 오래된 은행나무를 만나면 깨끗하게 잘 늙어 가는 중후한 노신사의 품격이 느껴진다.

결코 젊은 날을 천방지축 헛되이 보내지 않고 자기만의 신념과 지조를 지키며 한길을 살아온 이의 꿋꿋함이 느껴진다. 고생대 말기부터 살아왔으며 단 한 종만으로 대를 이어 오는 살아 있는 화석 같은 존재로 누구의 침범도 허락하지 않는 강인함과 화려한 꽃으로 자신을 치장하지 않는 이 나무의 자존감이 부러워진다.

가을이 익어 간다. 나의 인생도 가을에 들어섰다. 가을, 황금색으로 물든 시월의 은행나무 아래 서면 나도 그렇게 잘 늙어 가고 싶다는 소망이 깊어진다.

#

기억의 오류

오래전 일기장을 펼쳐 본다. 책장을 정리하다 눈에 띄어 별 생각 없이 펼쳐 들었는데 읽다 보니 까맣게 잊고 있던 기억들이 되살아난다.

써 놓은 지 사십 년이 다 된 일기장 속에서 오순도순 정을 나누며 살았던 가족 같던 이웃들이 걸어 나오기도 하고, 갑자기 아픈 아이를 둘러업고 병원을 찾아 헤매던 어느 날의 슬픔이 되살아나기도 한다. 월급 탈 날은 아직 며칠 남았는데 쌀은 떨어지고 국수로 끼니를 이을 형편에 갑자기 찾아온 사촌동생들 때문에 난감했던 가난한 날들의 곤란함이 어제 일처럼 생생하다.

늘 인생은 고해라고 사는 건 고통이라고 느끼고 살아왔었는데, 내가 살았던 날들이 눈물과 슬픔만이 있었던 게 아니라 기쁨과 즐거움도 있었고 전혀 아니라고 기억하고 살았던 일이 사실은 내가 잘못 기억하고 있는 것이라는 사실이 새로운 발견처럼 신기하다.

기억이란 게 얼마나 불확실한 건지 지나간 시절의 나와 내가 기억하고 있는 내가 다른 점이 많다는 걸 기록으로 확인하며 혹시 나는 그렇게 살아온 것이 아니라 그렇게 살고 싶었던, 아니 살았노라고 믿고 싶었던 것은 아니었나 하는 생각이 들기도 했다.

사람마다 기억에는 편차가 있는 것 같다. 어쩌다 가족들과 지나간 날들에 대한 이야기를 하다 보면 몇 십 년을 한집에서 같이 살아온 부모와 자식 간에도 같은 시간 같은 일을 두고 기억하는 줄거리가 다르다. 두 아이에게 어린 시절 소풍 갈 때 똑같이 김밥 대신 빵과 우유를 싸 준 날에 대한 기억도 아들에게는 괜찮게 딸에게는 수치감을 느꼈던 기억으로 남아 있다. 느낌이나 감정이 다른 건 이해되지만 줄거리가 다른 건 왜일까.

그것이 사람마다 성격이 다른 것처럼 기억하는 능력도 즐겁고 기뻤던 일을 더 기억하는 이가 있는가 하면, 고통스럽고 슬펐던 일을 더 기억하는 이가 있는 것 같다. 개중엔 아예 자신에게 고통스럽고 힘든 기억들은 잊어버리거나 묻어 버리고 사는 이들도 있다. 기억하기엔 너무 괴로워서 의식적이든 무의식적이든 망각하게 하는 힘을 기르는 게 아닐까 싶다. 대개 그런 이들의 유소년 시절은 부모의 보살핌을 제대로 받지 못하거나 버림을 받은 불우한 환경에서 자란 이들이 많은 것 같다.

자애로운 부모 아래 유복한 환경에서 자라 아름다운 추억이 많은 유소년 시절을 보낸 사람은 인생의 반은 행복하게 지낼 수 있다는 말도 있는데, 참으로 머무르고 싶었던 행복한 기억이 많다면 정말 힘들고 고통스런 순간이 닥쳤을 때 그 행복했던 추억이 조금의 위안이 되지 않을까 하는 생각도 든다.

우리들의 기억에 대한 논의 중에 기억이란 실은 믿을 게 못 된다는 글을 본 적이 있다. 그렇다. 기억은 그때 그 순간 자신의 감정에 따라 각인이 되고 세월이 흘러가면 점점 흐려진다. 하지만 어떤 기억은 흐려지지 않고 좀 더 확대되거나 미화되어 다르게 포장되기도 하는가 보다. 대수롭지 않게 지나쳐 왔던 어떤 일이 세월이 지나 어느 날부턴가 상처가 되어 원망을 일으키기도 하고, 도저히 용납할 수 없을 것 같았던 미움과 증오의 감정이 시간이 갈수록 퇴색되고 옅어져서 그 느낌마저 사그라질 수 있는 것도 기억의 오류 탓인 것 같다.

하지만 사랑과 정에 대한 기억만은 가장 오랫동안 또렷하게 기억하게 되는 게 우리 보통 사람들의 뇌 구조인 것 같다. 어린 시절 부모에게 받은 사랑의 감정은 아무리 오랜 세월이 흘러도 변하지 않고 죽는 날까지 간직하는 것도 그렇고, 치매에 걸린 환자들이 오래 잘 기억하는 게 자신이 가장 사랑하고 소중하게 생각하는 사람이라니 말이다.

또한 우리 민족의 한의 대명사인 남북 이산가족들의 상봉 장면만 봐도 몇 십 년을 헤어져 있었던 부모 형제를 단번에 알아보고 부둥켜안는 걸 보면 우리의 기억 중에 사랑과 정에 대한 기억만은 잊어버리지도, 달라지지도 않는 것 같다.

인생살이, 짧게 생각하면 짧고 길게 느끼면 길 수도 있는, 오욕칠정으로 점철된 인생을 살아가면서 겪었던 모든 일들이 다 기억되지는 않는다. 아픔과 기쁨, 슬픔과 위안, 좌절과 성취, 만남과 이별,

하고많은 사연 중에 좋건 싫건 기억되는 것은 추억이라는 이름으로 우리들 가슴속에 담긴 것들일 것이다.

지나간 날들의 편린들을 뒤적이며 돌아보면 인생이란 어차피 흐르는 강물 같은 것, 울고 웃고 성내고 고통스러웠던 것들을 붙들고 나대지 말고 흐르는 강물을 바라보듯 관조할 수 있었으면 좋았을 걸 하는 아쉬움을 느낀다. 아울러 고통스러웠던 일이나 살을 에듯 슬펐던 일같이 상처로 남을 기억들은 흘러가는 물에 떠내려 보내듯 불어오는 바람에 실려 보내듯 잊어버리고, 작은 미소로 웃을 수 있었던 날들의 기쁨과 행복은 확대해서 오래 기억하는 방법을 찾아야겠다는 생각이 든다.

여름 내내 창가를 아름답게 장식해 줬던 장미꽃이 사그라져 가는 잎만 남았다. 볼품없어진 화분을 다듬으며 환하게 피어나던 날들의 꽃들을 기억해야겠다. 어찌 보면 인생이란 것도 어떤 사람이 무엇을 기억하고 사느냐에 따라 그의 삶이 더 행복할 수도 덜 행복할 수도 있는 게 아닌가 하는 깨달음이 온다. 아울러 나이를 먹을수록 멀어져 가는 기억의 편린들을 붙잡으려 애쓰기보다는 소중하고 아름다운 순간들을 제대로 느끼고 올바르게 기억하는 것이 더 중요하지 않나 하는 물음을 스스로에게 해 본다.

#

삶과 죽음에 대한 독백

나는 무엇 때문에 이 세상에 왔을까? 사람이 세상에 태어날 때는 제각기 할 일이 있다던데…. 이렇게 눈물 떨구고 살 것을, 이렇게 가슴 헤집고 살 것을, 어느 날 갑자기 사라져 버릴 모래성 같은 인생인 것을…. 누군가에게 이해받고 싶어서 안달하는 것도, 누군가에게 보살핌 받고 싶어서 애달아하는 것도, 지나고 나면 참으로 어리석은 몸짓인 것을….

어느 날 갑자기 자신이 방향을 잃은 배 같다는 생각이 든다. 나는 왜 사는 거지? 내가 진정으로 원하는 건 무엇이지? 궁극적으로 내 인생의 목표는 어디에 있는 거지? 자문해 본다. 내가 가장 두려워하는 것과 가장 원하는 것이 무엇인지조차도 모르고 허둥거리며 살아온 것 같다.

생각해 보면 기껏 하루하루 생존을 위한 발버둥만 치며 여기까지 왔고 지금도 계속 생존을 위한 발버둥에서 벗어나지 못하고 있다. 가장 실용적인 것, 가장 효율적인 것, 가장 현실적인 것에 얽매어 어떤 여유도 풍요도 못 누리고 있다. 끊임없이 계획하고 긴장하고 미래를 계산하면서 한편으론 불안과 두려움에 떨고 있다. 길이 없는 밀림 같은 세상은 내겐 헤쳐 나아가기 어려운 늪 같은 것이어서 늘 낯설고 힘겨운 곳이다. 너무 오랫동안 두려움을 느끼며 살아왔기 때문인지 아직도 두려움 없이는 미래를 생각할 수 없다.

삶에도 달인이 있을 수 있을까? 있다면 만나고 싶다. 어떻게 사는 것이 옳은 길인가 누군가 가르쳐 줬으면 좋겠다. 살아도 살아도 갈등과 괴로움은 끝이 없는 것 같다. 이순의 나이를 넘었는데도 왜 이렇게 흔들림이 많은지, 세상살이 어느 것 하나 '이거다!' 하는 확신이 없이 오늘도 흔들리며 헤매며 살아간다.

외롭거나 슬프거나 괴로운 것도 힘들지만, 순간순간마다 어떻게 사는 게 옳게 사는 길인지 분간할 수 없어 고뇌해야 하는 것도 정말 힘들다. 차라리 세상살이가 수학공식처럼 정해진 룰이 있어서 이럴 때는 이렇게, 또 저럴 때는 저렇게 살아라 하는 지침이 있으면 좋으련만….

이해할 수 없을 때 이해할 수 있는 방법을, 받아들일 수 없을 때 받아들일 수 있는 방법을, 잊어버릴 수 없을 때 잊어버릴 수 있는 방법을 누군가 가르쳐 주면 그대로 따라 할 수도 있으련만…. 왜 하느님은 인간에게 인생을 연습할 수 있는 기회를 주지 않으셨을까? 은총을 베풀어 미래에 일어날 일들을 조금만 미리 알려 주셔도 인생살이가 훨씬 수월해질 것 같은데….

내게 인생에 대해 물어볼 수 있는 스승이 있다면 좋겠다. 삶의 굽이굽이마다 닥쳐오는 난제들을, 이거다 확신할 수 없는 애매모호한 것들을 규정지어 줄 수 있는 그런 스승이 있다면 좋겠다. 인간이 자신의 삶을 마음대로 살 수 있다면 사람들은 어떻게 살까? 아마도 어떻게 살지를 몰라 갈팡질팡하는 사람이 부지기수일 것이다. 어떻게 살아야 가장 잘 사는 길인지를 아무도 가르쳐 주지 않았으니까.

우리에게 죽음이라는 게 있어 생이 끝나는 날이 있다는 것은 정말 다행이다. 만약에 죽음이 없다면 사람들은 삶이 너무나 지루해서 더 괴로워할지도 모르니까. 인연도, 사랑도, 미움도, 슬픔도, 외로움도, 절망도 종말이 있으므로 더 고귀하고 아름답고 견딜 수 있고 참아 낼 수 있는 것이리라.

사람이 늙지 않는다면 젊음이 그렇게 빛날 수 없고, 사랑에 끝남이 없다면 사랑이 그렇게 아름다울 수 없고, 육체에 병이 안 생긴다면 건강이 그렇게 좋은 것인지 모르리. 죽음이 없다면, 어쩌면 사람들은 더욱 탐욕스럽고 부도덕하고 비윤리적으로 살아갈지도 모른다. 죽음이 없다면 이 세상에 종교도 없을 테니 죽음은 인간에게 선량과 자애와 청빈을 가르치는 선생인지도 모른다. 죽음이 있기에 우리들은 때대로 소유와 관계에 대한 반성과 정리를 하며 자신의 삶의 그림자를 거두려고 노력한다.

하지만 죽음이란 어쩌면 해가 산 너머로 지는 것과 같은 것인지도 모른다. 여기 이곳에선 해가 사라지지만 그 사라진 쪽 어딘가에서는 해가 떠오르고 있는 것처럼 죽음은 또 다른 세상과의, 그리고 또 다른 시간과의 만남일지도 모른다. 죽음이 이 세상과의 단절로 느껴지고 표현되는 것은 죽음 뒤에 오는 세상을 아무도 체험해 보지 못했기 때문일지도 모른다.

죽음이라는 건 아무도 모르게 찾아와 갑자기 뒤통수를 내리치는 망치 같다. 저기 앞에 목적지가 보일 듯할 때, 목적지에 다 왔다는 안도의 한숨을 쉬려 할 때 무자비하게 기습하는 게 죽음이다.

아니다. 죽음은 이 세상에 존재하는 모든 생명이 있는 것에게 오는 것이니, 어찌 보면 하느님께서 인간에게 미리 알려 주신 단 하나의 예고인 것 같다. 그것이 비록 아무도 모르게 뒤통수를 내리치는 망치처럼 비정하게 오는 것일지라도….

누구라도 죽음 앞에선 빈손일 수밖에 없고 죽음은 누구에게도 공평하게 오는 것이니, 바라건대 어느 날 문득 죽음이 내게 온다면 삶에 대한 치사한 미련이나 인간으로서 갖고 있는 욕망 같은 것은 깨끗이 버릴 수 있으면 좋겠다.

어리석은 인생 아무리 붙잡고 또 붙잡으려 해도 언젠가는 다 버릴 수밖에 없는 것을, 작별의 느낌조차 없이 사라져 갈 것을, '나는 떠납니다. 잘 계시오.' 이 한마디 써 놓고 떠나갈 수 있다면 좋겠다. 미련 없이 후회 없이 홀가분하게 가볍게 떠나갈 수 있었으면 좋겠다.

#

흔적

아침이다. 자리에서 일어나 세수를 하고 거울을 본다. 거기 비춰진 얼굴에서 오랫동안 써서 낡은 가죽가방의 표면같이 헤진 세월의 흔적을 읽는다. 하긴 생각해 보면 낡고 쭈그러진 얼굴에만 흔적이 남는 게 아니고 내가 살아온 시간 자체가 흔적이 될 것이다.

어쩌면 이 세상에 태어나 한생을 살다가 가는 인간에게 가장 중요한 임무가 자신이 이 세상에 살다가 간 흔적을 남기는 건지도 모른다. 누군가는 아무도 이해할 수 없는 난해한 그림 같은 흔적을 남기고 누군가는 한눈에 알아볼 수 있는 정물 같은 흔적을 남긴다지만, 인간이라면 누구라도 제각기 나름대로의 흔적을 남기고 싶어 한다. 그래서 '호랑이는 죽어서 가죽을 남기고 사람은 죽어서 이름을 남긴다.'는 속담도 생겼을 것이다.

흔적은 시간이 만든다. 시간은 애초에 누가 만들었을까. 그냥 무심하게 흘러가는 자연의 흐름을 우리 인간들은 그냥 보내지 못하고 유심하게 나누고 쪼개서 그것을 또 1년, 2년 세어 감으로써 시간과의 투쟁이 시작된 건 아닐까 하는 생각을 가끔 한다. 그 나누고 쪼개어진 시간도 우리에게 무한히 주어진 게 아니라 유한하다. 밝으면서도 아름다운 흔적을 남기려면 내게 허락된 시간만큼은 최선을 다해 살아야 한다는 의지와 노력이 필요할 것이다.

삶은 책과 같다는 말이 있다. 한 사람의 일생은 한 권의 책이다. 고로 인간은 누구나 한 권의 책을 써 나가는 것이다.

그러나 글을 쓰다 보면 자신이 생각하는 것이나 느끼는 것보다 그것을 글로 표현해 내기가 훨씬 어렵고, 자신의 생각이나 느낌을 글로 표현해 내는 것에 별로 재주가 없다는 걸 스스로 아는 데는 그리 많은 시간이 걸리지 않는다. 그처럼 삶이라는 노트에 쓸 수 있는 흔적이라는 문장도 여간한 재주와 노력이 없이는 삐뚤빼뚤 엉성하고 앞뒤가 안 맞는 비문처럼 오점투성이가 되기 일쑤다.

인간의 삶이란 게 말이나 글로써 표현할 수 없는 슬픔이나 아픔, 괴로움이 얼마나 많으며 나름대로 옳고 바르게 살아왔다고 해도 세월이 지나고 나면 결코 자신이 의도하지 않았던 오류가 얼마나 많은가를 느끼게 된다. 아무도 가르쳐 주거나 알려 주지 않는 인생이라는 길을 오로지 홀로 몸과 마음으로 느끼고 견디어 낼 수밖에 없는 무력한 자의 비애를 누구나 한두 번쯤은 겪어 볼 수밖에 없는 게 보통 인간의 여로인 것 같다.

살아간다는 것은 무수히 많은 아픔과 상처와 실패를 겪어 내는 것이다. 다행히도 우리들은 날마다 새로운 페이지를 열면서 산다. 결코 어제와 똑같은 페이지가 아니기에 똑같은 아픔과 실패를 겪지 않아도 된다. 어제보다 더 나은 내일의 흔적을 위하여 최선을 다해 오늘을 살아야 한다. 그렇기에 자신에 대한 끊임없는 성찰과 배움은 삶이란 책에 아름다움과 새로움을 더하는 것이다.

삶이라는 책은 그 사람이 겪어 나가는 현실이라는 현장의 경험과 자신의 생을 어떻게 살아낼 것인가 라는 가치관의 정립과 생각의 깊이에 따라 책의 내용과 두께가 결정된다고 나는 생각한다. 누가 읽어도 공감할 수 있고 이해할 수 있는 제대로 된 책을 쓸려면 퇴색되고 허물어져 가는 인생의 이정표를 똑바로 읽어 내야 하리.

글은 그 사람을 말한다고 한다. 호감을 주려고 보낸 책이 오히려 반감을 주기도 한다. 그럴듯한 프로필에 여러 권의 책을 낸 다작의 작가라는데 그가 쓴 글에 깊은 사색이 들어 있는 자기철학은커녕 비문이 많거나 앞뒤가 맞지 않거나 무슨 말을 하는지 아리송한 글이 많이 들어 있다면 오히려 그의 이름만 듣거나 아주 몰랐을 때보다도 부정적이 된다. 제대로 된 실력도 갖추지 않은 사람이 가지고 있는 요란한 타이틀은 오히려 그 사람의 허세와 거짓의 증거인 것 같은 느낌이 들기 때문이다.

이름을 남기기 위해 사람들은 목숨을 걸기도 한다. 옛날부터 비교적 글줄이나 배웠다는 인간들은 자신의 묘비에 쓸 글귀를 남기기도 한다. 그러나 아무리 애를 쓰거나 흔적을 남기려고 노력해 봤자 다 무의미한 것이 되고 만다. 사실 목숨을 걸고 남겨 둔 흔적이 있다고 하더라도 그것은 죽은 자의 것이 아니라 살아 있는 자들의 몫이고 그들의 소유가 될 뿐이다.

그리 보면 이름을 남기는 것이 뭐 그리 대순가, 남길 이름이 없는 것도 행복한 일이다. 인류의 역사를 보면 살아생전 무소불위의 자리에 있었다 하더라도 사후에 이름을 남김으로써 영광만이 아닌 치욕과 매장을 당하기도 하니 말이다.

라오스인들은 묘비명을 쓰지 않는단다. 그들은 사람이란 글로써 흔적을 남길 수 없는 존재라고 생각하기 때문이란다. 하지만 보통 사람들은 자신이 이 세상에 왔다 간 흔적을 무엇으로든 남기려고 애를 쓴다.

하기는 이 세상에 왔다 가는 동식물조차도 자신의 종자라는 흔적을 남기기 위하여 최선을 다하니, 인간들이 자신이 살다 간 흔적을 남기기 위해 애를 쓰는 건 생명을 부여받고 태어난 생물로서의 의무이자 인간이 가진 근원적인 욕망인지도 모른다. 하찮은 미물인 달팽이도 자신이 지나간 흔적을 남기는데 말이다.

오늘 나는 내 인생의 몇 페이지쯤을 넘겼을까? 아프고 슬프고 좋고 밉고 고왔던 순간들을 제대로 써 내고 있기나 한 걸까? 지나고 나면 쪽수를 세어 보듯 순간에 넘어가는 게 인생이라던데, 나는 과연 몇 페이지 분량의 책을 써 낼 수 있을까?

하지만 언젠가 나는 죽을 것이고 내게 속해 있던 모든 것들은 흔적도 없이 사라질 것이다. 흔적, 사실 나는 내가 사라진 후에 남겨질 흔적을 별로 중요하게 생각하지도 않고 흔적을 남기고 싶거나 흔적에 대한 집착도 없다. 내가 글을 쓰는 이유는 그저 내가 존재하는 동안 나대로의 존재감에 충실하려는 것뿐이다. 다만 어떤 형태로든 조금이라도 남겨질 흔적이 있다면 흉하거나 추하지 않길 바랄 뿐이다.

2

차마 어쩌지 못하는

#

사랑의 시야

따뜻한 초여름 오후의 화요일, 네거리를 중심으로 열리는 난전은 많은 사람들로 북적이고 있었다.

장을 보고 들어가는지 반바지 차림의 중년 남녀가 횡단보도 건널목 앞에 서 있는데, 남자의 왼손엔 조금 묵직해 보이는 장보따리가 들려 있고 여자는 빈손이다. 그때 밝게 빛나던 하늘이 갑자기 흐려지면서 지나가던 구름이 빗방울을 흩뿌린다. 순간 무심해 보이던 남자의 오른손이 재빨리 키 작은 여자의 머리를 덮어 준다. 몇 방울이나 될까, 그쯤 맞아도 별스럽지 않을 정도의 빗방울을 손으로 막아 주는 남자의 행동이 인상 깊었다.

그리고 문득 두어 발짝 뒤에 서 있던 내게 사랑이란 대단하게 아름답거나 엄청나게 뜨겁거나 목숨을 걸 정도의 굉장한 것이 아닌 손을 펴서 비를 가려 주는 행위 같은 것, 완전하지는 않지만 미더운 것이라는 깨달음이 온다. 떨어지는 빗방울에 온몸이 적셔지는 걸 다 막아 줄 수는 없지만 누군가 옆에서 지켜 주려는 의지를 보여 주는 것만으로 위로와 행복을 느끼는 것이 사랑 아닐까.

사랑이라는 말에 따르는 수식어는 참으로 많다. '사랑은 주는 것이다.', '사랑은 헌신이다.', '사랑은 공유이다.', '사랑은 이타적이다.'…. 이루 다 헤아릴 수 없을 정도로 많지만 가장 많은 것은 '사랑은 주는 것'이라는 수식이다.

그러나 그건 오류가 있다. 자식을 위한 부모의 사랑이라고 할지라도 무조건 상대를 위하고 헌신적이 되는 것이 진정한 사랑이 될 수는 없다. 주어도 되는 것과 주지 않아야 될 것을 가려서 주는 분별 있는 사랑이야말로 진정한 사랑이라고 말할 수 있다.

이성 간의 사랑도 마찬가지다. 아무리 주는 게 사랑이라고 해도 상대가 원하지 않는 혹은 좋아하지 않는 것을 준다면 그것은 사랑이 아니라 괴로움이 될 것이기 때문이다. 사랑이란 사랑을 받는 사람에게 유익한 보탬이 될 수 있어야 한다. 상대에 대한 이해가 없는 사랑에는 상대를 힘들게 할 수 있는 많은 위험요소가 따른다.

사랑하는 마음이 우물 같다는 생각을 한 적이 있다. 그러나 퍼내지 않아도 끊임없이 솟아나오는 샘물처럼 마르지 않는 사랑을 가진 사람은 드문 것 같다. 대개는 계속 두레박질을 해서 물을 퍼 주지 않으면 이끼가 끼어 못 먹게 되거나 말라 버리는 우물 같은 사랑을 가진 사람이 많다. 마중물이 있어야만 물을 받을 수 있는 펌프나 두레박이 있어야 물을 길어 올리는 우물과 두 손만 있으면 먹을 수 있는 옹달샘같이 사랑도 조금씩 다른 유형이 있는 것 같다.

표현하지 않는 감사는 감사가 아니라는 말이 있듯이 표현하지 않은 사랑은 사랑이 아니다. 사랑은 표현할 때 사랑이 된다. 하지만 표현한다고 해서 다 사랑으로 받아들여지는 것은 아니다. 어떻게 표현하는가가 가장 중요하다. 아무리 열렬한 사랑의 표현을 한다 해도 상대가 그것을 사랑이라고 인정하고 받아들여질 때 비로소 사랑이 성립될 수 있기 때문이다.

우리가 가진 감정 중에는 발산이나 표현하는 데 좀 더 신중하거나 절제해야 될 종류의 것이 있거나 그것을 좀 더 확산하거나 풍부하게 만드는 편이 더 낫지 않을까 싶은 감정의 종류가 있다. 확실하고 명백하게 분류할 수 있는 건 아니지만 사랑하거나 좋아하는 감정을 표현하는 경우에도 이런 이분법적 사고가 필요한 것 같다.

이웃 간이나 친구 사이 혹은 직장의 동료 간이나 어떤 모임의 회원 같은 평범한 관계에서의 우호적인 감정을 표현할 때도 어떻게 표현하느냐가 관건이 될 수도 있다.

하지만 많은 사람들이 사랑에 대해 착각을 하는 것 같다. 자신이 생각하거나 느끼는 사랑이 사랑의 전부라고 정의를 내리거나 사랑은 주는 것이라고 무조건적으로 주려고만 갖은 애를 쓰다가 그 사랑이 받아들여지지 않을 때 실망하거나 자포자기에 이른다. 말하자면 상대가 원하는 혹은 느끼는 사랑이 아니라, 내가 원하는 느끼는 사랑만을 강조하다가 사랑하는 이와 이별하거나 포기하는 것이다. 작은 나사못 하나를 박을 때도 나사못의 머리가 일자형이냐 십자형이냐에 따라 드라이버를 바꿔야 하는데 말이다.

그래서 사랑에도 기술이 필요하고 그 기술을 배우고 익혀야 한다는 말도 있다. 사랑의 기술이 필요한 것이 비단 이성 간의 사랑에서만이 아니다. 가장 가까이는 혈연으로 이루어진 가족 간에서부터 자주 얼굴을 마주치는 친구, 더 나아가 직장 동료에게까지도 사랑의 기술이 필요하다. 그럼에도 불구하고 사랑의 기술을 가르쳐 주는 학교 같은 건 없어서 헤아릴 수 없이 많은 사람들이 사랑하는 사람과 이별을 하고 좋아하는 사람을 놓쳐 버리는 아픔을 겪는다.

사랑과 이별은 화투패의 앞뒷면 같다. 사랑이 설레는 감정을 가지고 같이 성장해 나가는 것, 아픔을 토닥여 주고 안아 주는 것, 그 사람이 아니면 아무것도 안 될 것 같은 믿음 같은 것이라면 이별은 그 모든 것을 부정하는 마음의 움직임이 만들어 내는 것이다.

들판에 아무렇게나 피어 있는 수수하고 아름다운 야생화처럼 특별하지 않게 은은하게 피어나는 사랑. 한 이십 년, 아니 평생을 기다렸던 사람을 만난 것 같은 운명적인 만남 같은 사랑, 이생을 떠나는 날까지 함께하고 싶은 새털같이 부드럽고 따스한 사랑을 하고 싶다.

그런 사랑을 하기 위하여 리트머스 시험지에 용액을 부으면 어떤 색으로 변하느냐에 따라 용액의 성질을 알 수 있듯 상대의 감정을 시험해 볼 수 있는 사랑의 시약이 있다면 좋겠다. 내가 사랑하는 사람이 좋아하는, 사랑의 표현을 미리 알 수 있는 그런 시약 같은 게 있다면, 잘못된 사랑, 헛된 사랑 같은 것 때문에 애타하고 아파하는 괴로움이 줄지 않을까. 또한 그 사람의 사랑이 진실인지 거짓인지 알 수 있는 시약도 있다면 물질이나 명예나 지위 같은 불순물이 끼지 않은 진정한 사랑다운 사랑이 더 많아지지 않을까.

사랑! 자의로 거부할 수 없어서 고통스러운 것, 그 아름다우면서도 슬픈 것을 위하여 사랑의 시약이 필요하다.

#

초대에 대한 예의

텃밭에 심은 콩모종이 제법 자랐다. 혹여 바람에 쓰러지지 말라고 포기마다 호미로 흙을 북돋아 준다. 동시에 콩포기 사이사이 자리 잡은 잡초도 빠짐없이 뽑아 준다. 생각해 보면 잡초라고 하지만 어떤 것이든 이름이 있을 것이고 나름대로 고유의 성분도 있을 것이다. 쓰임새만 하더라도 어떤 것은 밥상 위에 올라가는 나물거리가 될 수도 있을 테고 어떤 것은 경우에 따라 꼭 필요한 약용으로 쓸 수도 있을 것이다.

하지만 이 콩밭에서는 초대받지 못한, 그래서 있어서는 안 되는 불청객이다. 초대받지 않은 자리는 초라하고 불행하다. 식물이든 동물이든 이 세상에의 초대를 받았으니까 태어났을 거라고 나는 생각한다. 사람도 마찬가지다. 누추하고 초라한 자리가 됐든 고귀하고 화려한 자리가 됐든 우리들은 누군가에 의해 이 세상에 초대받은 손님일 것이다.

태어남이 우리가 모르는 신비에 의한 자연적인 초대라면, 우리들

인간이 스스로 만드는 인위적인 초대가 있다. 군집사회를 이루고 살아가는 사람들은 서로 초대를 하거나 받기도 하는데 우리가 살아가면서 받는 초대에도 여러 가지가 있는 것 같다. 사람이 살아가면서 맞게 되는 인륜대사는 물론이요, 여러 가지 축하연이나 출판기념회 같은 좋은 자리의 초대도 있고 친구와의 가벼운 한 끼 식사를 하는 초대 자리도 있다.

누군가를 초대해서 한 끼 식사를 같이 하는 건 서로의 친교와 우의를 위해서 좋은 일이고 인간관계에 있어 윤활유 같은 거라고 생각한다. 나도 가끔 친구나 지인들로부터 초대를 받는다. 그런데 기분 좋게 즐겨야 할 초대의 자리가 때로 씁쓸한 기억으로 남을 때가 있다. 그것은 초대에 대한 서로 간의 기본적인 예의가 안 지켜졌을 경우다.

초대하는 쪽도 초대받는 쪽도 초대에 대한 최소한의 예의는 차려야 한다고 나는 생각한다. 부스스한 머리 모양에 집에서 아무렇게나 입던 옷차림 그대로 초대 자리에 나타난다든지 운동할 때 입는 옷이나 산에 갈 때 입는 옷차림은 좀 그렇다. 옷의 좋고 나쁨을 말하는 게 아니다. 생일파티라면 거기에 맞는, 결혼식이라면 결혼식에 맞는 차림을 해야 초대한 쪽에 대한 예의에 맞는 게 아닐까 싶다.

초대하는 쪽도 마찬가지다. 일반적인 저녁 식사 자리라 하더라도 사전에 참석하는 사람들의 면모를 간단하게나마 알려 줘야 될 것이고, 전혀 모르는 사람들을 한자리에 불러 모으는 자리라면 서로 간의 어색함을 풀어 줄 수 있는 배려와 분위기를 조성해야 할 것이다.

언젠가 내가 사는 고장의 시장실에서 비서라는 분의 전화가 왔다.

오전 열 시경쯤이었는데 시장님이 점심을 같이하고 싶어 하시니 나오라는 거였다. 며칠 전 지역 문학행사에서 사회를 본 적이 있는데 그 자리에 참석했던 시장이 부른다는 거다. 누군가를 식사에 초대한다면 최소한 전날쯤은 초대의사를 보내왔어야 되는 것 아닌가 하는 마음에 못마땅하기도 하고 별로 응하고 싶은 생각이 없어서 거절을 했더니 이 공무원 양반, 버선발로 뛰어나오듯 기꺼이 응해야 하는 것 아니냐는 투로 얘기를 해서 참 어이가 없었다.

그리고 뭔가 잘못된 인식을 뜯어고쳐 주고 싶다는 생각이 들었다. 사회적으로 저명하거나 지위가 높은 사람이 부르면 민초인 보통 사람은 그저 불러 준 것만도 황송감사하게 여기고 응해야 한다는 거냐고 반문하고 싶었다.

솔직히 나는 사람을 대할 때 상대가 어떤 사회적 지위를 가지고 있든 별로 개의치 않는 편이다. 먼저 그 사람이 가진 인격이 어떤가를 가늠해서 존경과 대우를 하는 편이다. 더구나 선거를 통해 뽑은 어떤 자리의 수장이란, 시장이라면 그가 속한 시민의 권익과 편의를 위해 일을 하는 종사자이고 어떤 조합의 조합장이라면 그 또한 그가 속한 조합의 권익과 운영을 위해 일을 하는 사람이지, 다른 사람들에게 떠받들어져야 하는 사람은 아니라고 생각한다.

그런데 당사자나 그 측근들은 그렇지 않은 모양이다. 선거 때면 표를 얻기 위해 유권자에게 굽실거리지만 일단 그 자리에 앉게 되면 언제 그랬냐 싶게 유권자를 얼마든지 지배할 수 있는 피지배자로 생각하는 모양이다.

그런 유형의 사람들이나 집단일수록 초대를 한다고 해서 다 똑같은 마음으로 하는 건 아닌 것 같다. 어떤 자리를 마련해 초대를 하면서 상대에 따라 초대장을 보내는 마음이 조금씩 다르다는 걸 느낀다. 어떤 쪽은 오면 좋고 안 오면 말지 하는 이가 있고, 어떤 쪽은 안 오면 그 자리를 마련한 의미가 반감될 정도로 꼭 왔으면 좋겠는 이가 있는가 하면, 예의상 안면몰수 할 수 없어서 초대를 하기는 하지만 안 오면 오히려 홀가분해할 것 같은 사람으로 구분되는 것 같다. 그것은 어쩌면 초대받는 사람의 행실이나 처신이 문제가 되기도 하지만 경우에 따라 상대가 가진 사회적 지위나 명예와 관계되기도 하고 때로는 초대하는 사람과의 이해득실에 따라 달라지기도 하는 것 같다.

핵가족화가 일반적인 요즘은 부모와 자식 간의 사이에서도 초대의 의미를 잘 파악해야 되는 시대가 됐다. 결혼해서 일가를 이루고 사는 자식이 자기네 식구가 놀러 간다든지 휴가를 가게 됐을 때 훌쩍 그냥 갔다 오기는 좀 그래서 늙은 부모에게 같이 갈 거냐, 권유 한마디 한 것을 벌이야 나비야 반색을 하고 따라갔다가는 오히려 안 가느니만 못한 경우가 있기도 한다.

여러 가지 이유야 있겠지만 부모가 안 간다고 하면 오히려 기쁘게 받아들이는 이기적인 자식들도 많은 세상이 된 것 같다. 그래서 내가 아는 어느 분은 자식들과 외식을 하거나 여행이라도 가게 되면 자기 몫의 비용에다 얼마를 더 얹어서 돈을 내놓는다는 것이다. 말하자면 비용 분담이라도 해서 자식이 부모를 짐스럽게 여기지 않도록 하는 배려이자 고육책인 셈이다.

우리들은 살아가면서 여러 가지의 초대를 받는다. 기명식의 초대와 무기명식의 초대도 있고, 보통 사람들은 일생에 한 번도 있을까 말까 할 정도의 특별한 초대도 있을 것이고, 가끔 해외토픽에서 보는 어마어마한 돈을 주어야 만날 수 있는 워런 버핏 같은 세계적인 부호와의 점심 초대도 있다.

하지만 어떤 초대가 됐든 초대는 하는 이도 받는 이도 즐거워야 한다. 더 중요한 것은 초대하는 이는 초대받은 이가 그 자리에 없어서는 안 될 사람처럼 대접해야 할 것이며, 초대받은 이 또한 그 초대를 소중한 자리로 여길 줄 아는 사람이어야 할 것이다.

#

표현의 기술

그는 얼마 전부터 사귀기 시작한 그녀가 사랑스럽다. 자주 만나고 싶지만 바쁜 직장일 때문에 자주 못 보는 그녀에게 때때로 전화와 문자메시지를 보낸다. 밤늦게 퇴근하는 그녀에게 무슨 일은 없는지, 안전하게 잘 귀가했는지, 안부 인사를 잊지 않는다. 사랑하는 사람 사이에는 그런 관심과 보살핌이 꼭 필요하다고 그는 생각한다.

하지만 그녀에게서는 답장이란 별로 없다. 이렇다 저렇다 아무 응답도 없는 그녀가 괘씸한 생각이 들 때쯤이면 그녀에게서 전화가 온다. 아무렇지도 않게 인사를 하고 데이트를 약속한다. 그의 메시지를 까먹은 것 같은 일은 그녀의 안중에 없는 것이다. 그런 그녀의 태도를 그는 어떻게 이해하고 받아들여야 할지 자존심도 상하고 혼란스럽다.

그녀는 친구의 소개로 만난 그 남자가 괜찮다. 외모도 믿음직스럽지만 학벌이며 직장이며 가정환경까지 별로 걸리는 게 없는데다 능력도 있어 보이는 그가 마음에 든다. 결혼까지도 생각하고 있다.

그런데 하루도 빼놓지 않고 걸려 오는 전화와 퇴근 후면 꼬박꼬박 들어오는 '아무 일 없이 잘 들어갔냐?'는 안부문자는 좀 부담스럽다. 휴대전화를 잘 놔두고 다니는 그녀에게 '왜 전화를 잘 안 받느냐?', '무슨 일이 있었냐?' 묻는 것도 간섭으로 느껴진다. 갈수록 자신의 일상을 지배하려는 것 같고 속박당하는 느낌이 들어서 그와의 교제를 계속해야 할까 고민 중이다.

멀리서도 주인의 모습이 보이면 개는 반가움에 꼬리를 흔든다. 이층에서 무심히 내려다보는 눈길만 마주쳐도 친애의 표시로 꼬리를 흔든다. 가까이 다가가 쓰다듬어 주기라도 하면 몸을 납작 엎드려 최대한 복종의 표시를 한다. 그렇게 개는 언제나 주인에게 변함없는 충심과 애정을 보인다.

고양이는 다르다. 주인이 나타나도 별로 관심을 나타내지도 않지만 주인이 다가가도 제 기분이 동하지 않으면 꿈적도 않는다. 그러다 제 기분이 동하면 걀걀거리며 주인의 다리를 휘감는다. 쓰다듬어 주면 기분 좋게 눈을 감다가도 어느 사이 달려들어 날카로운 발톱으로 할퀴어 버린다.

서로의 인사법도 다르다. 개가 앞발을 드는 건 당신과 친해지고 싶다는 표현이고 고양이가 앞발을 드는 건 너 내 맘에 들지 않으니 가만 안 두겠다는 공격의 표현이다. 이렇게 서로 다른 룰을 쓰는 둘의 동거는 고달프고 괴롭다. 개는 개의 룰을 지키기 위하여, 고양이는 고양이의 룰을 지키기 위하여….

그런데 이런 개 같은 아낙과 고양이 같은 사내가, 혹은 그 반대의 성향을 가진 사내와 아낙이 한집에서 몇 십 년을 으르렁거리며 복닥거리며 살아 내기도 하는 게 결혼 생활이기도 하다.

문제는 개나 고양이처럼 동물의 세계에서만 서로 다른 룰과 표현 방식이 상이한 게 아니라, 인간세계에서도 서로 다른 룰을 가진 표현 방식이 많다는 것이다. 단어 한 가지를 쓰더라도 어떤 이에게는 욕이 될 수도 있는 게 어떤 이에게는 친근함으로 느껴질 수도 있고, 또 어떤 이에게는 속박으로 느껴지는 행동이 어떤 이에게는 애정이 깃든 보살핌으로 느껴질 수도 있으니 말이다.

다행히 개 같은 사내와 개 같은 아낙이 만나든지 고양이 같은 아낙과 고양이 같은 사내가 만나면 그 집은 비교적 조용하게 산다. 같은 성향을 가진 사람끼리의 결혼 생활은 훨씬 서로에 대한 이해와 수용이 빠르고 안전한 것 같다. 아무래도 같은 언어를 쓰는 동족끼리 의사소통이나 정서적인 교감이 잘되는 것처럼 서로 간의 표현 방식에 대한 의사소통이나 교감이 잘될 테니 말이다.

이런 의사소통이나 교감은 비단 이성 간의 사이에서만 문제가 되는 게 아니라 모든 인간관계에서 매우 중요하다. 사회생활에서도 상대에 따라 좋아하는 표현이나 이해할 수 있는 표현이 필요하다. 말하자면 고양이 같은 특성을 가진 사람에게는 고양이가 좋아할 만한 표현을 하고 개 같은 특성을 가진 사람에게는 그에 맞는 말이나 행동을 할 줄 알아야만 인간관계에 있어서 교류의 폭도 넓어질 수 있거니와 사회생활을 하는 데도 유리할 것이다.

우리의 선조들이 살던 옛 시절에는 보통 사람들이 취하고 행해야 할 예의범절이나 행동규범이 정해져 있어서 그것을 기초로 잘 갈고 다듬어서 쓰면 크게 오차는 나지 않고 사회생활이나 인간관계를 영위할 수 있었던 것 같다. 그러나 지금은 개성이 각광받는 시대이다. 그만치 저마다 다른 특성과 표현을 하며 사는 시대인 것이다.

'나는 고양이 같은 특성을 가진 사람은 싫다. 그러므로 개과의 특성을 가진 나는 그런 사람과는 관계를 안 맺고 살 것이다.'와 같은 사고를 가지고 있다면 그의 관계의 폭은 그만큼 좁고 활동범위 또한 좁아질 수밖에 없을 것이다. 그러나 내가 개과라 하더라도 고양잇과가 가지고 있는 표현을 잘 알고 있다면 누군가 내 마음에 들지 않는 언어나 행동을 할지라도 이해할 수 있는 수용의 폭이 훨씬 넓어질 테니 그런 이의 활동범위와 관계의 폭은 훨씬 넓어질 것이다.

요즘 갈수록 결혼을 하지 않는 미혼남녀가 늘어나는 거나 이혼율이 늘어나는 걸 보면서 그 원인과 이유야 다양하겠지만 어쩌면 서로 간의 특성이나 표현의 방식이 맞지 않는 것이 큰 원인이 되지 않을까 하는 생각을 해 본다. 상대의 표현 방식이 내 마음에 안 들거나 나의 표현 방식이 상대의 마음에 안 들거나 아니면 서로 간에 상대의 의도나 진심을 잘못 알아듣는다거나 하는 무지와 소통의 부재가 관계의 단절을 만드는 것이다.

점점 고독해지는 현대사회에서 관계의 단절을 맛보지 않으려면 언어도 행동도 내 방식만을 고집하지 않아야 한다. 이성 간이든 친구

간이든 부모 형제간이든 서로 상대가 알아들을 수 있고 받아들일 수 있는 표현의 기술이 필요하다. 나의 진심과 애정을 상대가 제대로 느낄 수 있을 때 상대의 진심과 애정도 나에게 올 것이기 때문이다.

아울러 나와 다른 타인의 행동이나 표현에 대한 이해심 또한 매우 필요하다. 상대의 어떤 행동이 무엇을 의미하는지, 그것을 이해하고 수용하려고 하는 진심과 노력이 있다면 사랑은 저절로 피어나는 꽃이 되지 않을까.

고양이 같은 여자의 특성을 개 같은 남자가 잘 이해하고, 개 같은 남자가 쳐드는 앞발의 의미를 고양이 같은 여자가 관심과 보살핌으로 받아들이고 애정으로 느낀다면 마치 이 빠진 동그라미에 맞는 조각처럼 서로 잘 어우러질 수 있을 것 같은데….

#

몰라서 다행스럽다

이 박 삼 일 모임에서 여행을 가는 버스 안이었다. 앞자리에 앉은 분이 핸드백을 들고 지퍼 고리를 움직이려 애를 쓰고 있었다. 왜 그러나 물어봤더니 안에 들어 있는 스카프가 지퍼에 끼어서 지퍼가 꼼짝을 안 한다는 것이다. 삼십 분이 넘도록 애쓰는 걸 보고 건너 좌석에 있던 이가 스카프를 잘라 내서 조각을 빼면 지퍼가 열릴 거라고 스카프를 자르란다.

그 말을 듣고 핸드백 주인이 깜짝 놀란 소리로 이 스카프가 명품으로 얼마짜리고 이 핸드백이 명품으로 이름난 ○○핸드백인데 함부로 그런 소리 마란다. 내 상식을 뛰어넘는 스카프 값도 고가여서 놀라웠지만, 그보다 훨씬 더 비싸다는 핸드백도 내 눈에는 시중에서 파는 핸드백이랑 거기서 거기로 보였다. 옆에 앉은 지인에게 저게 그렇게 비싸고 좋은 거냐고 했더니, 아니 아직 그것도 모르냐며 웃는다.

젊은 시절, 무엇을 모른다는 것은 곧 나의 어리석음을 드러내는 것이라는 강박관념이 있었던 때가 있었다. 몰라서 불편하거나 손해를 볼지도 모른다는 지극히 현실적인 계산 외에도, 그것이 학문적인 지식이 됐거나 사회적으로 통용되는 상식 정도의 것이라 할지라도 모른다는 것은 무능력하거나 쓸모없는 인간으로 보일 거라고 생각했다.

이 때문에 누군가가 핀잔을 주거나 창피를 당하거나 하지 않아도 모른다는 것을 감추기 위해 얕은 지식을 동원해서 아는 것을 드러내기도 하고 하지 않아도 될 참견을 하기도 했었던 것 같다. 물론 몰라도 부끄럽지 않은 것들도 있었지만, 몰라도 되는 것들은 예를 들면 보편적인 상식이나 지식을 뛰어넘는 아주 전문적인 것들로 우주선의 구조나 물리학 같은 다른 많은 이들도 모르는 것들 정도였다.

모른다는 것을 들키지 않으려는 속셈은 수치와 부끄러움을 일으키고 더 나아가면 허세와 거짓을 만든다. 빈 통이 시끄럽고 반밖에 안 든 물통이 더 요란하게 흔들리는 것과 같은 이치인지도 모른다. 그러나 몰라서 불편하고 손해 보는 것들이 있다면, 반면에 몰라서 편하고 다행스러운 것들도 있다.

TV 프로에 나오는 자연인들처럼 산중에 혼자 살지 않고 어울려 사는 사회생활을 하면서 일반적이고 보편적인 가치를 모른 척하고 살기는 어려울지도 모른다. 하지만 그것에 대한 나름대로의 확고한 개념과 주체성이 확립되어 있다면 모른다는 것에 떳떳하고 당당할 수 있다. 스스로의 가치관 문제라고 나는 생각한다.

내가 몰라서 다행스럽다고 생각하는 것들 중엔 꽤 여러 가지가 있지만 그중에서도 권력의 맛, 도박의 맛, 마약의 맛, 명품의 맛, 인기의 맛, 사랑의 맛은 차라리 모르는 게 낫다고 생각한다.

권력의 맛이 얼마나 좋은지는 애당초 몰랐었지만 그것이 얼마나 무서운지 나는 이번에 알았다. 무소불위로 휘두르는 그 힘의 맛을 어린 시절부터 알아 버린 그녀의 선택이, 그것을 휘두르게 한 결과가 오늘 그녀의 불행을 낳은 게 아니겠는가. 한때의 권력의 맛 때문에 육신의 자유를 잃는 영어의 몸이 되느니 아예 권력의 맛을 모르는 게 얼마나 다행인가.

예부터 도박에 맛들이면 패가망신은 물론이요 팔목을 잘라 가면서도 한다는데 나는 우선 내 돈이 나갈까 봐 신경 쓰이는데다 장시간 같은 자세로 앉아서 해야 하는 고스톱이나 파친코 게임 같은 건 온몸이 뒤틀리고 재미가 없다. 해서 어쩌다 지인들의 모임에서 재미로 하는 화투놀이에도 잘 끼어들지 않는다. 화투를 치는 옆에서 나 혼자 책을 읽는 게 더 좋다.

마약의 맛은 평생을 통틀어 단 한 번도 맛볼 기회가 없었으니 모르는 건 당연하고, 명품이라고 불리는 것들의 브랜드도 잘 모른다. 아무리 유명하고 비싼 명품이라도 너도 나도 가지고 있는 것은 나에게 그다지 가치가 없다. 지폐로 환산되는 그것의 값어치가 나에게는 별로 의미가 없다.

물질적인 것들에 관한 한 다른 사람에게는 없는 오직 내게만 있는 것에 나의 마음은 움직인다. 그렇다고 내가 애써서 남이 안 가지고 있는 나만의 것을 찾아 헤매거나 구하려고 애쓰지는 않지만, 작은 손가방 하나라도 주는 이의 정과 마음이 담긴 것이나 내가 스스로 만든 나만의 것에 더 많은 의미와 가치를 부여하고 싶은 게 나의 마음이다.

인기의 맛 또한 나는 모른다. 내가 말하는 인기란 요즘 뜨는 배우나 가수 같은 연예인들이 아는 인기의 맛이 아니라 일반인들이 느끼는 주변인들의 환대나 애정공세 같은 것이다. 그다지 유복하지 않은 집안에서 태어나고 자란 탓에 별로 귀염받지 못한 어린 시절을 보냈고 특출한 재주도 없는데다 외모 또한 그저 그래서 소위 여자의 황금기라는 아가씨 시절에도 누구의 구애를 받거나 러브레터 한 장 받아 본 적이 없다. 어쩌다 결혼이라는 것도 했지만 남편에게서도 살뜰한 보살핌이나 달콤한 사랑의 말 한 번 들어 본 적이 없다.

나라고 왜 인기의 맛이나 사랑의 맛을 갈구하지 않았겠는가. 참으로 오랜 시간 받고 싶고 느끼고 싶은 것이 인기와 사랑의 맛이었다. 그러나 이 나이가 되고 보니 오히려 인기와 사랑의 맛을 모르는 게 다행스럽다는 생각이 든다. 그 인기라는 것도 한순간의 무지개처럼 허무한 것이거니와 남녀 간의 사랑이라는 것 또한 영원히 지속된다는 보장이 없다는 걸 알았으니 말이다. 젊은 시절 인기와 사랑을 많이 받아 본 사람이라면, 곁불도 쬐다가 없어지면 아쉽다는 말처럼 그것이 사라지면 얼마나 아쉽고 안타까울 것인가.

하나 더 몰라서 다행스러운 것이 있다면 전쟁의 참상이다. 나는 대한민국에 태어난 것을 감사히 생각하는 사람이다. 하지만 전쟁 전에 태어나지 않고 전후에 태어나 전쟁의 참상을 겪지 않은 것에 더욱 감사한다. 그 처참한 고통과 슬픔과 굶주림에 대해 모른다는 것이 얼마나 다행인가.

돌아보면 청소년기에는 뭔가를 모른다는 것에 스스로 용납할 수 없을 만치 강박감을 가지고 있었던 것이 어른이 되고 나이를 먹어가면서 꼭 알아야 되는 것과 몰라도 되는 것이 있다는 것을 어렴풋이 알게 된 것 같다. 사람이 가지고 있는 욕망이 빚어내는 겉치레와 물질적인 것 말고도 인간관계에 있어서도 때로 상대의 마음속 심리 상태까지 속속들이 알 필요는 없는 것 같다. 끊임없이 움직이는 게 사람의 심리 상태이고 그 순간 그것을 차라리 모르고 지나가도 될 것을 알아서 병이 되는 수도 있으니 말이다.

하지만 꼭 알아야 되는 것을 몰라서는 안 된다. 인간이 기본적으로 알고 갖춰야 되는 도덕이나 윤리 사회적인 예의범절을 모르는 것은 큰 허물이 될 수 있다. 그럼에도 그것을 자식에게 가르치지 않는 부모와 아예 알려고도 하지 않는 이들이 점점 더 많아지는 세상이 되어 가는 것 같아 안타깝다.

#

답게

날씨가 종잡을 수 없이 변화무쌍이다. 시기는 분명 가을인데 가을 같지 않게 하루건너 비가 오락가락하더니 갑자기 때 이른 추위가 닥쳐 가을인지 겨울인지 계절을 분간하기가 어렵다. 변덕스런 날씨에 나무들도 어리둥절했는지 잎에 제대로 물도 못 들이고 시들어 버렸다. 이러다 가을이라는 계절이 없어지는 건 아닌지 염려스럽다.

하긴 계절인 가을만 가을답지 않은 게 아니다. 온 나라가 ㅇㅇ답지 않은 인간들 때문에 난리가 났다. 언젠가부터 우리 사회의 근간을 이루고 있는 모든 것들이 뭐가 됐든 제대로 ㅇㅇ다운 게 없는 세상이 되어 가는 것 같다.

아침 신문을 들여다보는 데 '펫팸족'이라는 처음 보는 용어가 나왔다. 무슨 뜻인고? 들여다보니 개나 고양이 같은 반려동물을 진짜 가족으로 생각하는 사람들이란다. 그들은 아토피가 있는 개를 위해 주거를 아파트에서 전원주택으로 옮기고 사료 대신 브로콜리, 당근,

양배추 등 십여 가지 채소를 갈아 오리고기와 함께 먹이는 수고를 아끼지 않고 개의 다리가 자주 탈골된다고 몇 백만 원씩 들여 수술을 해 준다고 한다.

개와 고양이를 자식처럼 생각하는 그들을 위해 개와 고양이가 다니는 호텔과 유치원이 있고 전용 카페가 생기고, 개와 고양이만 전문적으로 사진을 찍어 주는 사진관이 있단다. 그들은 자신이 키우던 개가 죽으면 장례식은 물론이요 오래도록 기억하기 위해 화장을 해서 그 가루로 인조보석을 만들어 몸에 지니고 다닌다니 얼른 이해가 잘 안 된다.

일찍부터 개는 사람들 속에서 사람들과 어울리며 살아왔기에 옛날부터 개와 사람의 관계가 각별한 것은 사실이다. 현대사회는 갈수록 사회생활은 복잡해지지만 같이 사는 식구는 적어져서 이제는 우리나라도 일인가족이 점점 늘고 있는 추세라고 한다. 따라서 개들의 위치가 애완견에서 반려견으로 격상된 것은 자연스러운 일인지도 모른다.

하지만 불과 몇 십 년 전까지만 하더라도 마당가에 매어서 길러지던 개가 하나 둘 집안으로 들여지더니 이젠 집 안에서 길러지는 것은 차치하고 개 호텔에 개 유치원까지 다닌다니 정말 웃긴다. 더구나 그런 대우를 받는 개의 입장은 어떨까? 고맙고 행복할까? 개와 말이 통한다면 물어보고 싶다.

하나 더, 우리 집에서도 아이들과 잘 보는 〈동물농장〉이라는 TV 프로에 보면 개나 고양이를 키우는 주인을 개의 엄마나 아빠로 지칭

하는데 어떻게 사람이 개나 고양이의 부모가 될 수 있는지, 프로그램 기획자에게 물어보고 싶다. 개는 죽을 때까지 개지, 사람이 될 수 없는데 말이다. 개는 개답게 대우해야 하는 게 아닐까.

우리가 가끔 쓰는 말에 '사람답게'라는 말이 있다. 그 말에는 사람은 사람으로서의 도리와 의무, 책임은 물론이요 그에 대한 처우까지 담겨 있다고 나는 생각한다. 그러므로 아이는 아이답게, 학생은 학생답게, 선생은 선생답게, 어른은 어른답게 처신을 하고 대우를 받아야 하는 것이다. 사회적 신분에 대해서도 마찬가지다. 한 도시의 시장이라면 시장답게, 한 나라의 대통령이라면 대통령답게 자신의 직분에 맞는 책임과 능력은 물론이요 처신을 해야 할 것이다.

'답게'라는 건 그의 연령이나 신분에 맞게 너무 넘치지도 아주 모자라지도 않는 걸 말한다. 아이가 너무 어른스럽게 세상만사를 다 아는 것처럼 의젓하거나 어른처럼 처신이 점잖아도 그것이 좋아 보이기보다는 아이답지 않다고 오히려 걱정스러워 한다.

반대로 나이도 먹을 만치 먹은 성인이 지나치게 아이처럼 순진무구하고 세상사를 모르는 철부지 같은 처신을 하면 그것도 별로 바람직하지 않다. 나이를 먹은 만치 어른으로서 알아야 할 상식과 교양을 갖춤은 물론이요 처신도 어른스러워야 되는 것이다.

누군가가 자신이 현재 지니고 있는 위치에 걸맞은 사람이 되려면 그에 맞는 능력도 있어야 한다. 의무와 책임을 다 할 수 있는 능력 말이다. 교사가 교사다우려면 가르칠 수 있는 전문적인 지식은 물론이요 자신이 가르치는 학생에 대한 이해와 인간적인 애정을 갖춰야 할 것이고, 학생이 학생다우려면 가르치는 교사의 지도에 긍정적인 수용정신과 함께 따르려는 기본적인 자세가 되어 있어야 할 것이다.

결혼을 하려는 남녀도 마찬가지다. 한 가정의 가장이 되려고 하는 이는 그 가족 구성원을 보살피고 이끌 수 있는 사회 · 경제적인 능력과 함께 가족에 대한 이해와 배려를 하려는 마음가짐을 갖추었을 때 가장다운 가장이 될 수 있을 것이고, 한 가정의 주부가 되려는 이 또한 가정의 대소사에 대한 책임과 의무를 다하려는 마음가짐과 함께 기본적인 주부로서의 지식과 기능을 갖춰야 주부다울 수 있을 것이다.

사실 ○○답게 산다는 게 생각처럼 쉬운 일은 아니다. 그래도 옛 시절에는 오랜 세월 면면히 관통해 온 전통이나 관습의 틀이나 그 시대의 보편적인 가치관에 자신을 맞춰 나가면 그런대로 통용이 됐던 것 같다. 그러나 문명이나 문화가 하루가 다르게 발전하고 끊임없이 변화하는 현재를 사는 우리에게 '○○답게'라는 것 자체가 '이거다' 하는 정형이 없어지는 것 같다. 아니, 그런 정형에 맞춰서 사는 사람이 시대에 뒤떨어진 것처럼 보이는 것도 사실이다.

그럼 어떻게 살아야 되는가? 어떻게 사는 것이 시대에 뒤떨어지지 않으면서 자신이 처해 있는 위치에 맞는 사람답게 사는 것일까? 너무나 빠르게 변화해 가는 기계문명의 홍수 속에서 정신적인 가치관마저 허우적거리는 세상이 된 건 아닐까?

우리들은 일생을 살면서 원하든 원하지 않든 여러 가지 역할을 맡게 된다. 나만 하더라도 누구의 딸, 누구의 아내, 누구의 엄마, 누구의 동생이자 누나, 더 나아가 사회적인 나의 역할도 있는데 생각해 보면 내가 세상에 태어나 수십 년을 살아오면서 초년 · 중년을 지나 장년이 되는 동안 거쳐 온 여러 가지 위치에서 ㅇㅇ답게 제대로 처신을 하기는 했는지, 아직도 나는 나다운 것이 어떤 것인지조차 모르고 살고 있지는 않는지 돌이켜 봐야겠다.

먼저 ㅇㅇ답게 살려면 지금 내가 처해 있는 그 자리에 맞는 도리와 의무와 책임을 다 할 줄 아는 나를 찾는 것이 가장 시급하고 중요한 일인 듯싶다. 세차게 흐르는 물속에서도 붙잡을 수 있는 무언가가 있으면 살아나올 수 있듯 사람답게 살려는 뚜렷한 가치관과 의지를 가지고 끊임없이 성찰하고 노력하는 자세를 가질 때 'ㅇㅇ답게'에 가까워지지 않을까 싶다.

생각해 보면 ㅇㅇ답게 산다는 건 개인적인 문제에 국한된 게 아니다. 한 가정을 이끄는 가장이 가장다워야 그 가정이 화목하고 건강한 가정으로 잘 살아나가듯 사람마다 그가 처해 있는 위치에 맞는 '다움'을 갖추려는 의식과 자세가 준비되어 있을 때 그가 속해 있는 사회는 물론이요, 더 나아가 국가와 민족이 안정되고 발전해 나갈 수 있을 것이다.

#

차마 어쩌지 못하는

어찌어찌 돈을 모아 십여 년 전 토지를 조금 샀다. 언제든 돈이 생기면 전원주택이랄 것까지는 없지만 농가주택 비슷하게 조그만 집을 짓고 앞마당에는 꽃밭을, 뒷마당에는 푸성귀를 심고 마당가로는 몇 가지 과실수를 심어 놓고 살 계획이었다. 그러나 여러 가지 현실적인 여건이 그걸 허락하지 않아서 그 땅을 묵혀 두고 있었더니 마을에서 조금 떨어진 그 땅엔 잡초가 무성한데다 동네 사람들이 갖다 버린 온갖 쓰레기가 난장판을 이루었다.

보다 못한 우리는 우선 주말농장식으로라도 쓸 계획을 세우고 조그맣게 거처를 마련하기로 했다. 하지만 마련해 놓은 돈이 마땅치 않은 처지라 가장 싸게 지을 수 있는 방법을 찾아보았다. 비닐하우스를 지을까, 중고컨테이너를 가져다 놓을까, 여러 가지로 궁리를 했지만 비닐하우스는 더위와 추위도 문제지만 이삼 년에 한 번씩 비닐을 갈아 줘야 되고 중고컨테이너도 우리가 생각하는 것보다 가격이 센데다 화장실을 만들려면 정화조시공도 해야 되는 등 문제가 많았다.

결론은 기왕에 돈을 들이고 사람이 살 만한 거처를 만들려면 조립식 주택이 가장 나을 것 같았다. 날마다 생활정보지를 구해 들여다보고 조립식 주택 광고를 더듬다가 비교적 싼값에 짓는다는 광고를 보고 찾아갔다. 내 사정을 들은 업자는 생각보다 친절하고 자상했고, 집으로 찾아온 업자와 간단한 계약서를 작성했다. 건축법대로 설계사무소에 설계를 의뢰하되 시공방식은 설계도면에 준해서 하기로 하고 화장실 설비는 업자가 맡고, 한전에 하는 전력 신청, 집 안의 도배와 장판, 주방설비는 우리가 하기로 했다.

봄이 한창이던 오월 일일자로 계약을 하고 공사 완공은 여름이 되는 칠월 말일로 정했다. 하지만 삼 개월이면 충분하고도 남는다던 공사는 겨울이 되어 가는 십이월이 되도록 끝나지 않고 설계도면대로 해 준다던 건축은 도면과는 상관없이 누가 봐도 날림으로 엉망이다. 거기다 공사대금은 이 핑계 저 핑계를 대가며 구십 퍼센트를 가져갔다. 약속을 지켜 달라고 좋은 말로 사정도 해 보고 성난 얼굴로 큰소리도 내 봤지만 어찌나 거짓말을 잘하는지 복통이 터질 지경이다.

사람이 세상을 살다 보면 차마 어쩌지 못하는 인간관계가 더러 있다. 차마 어쩌지 못하는 관계, 그것이 같은 피를 타고 난 혈육 간이 됐든 검은 머리가 파뿌리 되도록 살자고 맹세한 부부 사이가 됐든 안 만나면 못 살 것 같은 친구 간이 됐든 날마다 마주치는 직장 동료가 됐든, 칼로 무 자르듯 단절하거나 때로는 모진 소리로 되쏘아 주고 싶은 순간에도 차마 그렇게 하지 못하고 속울음으로 삼키고 마는 경우가 있다. 혹여 그것이 더 큰 상처가 되고 흉터가 되어 두고두고 가슴 아파질까 저어하는 것이다.

그래서 우리는 참을 수 없는 배신감과 서러움에 떨면서도 자신을 내다 버린 자식의 전화번호나 주소를 모른다고 잡아떼는 늙은 어머니나, 남편이 다른 여자를 사랑한다는 말을 하는데도 그럼 이혼하자고 대들지를 못하고 참고 살았다는 어느 여인의 차마 어쩌지 못한 심정을 이해할 수 있다.

차마 어쩌지 못하는 것에도 여러 가지가 있다. 정 때문에, 미련 때문에, 애틋한 정황을 참작하는, 인간적인 정리상 차마 어쩌지 못하는 것과 시쳇말로 법보다 주먹이 가깝다는 말이 있듯 분해도 더 큰 분함을 당할까 봐 억울해도 후환이 두려워서 차마 어쩌지 못하고 참는 경우다. 혹은 상대와 엎치락뒤치락하다 보면 진흙탕 싸움이 될 수 있을 테고 그러다 보면 나 또한 진흙을 묻히지 않을 수 없을 것이니 이러지도 저러지도 못해서 참고 넘어가는 경우도 있다.

전통적으로 우리 사회는 살다가 억울하거나 괴로운 경우가 있어도 상대가 부모 형제이기 때문에 웃어른이기 때문에 사랑하는 사람이기 때문에 오랜 친구이기 때문에 지긋이 참고 견디어 내던 시절이 있었다. 눈에는 눈, 이에는 이 하는 식으로 앙갚음을 하는 것은 우리 민족의 정서에는 마땅치 않는 일이었다.

하지만 차마 어찌할 수 없어서 스스로를 타이르며 원만하게 모든 것을 양보하고 이해하는 사람이 바보나 멍청이 또는 약자가 되는 시대가 된 것 같다. 그래서일까. 이웃집 소음이 거스른다고, 내 차를 앞지르기 했다고 폭행이나 살인이 난무하는 세상이다.

그러나 분노나 섭섭함을 있는 그대로 표현한다는 것은 누구나 할 수 있는 일일 것이다. 반대로 당장의 분노나 섭섭함을 뛰어넘어서 상황에 대한 이해와 함께 상대의 기분이나 감정을 먼저 생각해 준다거나 자신의 분노나 감정을 눌러 참는 것은 아무나 할 수 있는 게 아닐 거다.

조금만 참고 생각해 보면 기왕에 지나간 일들에 대한 분노나 서운함을 상대에게 표출함으로써 빚어지는 문제는 어쩌면 백해무익한 것이 될 수도 있으니, 차라리 묻어 두고 좋은 얼굴로 상대를 대한다면 앞으로 살아가면서 이어질 인간관계에도 도움이 되리란 생각을 한다. 인간관계란 것이 칼로 무 자르듯 당신 같은 인간하고는 절대로 다시 만나고 싶지 않다고 절교를 선언해 버리고 싶은 때도 있지만 차마 그러지 못하고 계속 관계를 이어 가다 보면 더러는 전화위복처럼 더 좋은 관계로 발전되기도 하니 말이다.

어느 책에서 본 글에 사람이 뭔가를 상대로 열심히 싸운다는 것은 그 상대에게서 결코 벗어나지 못했다는 것이란다. 좋은 뜻으로든 나쁜 뜻으로든 싸우면 싸울수록 상대방과 더 얽히게 되어 있기 때문이다. 심하게 얽힌 실타래는 막무가내로 잡아당기기보다는 살살 달래가면서 조심스럽게 풀다 보면 어느 순간 쉽게 풀리기도 한다는 걸 차마 어찌지 못한 마음을 가진 이는 알고 있다.

갈수록 상대가 가진 약점을 쥐고서 자신이 잡고 있는 줄이 조금 더 굵다고 막무가내로 흔들어 대는 사람들이 점점 많아지는 것 같다. 하지만 오늘 마지막 갈 데까지 가 보자는 막가파적인 사고를 지닌 사람에게도 내일 또 다른 어떤 것에 차마 어쩌지 못하는 무엇이란 게 생길는지 모르는 게 세상살이라고 말해 주고 싶다.

#

아름다운 사람들

"아름다운 밤이에요."

유명한 여배우가 유명한 영화제에서 상을 받으면서 한 이 말은 상당히 오랫동안 사람들의 입에 오르내렸다. 읽으면 넘어가는 책의 페이지처럼 날마다 맞고 보내는 밤도 자신이 받고 싶었던 상을 받게 된 여배우에게 그 밤은 특별히 더 아름답게 느껴졌을 것이다.

우리 평범한 사람들의 삶에도 그런 밤이 있다. 대단하거나 특별하게 꾸며진 연회장은 아니지만 빨간 장미꽃 두어 송이 예쁜 유리병에 꽂혀 있고 천장을 장식하고 있는 색색갈의 풍선들은 그 방에 들어서는 사람의 마음을 부풀게 만든다.

솜씨껏 제각기 한 가지씩 만들어 온 요리접시들이 방 중앙에 자리한 테이블을 가득 메울 쯤이면 저마다 한껏 차려입은 여인들이 둘러앉는다. 차려입는대 봤자 자신이 가지고 있는 옷 중에서 가장 화려하다고 생각하는 거나 너무나 특별하거나 노출이 심해서 평소에 입을 수 없었던 옷을 입고 나온 정도지만, 모두들 서로서로 감탄해 주고 즐거워하며 다 같이 행복해한다. 이미 그 옷이 가지고 있는 아름다움을 극대화해서 나타낼 수 없는 정도의 몸매가 되어 버린 인생의 후반기에 들어선 여인들이지만 이 밤만큼은 한 사람 한 사람 그녀 특유의 아름다움이 빛난다.

서양 말로 파티라고는 하지만 간단한 장기자랑이나 한 해를 보내는 감상 내지는 새로운 해에 대한 계획이나 각오 같은 이야기를 나누는 정도다. 그런데도 별것도 아닌 말 한마디에 감동을 하고 유치한 몸놀림 한 번에 박장대소를 하며 신나한다. 더하여 힘든 일을 겪는 이에게는 위로를 보내고 어떤 일로 의기소침해 있는 이에게는 격려를 보내기도 하며 서로에게 치유의 힘을 보태며 즐거워하는 시간이다.

기쁨이나 즐거움 행복 같은 것은 이상하게 전염력이 강하고 혼자보다는 여럿이 있을 때 그 느낌이 배가되는 것 같다. 아주 평범한 여인들이 모여서 깜작 파티를 즐기는 이 밤이면 나는 유달리 특별하게 즐거움이나 기쁨의 전염력을 느낀다. 되풀이되는 일상의 현실 속에서 이해타산과 생존경쟁으로 메말라 있는 가슴 안에 가뭄 끝에 오는 단비처럼 촉촉하고 싱싱한 생명력이 솟아나는 것 같다고 할까.

출신이나 외모나 하고 사는 거나 지극히 평범한 여자들인데 조금 다른 것은 모두 책 읽기를 좋아한다는 점이다. 그냥 독서를 좋아해서 만난 아주 평범한 여자들의 모임이 이십여 년이 넘는 동안 회원 서로가 가족이나 친구처럼 사이가 돈독하다. 서로 간의 가정의 대소사를 챙기는 건 물론이요, 매달 푼돈을 모아 여행도 하고 돈이 필요한 회원에게 먼저 건네주기도 한다.

행복은 열려 있고 슬픔은 닫혀 있어 행복은 나눌 수 있지만 슬픔은 나눌 수 없다는 말이 있지만 여기 모인 여인들은 슬픔까지도 나눌 줄 아는 넉넉한 품은 가진 이들이다. 그녀들을 보고 있노라면 아름다움이란 겉으로 보이는 외모나 체격이나 겉치레에 있지 않다는 걸 깨닫게 된다. 아울러 외형적인 아름다움은 그냥 자연스럽게 태어나기도 하지만 내적인 아름다움은 마음과 노력으로 만들어진다는 걸 알게 된다.

사람이 살다 보면 스스로 멈춰 버린 시간에 갇혀 있는 것처럼 느껴지는 시간이 있는가 하면, 시간이 가는 게 아쉬워서 시간이 더디 가기를 바라는 순간들이 있다. 마치 멈춰 버린 수레바퀴처럼 혹은 캄캄한 터널 속에 갇힌 것처럼 고통스런 순간이 있는가 하면, 따듯하고 청명한 봄날 꽃과 나무가 만발한 아름다운 비밀의 정원에 몰래 숨어 들어온 행복한 순간처럼 시간이 가지 않았으면 좋을 것 같은 순간들도 있다.

모래알이 흘러내리듯 속절없이 가는 날들이 무수히 많은 캄캄한 터널 속을 지나는 것처럼 어렵고 힘든 것이라면 이렇게 평범한 여자들이 만든 이런 밤이면 시간이 더디 가기를 바라는 머무르고 싶은 순간이 된다.

어린 시절 별이 유난히도 반짝이는 밤이면 하늘을 보고 그 아름다움을 감탄하고는 했었다. 그 별이 빛나 보이는 것이 깜깜한 어둠 때문이라는 것은 몰랐었다. 이처럼 보통의 아이들은 나이를 먹고 어른이 되어서야 어둠이 있어야 별이 보인다는 걸 알게 된다.

우리들의 삶도 그러한 것 같다. 누군가가 얘기한 대로 평범성이 주는 감동은 특출한 것이 주는 감동보다 그 울림이 크다는 걸 느껴 본 사람은 안다. 평범한 사람들에게 나날은 그냥 흘러가는 물처럼 보인다. 그런 평범한 날들을 특별하게 만드는 건 열정이 있는 사람들의 몫이다. 열정은 평범한 사람들의 삶을 아름답게 별처럼 수놓는다.

제각기 저마다의 열정이 유독 빛나 보이는 날이 있다. 열정을 쏟는 대상이야 각자 다를지라도 나름대로의 가치와 의미를 지니고 그 사람의 생을 관통하고 장식한다. 그것이 비록 사회적으로나 국가적으로 볼 때 대단한 것이 아닐지라도 혹은 인류의 유구한 역사에 아무런 흔적을 남길 수 없을지라도 한 사람의 삶의 질을 좌우하기도 하고 더 나아가서 주변의 사람들을 행복하게 만들기도 한다. 특히 그것이 유형이 아닌 무형일 때 사람과 사람 사이의 관계나 모임일 때 열정의 가치는 더욱 극대화되는 게 아닐까 싶다.

작은 풀꽃이 장미의 화려함을 탐하지 않는 것은 자기 스스로 만족하기 때문일 것이다. 상대적 행복과 불행은 자신의 가치 기준과 어떻게 받아들이느냐에 따라 다르다. '그건 역설이야', '말도 안 돼' 했던 일들도 여러 가지 일을 겪어 본 뒤엔 수긍이 가기도 하고 아무리 힘들고 어려운 일도 지나고 나면 아름다운 추억으로 기억되고 '별거 아니네' 하는 말이 나온다. 그런데도 우리들은 가지고 있는 것보다 가지지 못한 것들에 연연해서 긍정보다는 부정을 더하는 어리석음을 저지르곤 한다.

자신에게 주어진 조건을 긍정적으로 보는 게 행복의 지름길이라는 어느 스님의 말처럼, 아주 작은 기쁨들을 모아 큰 기쁨으로 만들 줄 아는 지혜와 저마다 가지고 있는 미세한 먼지 같은 여유를 모아 하늘에 떠 있는 애드벌룬 같은 솜사탕을 만들어 달콤하게 즐길 줄 아는 지혜를 가진 여인들이다. 행복을 느끼는 것도 하나의 기술이라는 걸 그녀들에게서 배운다.

서로의 영혼을 감싸 안을 줄 아는 가슴이 따듯한 사람들인 그녀들을 보고 있노라면 내 모습 전부를 보여 주고 돌아서서 후회라는 단어를 떠올리지 않아도 될 그런 사람들이라는 생각이 든다. 참 괜찮은 사람들이다. 나도 그런 사람들에게 참 괜찮은 사람이었으면 하는 바람이다.

평범하지만 아름다운 여자들의 열정이 부디 영원하기를….

#

호칭의 무게

결혼을 하고 시댁에 처음으로 신행을 갔을 때의 일이다. 70년대 초반의 전형적인 집성촌이었던 시댁에서의 첫날은 친척들과의 첫 상면으로 시작됐다. 가난한 섬마을의 농가였던 시댁엔 설탕물에 말은 국수와 몇 가지 음식으로 조촐한 잔칫상이 차려졌다.

고등학교 때부터 육지에 나가 살던 금호댁네 막내가 장가들었다고 시댁의 별로 크지 않은 집은 새색시의 큰절을 받기 위해 많은 사람들로 북적이었다. 지금은 육지와 연결되는 곳이지만 그때만 해도 육지에 가려면 몇 시간씩 배를 타야 하는 섬이었던 관계로 결혼식에 와 보지 못한 친척들이 많았기 때문이다. 손위 형님이 몇 촌간의 누구라고 일일이 알려 주는 대로 절을 수십 번은 했는데 난생 처음 그렇게 많은 절을 해서 허리가 아픈 건 약과였다.

친척이라야 할머니 · 할아버지 · 이모 · 삼촌 정도의 조촐한 집안에서 자란 내게 십촌이 넘는 일가친척이 있다는 것도 놀라웠지만, 촌수를 따져서 그에 맞는 호칭을 하는 게 보통 일이 아니었다. 그보다 더 불편한 건 남편이 작은 집의 막내아들이라 큰집 큰형님의 맏아들인 조카가 남편과 동갑이라는 점이었다. 그 조카가 벌써 장가를 가서 그 아들이 일곱 살과 다섯 살짜리가 있었다. 그 애들이 나한테는 손자뻘이 된다고 할머니라고 하는 게 아닌가.

거기다 남편과 나의 나이차가 십 년이라 조카들의 나이가 나보다 위인데다 결혼을 해서 아이들까지 있는 어른들이 '작은 어머니'라고 부를 땐 어떻게 대꾸를 해야 할지 당황스럽고 곤란했다. 나보다 나이가 한참 위니 경어를 써야 할 것 같은데 촌수로는 조카가 되니 그것도 아닌 것 같고, 우물쭈물하는 나를 보며 시댁 식구들이 재미있어 하니 나이 많은 조카님들은 나를 따라다니며 더 자주 '작은 어머니'를 연발했다.

시댁에 같이 살 것도 아닌데다 멀리 떨어져 살아서인지 누군가 나에게 호칭이 주는 의미나 무게에 대해 말해 주거나 그에 따른 처신에 대해 말해 주지 않았지만, 내게 불리어지는 호칭에 맞는 처신을 해야 할 것 같아 스스로 상당히 고심을 했었다.

내가 태어나서 지금까지 살아오는 동안 불리어진 호칭들이 여러가지지만, 먹어 가는 나이에 따라 호칭도 참 많이 달라져 왔다. 집안에서는 딸 · 동생 · 누나 · 조카에서 아내 · 며느리 · 동서 · 제수씨와 엄마 · 이모 · 고모 · 숙모를 거쳐 이제는 할머니로 불리어진다. 밖에서의 호칭 또한 여러 가지였다. 학생 · 아가씨 · 아줌마에 잠깐씩 불린 호칭도 반장 · 과장 · 부장 · 회장 · 이사 · 감사 · 선생님 등

가지가지다.

친해지면 상하 구분이 없이 이름을 부른다는 서양 사회와 달리 우리 민족은 호칭도 분류에 따라 참 여러 가지로 나누어진다. 호칭에는 사회적 호칭과 가정적 호칭이 있고 또 남녀를 구분하는 호칭도 있다. 봉건시대 양반과 상놈을 가르는 호칭도 있었고, 가문의 촌수를 구분하는 호칭도 있다.

또한 호칭은 시대에 따라 변한다. 호칭의 의미도 시대에 따라 변한다. 나 어렸을 때만 해도 선생님이라는 호칭은 실제로 아이들을 가르치는 교육자를 칭했었고, 사모님 또한 자신의 스승의 부인에게나 붙이던 호칭이었다. 그런데 지금은 어디서나 선생님이라는 호칭을 들을 수 있다. 요즘 사람들은 절친한 사이가 아니면 밖에서 만나는 사람들에게 대략 선생님이라는 호칭을 쓰는 것 같고 사모님이라는 호칭도 그런 식으로 쓰이는 걸 많이 본다.

결혼한 부부 사이의 호칭 또한 많이 달라졌다. 내가 어렸을 때만 해도 남편이 자신의 아내를 '부인, 임자, 여보, 누구 엄마' 정도로 부르고, 아내가 남편을 '서방님, 당신, 누구 아버지' 정도로 불렀었다. 그것이 언젠가부터 남편을 '아빠'라고 부르는 풍조가 생기더니 요즘 젊은 부부들은 남편을 '오빠'라고 부른다니 이해도 안 되지만 받아들이기가 어렵다. 다 알다시피 오빠란 여자의 손위 남자 형제를 부르는 호칭인데 본래의 의미가 변질돼도 많이 변질됐다.

근래에 나는 아주 희귀한 호칭을 갖게 됐다. 사백(詞伯). 초대 문인으로 글을 실어 주셨던 동인지를 받았는데 겉봉에 내 이름과 함께 쓰인 호칭이다. 별로 들어 본 적도 없고 의미를 잘 몰라서 사전을 찾아보았더니 '시문에 능한 사람이나 문사(文士)를 높여 이르는 말'이라고 나와 있다. 스스로 못난 것을 잘 알고 있는 나에게는 너무 과분한 호칭이라 몸 둘 바를 모르겠지만 예스럽고 높은 뜻이 있는 그 호칭이 싫지가 않다. 그리고 그 호칭에 걸맞는 사람이 되어야겠다는 생각도 해 본다.

옛날 어느 마을 고깃간에 두 사람의 양반이 똑같은 근수의 고기를 사러 왔는데 백정이라고 이름을 부르며 하대를 하는 사람보다 서방이라고 부르며 하오를 하는 사람에게 훨씬 많고 좋은 고기를 주었다는 이야기도 어떤 호칭으로 불리느냐에 따라 그에 따른 마음가짐까지 달라지는 걸 말하는 것일 것이다. 그만큼 호칭은 그에 따른 의미와 무게가 다른 것 같다.

내가 그의 이름을 불러 주어 꽃이 되었다는 시의 구절처럼 모든 것의 호칭에는 그것이 가진 가치와 의미가 포함된다. 따라서 이름을 갖지 못한 것들은 이름을 가진 것들보다 귀하지 못한 대우를 받는다. 어쩌면 호칭은 불리어지는 그것의 존재 자체를 인정한다는 의미가 되기도 할 터이니 말이다.

아이가 태어나면 바로 이름을 불러 주는 것도 어떤 의미에서는 그런 뜻이 포함돼 있을 것이고, 그것이 더 나아가 요즘은 태중에 있는 아이에게도 태명이라고 이름을 붙여 주는 게 아닐까 싶다. 비록 엄마 배 속에 있어서 아직 대면은 못했지만 태어나는 아이가 건강하기를, 태어나는 아이가 밝고 곱게 자라기를 바라는 의미가 태명에 담겨 있을 테니 말이다.

하지만 요즘엔 급변하는 세태처럼 자주 바뀌는 호칭이 많아서 원래 그 호칭이 가진 의미를 훼손시키거나 제 구실을 못하는 경우도 많은 것 같다.

호칭은 귀한 것이다. 호칭은 그냥 만들어진 게 아니다. 하나의 호칭이 만들어질 때는 그 호칭에 맞는 의미와 가치가 포함되었을 것이다. 자신에게 붙여진 호칭의 의미를 알고 그에 걸맞는 도리와 처신을 할 줄 아는 사람이 많아진다면 우리가 사는 사회도 한결 격이 높고 살기 좋은 사회가 될 것이다.

#

벽

내 방에는 창문이 하나 있다. 일반 주택에서 흔히 볼 수 있는 보통 크기의 창문이다. 별로 특별할 것도 없는 평범한 창문이지만 내 방에서는 유일하게 우리 집의 바깥과 소통을 할 수 있는 곳이다. 밤이면 그 창문에 커튼을 치고 잠을 청하고, 아침에 일어나면 가장 먼저 창문의 커튼을 젖히고 밖을 내다본다.

바람이 불거나 비가 오는 걸 가장 먼저 내가 인지하는 곳도 창문을 통해서다. 책을 보다가 글을 쓰다가 컴퓨터를 하다가 조금 싫증이 날 때면 창문으로 시선을 돌린다. 그럴 때 내 책상에 앉아 밖을 내다보면 앞 건물의 붉은 벽돌 벽이 시야를 가로막는다.

나는 가끔 그 벽에 초록색 담쟁이 넝쿨을 올리고 싶다는 생각을 한다. 그러면 벽돌로 쌓은 벽이 주는 단절되고 막힌 느낌 대신 그 작고 푸른 잎사귀들이 내 눈과 마음을 평온하게 만들 것이며 비가 오거나 바람이 부는 걸 더욱 섬세하고 정겹게 느끼게 해 줄 것 같다.

우리 뇌에는 자신이 알고 싶은 것만 받아들이는 특성이 있다고 한다. 그래서 어떤 문제에 대하여 아무리 말을 해도 자신이 원하는 것만 받아들인다는 거다. 지식을 취할 때도 그렇겠지만, 사람과의 관계에서도 상대가 원하는 거나 고쳐 주기를 바라는 얘기보다는 자신이 원하는 것만 받아들이고 기억한다는 거다. 그래서 사람과 사람의 사이도 소통이 안 되고 단절되거나 상대가 표현하는 진정한 의도를 알아보지 못하는 바보의 벽이 생긴다.

몇 십 년 정기적인 모임을 통해 만남을 갖고 있던 친구가 아무런 말도 없이 우리들과의 관계를 끊어 버렸다. 갑작스러운 그녀의 행동은 도저히 이해하기 어려운 일로 이유가 궁금할 정도였다. 친구들은 돌아가며 전화를 하고 개중에는 찾아가서 모임에 다시 나와 주기를 권고하기도 했지만 너무나 완고하게 벽을 쌓아 버린 그녀를 다시 만날 수가 없었다.

그런데 세월이 얼마큼 지난 뒤에 들려온 말은 오히려 자신을 적극적으로 찾아 주지 않았다고 이쪽 사람들에게 섭섭해한다는 것이다. '그렇다면 우리들에게 그렇게 견고하게 느껴지던 그녀가 쌓아 놓은 벽은 친구들의 인내와 노력을 시험해 보기 위한 벽이었던가?'하는 회의가 들었다.

아울러 나는 그동안 누군가 벽을 쌓았다고 느끼면 그 벽을 낮추거나 허물어뜨리는 노력을 별로 하지 않고 지레짐작으로 벽이 높다고 너무 단단하다고 실망하거나 포기하기를 잘했던 것 아닌가 하는 자기반성이 되기도 했다.

○

벽에도 여러 가지가 있는 것 같다. 눈으로 보이는 실재하는 벽과 보이지는 않지만 정신으로 느끼는 벽, 정치적으로는 크레믈린이라 불리던 소련시대의 철의 장벽, 중국 개방 이전의 죽의 장벽은 보이지 않게 둘러쳐진 이념의 벽이었다. 지금은 무너졌지만 동독과 서독을 가로막던 베를린 장벽과 우리나라를 둘로 나누고 있는 휴전선 비무장지대는 마음대로 넘나들 수 없는, 이념이 만든 인류사에 있어서 실존하는 가장 비극적인 벽이다.

몇 년 전 중국 여행 때 보았던, 너무나 높아서 그 뒤에 있는 어떤 것도 상상할 수 없게 만드는 용이 그려진 북경 자금성의 거대한 장식용 벽이 생각난다. 자랑스럽게 설명하는 중국인 가이드의 말을 들으며 그 벽이 마치 왕조시절 왕족과 백성의 신분의 벽을 상징하는 것 같다고 느꼈었다. 그리고 천안문 광장에서 모택동의 시신에 참배하기 위해 늘어선 인민들의 행렬을 보며 지금도 중국은 만리장성이라는 지구상에서 실존하는 가장 크고 긴 벽을 가진 나라라는 걸 실감했었다.

일반적인 사회에도 벽은 있다. 알게 모르게 구분이 되어 있는 신분의 벽, 직장에서 사회에서 부딪치는 학벌의 벽, 아직도 은근히 혹은 적나라하게 적용되는 남과 여에 대한 다른 윤리도덕적인 벽 등 도처에 보이거나 보이지 않는 벽이 무수히 많다.

우리들이 살아가면서 자연스럽게 형성된 인간관계에 있어서도 보이지 않게 둘러쳐진 벽을 마주칠 때가 있다. 그것이 고의적이건 비고의적이건 친구 간의 벽, 부부 간의 벽, 형제간의 벽, 심하게는 부모 자식 간에도 벽을 느낄 때가 있다.

무조건 벽이 싫거나 나쁜 건 아니다. 적당한 벽은 필요하다. 아무리 친한 사이라도 때로는 보여 주고 싶지 않는, 그래서 적당히 가릴 건 가리고 싶은 것이 있기 마련이다. 하지만 그 벽이 단단한 돌이나 시멘트로 쌓은 것이 아닌 항상 바람이 오고 가고 때로는 손을 내밀면 마주 잡을 수 있고, 가끔 보고 싶을 땐 얼굴을 마주 볼 수도 있는 움직이는 벽이면 좋겠다.

벽이라 할지라도 필요할 때면 자동으로 열리는 초현대적인 문이 달려 있거나 벽은 벽이되 정강이 정도까지만 쌓여 있는 야트막한 담벼락 정도로, 필요하면 언제든지 건너올 수도 건너갈 수도 있는 경계표지 같은 담벼락이었으면 더 좋을 것 같다.

한번 생긴 벽은 여간해서 없어지지 않는다. 나무냐 흙이냐 시멘트냐 그 벽을 만든 재질에 따라 다르기는 하지만 그것을 없애려는 수고로움이 따르지 않으면 벽은 오랫동안 그 형체를 유지한다. 사람의 마음속에 생긴 벽도 마찬가지인 것 같다.

공공의 장소가 됐든 개인적인 장소가 됐든 어떤 문제를 두고 삼자끼리의 다툼이 벌어졌을 때의 사람들의 반응이 여러 가지로 나오는 걸 본다. 자신하고는 무관한 일이라고 여기며 수수방관하는 사람, 어느 쪽의 잘못이든 잘잘못은 상관없이 당장 자신의 기분이나 분위기만 생각해서 귀에 거슬려 하거나 무조건 조용히 지나가기만 바라는 사람, 문제가 무언지 왜 그런 일이 벌어졌는지를 알아보고 잘잘못을 가려서 같이 해결해 보려고 하는 사람.

이런 여러 사람들의 태도를 보면 그 사람들이 가지고 있는 공공의식이라든지 타인의 문제를 받아들이는 의식의 벽의 높이가 가늠될 때가 있다. 타인이 가진 괴로움이나 고통, 외로움이나 슬픔을 인식하고 받아들이는 마음의 넓이와 벽의 높이는 반비례하지 싶다.

주변을 보면 아주 쉽게 벽을 세우고 자신이 만든 벽 속에서 사는 사람이 있는가 하면, 천성적으로 벽을 만들지 못해서 자신을 보호하지 못하고 사는 사람도 있다. 드물지만 자신이 놓고 싶은 자리에 마음대로 놓을 수 있는 벽을 가진 사람도 있다.

나는 어떤가? 어쩌면 자신도 의식하지 못하면서 내 스스로 벽을 쌓으면서 살고 있지는 않는지? 가슴에 반문해 봐야겠다.

살아가다 보면 가끔 도저히 넘어갈 수도 없고 어떤 소통을 할 수 있는 틈도 없는 벽을 만날 때가 우리 인생길에는 있다. 그럴 때면 나는 푸른 담쟁이가 되고 싶다. 천천히 아주 조심스럽게 시간을 두고 벽을 넘거나 덮을 수 있는 담쟁이 같은 사람이 되면 좋을 것 같다.

작고 연약한 담쟁이 잎이 단단하고 암울한 회색의 벽을 덮으면 더 이상 벽은 회색이 아닌 아름다운 녹음이 될 수도 있을 테니까.

#

봄이 오는 길

베란다 창을 통해 비치는 햇빛이 밝다. 왠지 손으로 만지면 비단결처럼 부드러울 것 같은 느낌이 든다. 겨우내 하양 · 빨강 · 분홍으로 꽃을 피워 차가운 가슴을 어루만져 주던 제라늄 꽃들이 오늘은 더욱 색깔이 선명하게 보인다.

입춘이 지나서인지 날씨가 조금씩 누그러지는 느낌이 든다. 베란다에 비치는 햇살의 농도가 짙어지고 온후해졌다. 그 때문인지 때맞춰 만리향이 꽃망울을 수줍게 벌리기 시작했다. 하트형 잎사귀만으로도 눈을 즐겁게 해 주던 시크라멘도, 날개를 접은 나비를 닮은 꽃송이들이 싱그럽게 피어난다. 제각기 자기만의 형태와 향기를 가진 꽃들을 보며 저마다 다른 성격과 모습을 지닌 사람들 같다는 느낌을 갖는다. 그리고 문득 생명이 가진 본성이라는 걸 생각해 본다.

집 안에 앉아서도 봄을 느끼게 해 주는 꽃들이 고맙다. 그들의 은은한 향기가 매혹적이어서 베란다 유리문을 자주 열고 기웃거리게 만든다. 향기로운 꽃향기 덕분에 한동안 우리 부부의 코가 호사할 것 같다.

바깥의 온도는 어떤지 궁금해져서 현관문을 열고 일 층으로 내려간다. 며칠 전에 비해 한결 온순해진 기온이 저절로 집 주변을 서성거리게 한다. 내친김에 집 옆의 텃밭으로 발길을 옮겨 지면을 유심히 살핀다. 아직은 덜 풀린 얼음 때문에 버석거리는 흙 위에 겨우내 차가운 바람과 눈을 이겨 낸 작은 생명들이 눈짓을 한다. 나 여기 살아 있다고….

나보다 더 오랜 세월 이어 온 생명들이기에 이름이 있을 텐데, 그것들의 이름을 모른다는 게 조금 미안해진다. 이름을 모르는 그것들 사이에서 내가 아는 이름 한 가지를 찾아본다.

냉이, 이름을 안다는 것 하나로 유심해진 마음으로 그의 얼굴을 기억하고 그의 냄새를 기억해 찾아낸다. 겨울 추위 속에 움츠러들어 누렇게 말라 있는 겉잎사귀 속에 파랗게 새싹이 돋아나고 있다. 봄이 오기를 기대하며 모진 인내와 기다림으로 생명을 지켜 왔을 것이다. 주위를 더 둘러본다. 달래도 바늘 끝 같이 뾰족한 잎을 내밀고 있다.

지난겨울의 혹독한 추위로 인한 사라짐이 있었기에 초록으로 물들어 오는 풀 한 포기에도 다시 만나는 기쁨이 생의 부활을 보는 것처럼 크고 신비롭다. 그러기에 다가오는 봄이 더욱 반갑고 따사롭게 느껴지는 건 사람이나 자연이나 마찬가지일 것 같다. 조금씩 달라지는 바람과 햇볕의 농도를 가늠하면서 다들 그렇게 살아 있는 것들은 두근거리는 가슴으로 봄을 준비하고 기다렸겠지 하는 생각이 든다.

○

문득 일 년 내내 따뜻한 기온 속에서 꽃이 질 날이 없이 산다는 아열대지방 사람들이 생각난다. 혹독한 추위를 겪어 보지 않으니 따뜻한 계절이 얼마나 좋은지, 꽃이 지고 낙엽이 떨어지는 가을이 없으니 새로 피어나는 꽃이 얼마나 반갑고 소중한지, 잘 모를 것 같다. 지극히 개인적인 생각이지만 세계적인 철학자나 성인들이 아열대지방에서 나오지 않는 것도 낙엽 지는 가을과 눈보라 치는 겨울 같은 은둔과 사색의 계절이 없기 때문이지 싶다.

몇 주 만에 집에 내려온 아들과 함께 봄맞이 드라이브를 나간다. 차로 돌아보는 탑정호수엔 겨울 철새들이 떠날 차비들을 하는지 드문드문 무리 지어 놀고 있다. 벌써 북쪽으로 날아간 새들도 있는 모양이다. 한겨울보다 숫자가 많이 줄어들었다. 호수도 봄맞이 채비를 하나 보다. 햇살에 반사되는 물빛이 달라 보인다.

가까이 또는 멀리 바라보이는 산을 끼고 도는 대둔산 길도 어딘가 분위기가 달라 보인다. 암녹색으로 우울해 보이던 나무들이 조금은 밝아 보이고 늙은 산적의 얼굴로 보이는 법계사 뒷산도 내 마음 탓인지 모르지만 오늘은 표정이 들떠 보인다. 모두들 봄을 맞을 준비들을 하고 있나 보다.

얼마 안 있으면 겨울과 함께 철새는 떠나가고 봄과 함께 꽃이 피어나겠지. 특별히 소망하는 것도, 달리 기대하는 것도 없는 노년의 인생에도 봄은 탄생의 신비와 함께 삶의 따사로움을 느끼게 한다. 살아오는 동안 맞이하고 보낸 봄이 수십 번이 넘으니 이제쯤은 그저 그럴 때도 된 것 같은데, 봄은 여전히 맞을 때마다 새롭다.

봄, 여름, 가을, 겨울, 사계절이 뚜렷한 우리나라에서 계절의 바뀜이 어느 땐들 무심할 수 있으리오마는 겨울에서 봄으로 가는 길목만은 더욱 자별하다. 여름이나 가을처럼 때가 되면 오겠거니 하고 봄을 가만히 앉아서 기다릴 수만은 없다. 미리부터 마음이 들뜨고 엉덩이가 들썩거려지기 때문이다.

봄이 오고 있다. 어느 길로 오는지, 눈으로 확인할 수 있는 길은 따로 없다. 햇살을 타고 오는지, 바람에 실려 오는지 아무도 모른다. 봄은 어디로 오는가? 어느 노래 가사에 있는 것처럼 산 너머 조붓한 오솔길과 들 너머 푸른 논밭 길로 오는가. 하지만 봄이 오는 길은 눈으로 보이는 길만 있는 게 아니다. 그 길은 어쩌면 하얀 눈 속에 피어나는 노란 복수초 속에도 겨울철새들이 살고 있는 탑정저수지 물위에도 양지바른 우리 집 텃밭의 냉이싹 속에도 있을 것 같다.

봄이 오는 길, 누구에게나 봄은 오겠지만 봄을 알아볼 수 있는 마음의 눈과 봄을 맞고자 하는 준비를 하는 사람에게 더 빨리 오는 것이다. 누구에게나 때가 되면 봄은 오지만 미리 자신의 오감을 열고 봄이 오는 걸 기다리는 이에게 봄을 맞으려고 애쓰는 이에게 봄은 좀 더 빨리 기별을 하는 게 아닐까. 세상의 모든 길은 마음으로부터 시작된다는 걸 아는 사람에게만…. 뒷산에 진달래꽃이 피고 길가에 벚꽃이 흩날려야 봄이 온 줄을 아는 사람에게는 지는 벚꽃과 함께 봄날도 끝나리라.

나를 아는 길, 나에게로 가는 길, 사람이 사람에게 오는 길도 눈으로는 보이지 않는다. 지나간 세월 눈으로 보이는 길만 길이라고 믿었던 나는 내 앞에 활짝 열려 있는 문으로 난 길도 알아보질 못하고 지나쳐 버렸던 것 같다. 사람과 사람 사이의 길도 한 가지만이 아니라 산길 · 숲길 · 오솔길 · 논둑길 · 골목길이 다르듯 만날 수 있는 길이 다 다르다는 걸 인연이 어긋난 다음에야 깨달을 수 있었다.

빛으로 놓여 있는 길, 눈과 눈 속으로 난 길, 마음과 마음속으로 난 길, 손짓과 손짓으로 난 길, 느낌으로만 알 수 있는 길이 얼마나 많다는 걸 오랜 세월을 살아 본 다음에야 알았다. 이미 지워져 버린 길 앞에서….

#

마음의 거리

날씨가 쌀쌀해졌다. 거리를 휩쓸고 다니는 낙엽을 보며 옷깃을 여며도 스며드는 한기를 느끼는 날, 문득 오랫동안 잊고 있었던 친구의 안부가 궁금해진다. 뇌리에 숨겨져 있던 기억의 수첩을 꺼내어 전화번호를 누른다. 하지만 흘러가는 시간의 법칙은 모든 것을 변화시키는 법, 이제는 닿을 수 없는 사람이 되었다. 어느 쪽의 잘못이었는지 우리의 관계의 거리는 이제 너무 멀어져 버린 것이다.

거리를 재는 척도에는 미터법이 있다. 하지만 실제적으로 거리를 느끼는 방법은 여러 가지라고 한다. 숫자를 사용하거나 학문적으로 분류하는 그런 게 아니라 내가 느끼는 거리에 대한 개념이다. 실제의 거리, 마음으로 느끼는 거리, 시간으로 느끼는 거리, 경제적으로 느끼는 거리 등등…. 눈에서 멀어지면 마음에서도 멀어진다는 금언은 구십 퍼센트 정도 맞는 것 같다. 나머지 십 퍼센트는 죽어도 잊거나 멀어질 수 없는 특별한 관계다.

세상에 태어나 살아오면서 만났던 인연들을 생각해 보면 사람마다 일정한 마음의 거리가 있는 것 같다. 언제나 적당한 거리를 두고 그만치 있는 관계도 있고, 때에 따라 가까워지기도 하고 멀어지기도 하는, 마음의 거리가 유동적으로 움직이는 관계도 있다. 애정 관계도 그렇고 우정 관계도 그래서 사람의 마음을 아쉽고 안타깝게 만들기도 한다. 예전엔 나는 늘 그 자리에 있는데 상대가 변덕을 부린다고 느꼈었다. 그런데 언젠가부터 꼭 그렇지만도 않다는 생각을 한다. 상대방만이 아니라 내 마음속 그의 자리도 끊임없이 움직인다는 것을 인식한 것이다.

사람이 외로우면 인간의 체온이 그리워 아무에게나 몸과 마음을 줄 수 있다. 마치 물에 빠진 사람이 지푸라기라도 잡고 싶은 심정처럼 외로우면 가장 먼저 혹은 가장 가까이 있는 사람에게 손을 내밀게 된다고 나는 경험으로 느낀다. 그런 처절한 외로움은 겪어 본 자만이 알 수 있을 것이다. 가끔 여러모로 봐도 도저히 어울리지 않는 인간관계나 이성 관계 혹은 불행을 초래하는 관계도 그렇게 형성된 것이 있다고 나는 생각한다.

인간관계는 얼마만한 거리에서 바라볼 수 있느냐가 중요한 것 같다. 상대에 따라 한 치 앞에서 마주 볼 수 있는 사람이 있는가 하면, 친하다고 해도 그 거리가 십 미터쯤 아니면 오 미터쯤 떨어져서 봐야 편한 사람이 있다. 그 관계의 거리는 서로가 허용하는 범위와도 상관이 있고 또는 물심(物心) 간에 어떤 걸 주고받느냐에 따라 다른 것 같다. 매일같이 지극히 일상적이고 상식적인 것들을 공유하는 관계와 어쩌다 때때로 만나서 정신적인 철학적인 삶의 문제를 논의할 수 있는 관계는 그 거리의 밀접함보다는 인간이 가지고 있는 여러 면 중에 상대와 내가 어느 면이 밀착되어 있느냐에 따라 다를 것이다.

적지 않은 세월 살아오면서 그다지 많지 않은 인간관계를 가져 봤지만 누군가와 서로 편안한 적당한 거리와 보폭을 맞춘다는 것은 지극히 어려운 일인 것 같다. 그것이 마음의 보폭이든 행동의 보폭이든 내가 상대방의 보폭에 맞추기도, 상대방이 내 보폭에 맞추기도 쉽지 않다. 많은 사람과 인연을 맺고 오랫동안 좋은 관계를 유지하는 사람들은 타인과의 관계의 거리를 잘 정립해서 맞출 수 있는 능력이 뛰어난 사람들이다.

일상생활 속에서 지극히 사사로운 일에도 가끔 생각과 행동이 엇나가기도 하는 나는 자신의 마음과 몸의 보폭을 맞추기도 어려운 게 보편적인 사람들이지 않나 하는 생각을 갖고 있다. 해서 웬만해서는 누구에게 잘 다가가지도 못하고 또 누구를 살갑게 잘 받아들이지도 못해서 특별하게 밀접한 거리를 가진 친구가 없다.

하지만 누구에게나 꿈과 희망이 있듯 나에게도 이런 관계를 맺은 친구를 갖고 싶다는 생각은 늘 있다. 그것은 특별히 무엇을 바라지 않고 상대를 있는 그대로 받아들일 수 있는 관계, 만나면 어떤 말과 행동이 없어도 그 마음을 읽을 수 있는 관계, 너를 좋아한다는 말을 하지 않아도 느낌으로 알 수 있는 관계, 아무 말 없이 조용히 앉아 있어도 무료하거나 답답하지 않는 관계, 언제 어느 때 어떤 말을 하더라도 편안한 마음으로 받아들일 수 있는 관계, 상대의 결점이나 흉하고도 친해질 수 있는 관계, 아무것도 고치거나 고쳐 줄 것을 요구하지 않는 관계, 나를 하나도 가리지 않고 내보일 수 있는 관계, 열 사람쯤 뒤에 있어도 눈길을 느낄 수 있는 관계, 나에게만 특별히 온 사람 같은 느낌을 주는 관계, 무슨 잘못이 있었더라도 사과나 용서라는 낱말 필요 없이 잔잔한 미소만으로도 저 가슴 깊은 곳에서부터 용서받을 수 있는 관계를 가진 친구를 갖고 싶었다.

살아가는 굽이굽이마다 무수히 부딪치는 인간관계에서 실망하고 아파하고 슬퍼하면서 돌아서는 관계가 얼마나 많은가. 문명이 발달하고 먹고사는 게 나아질수록 진실함, 순수함, 소박함, 이런 낱말들이 사라져 가고 우리들 서로에게 자꾸만 불신과 미움의 벽이 쌓여가는 불신시대에 우리는 살고 있는 것 같다. 참으로 믿을 수 있는 관계, 마음을 터놓을 수 있는 인간관계, 서로에게 이해와 사랑이 깃든 인간관계가 많아진다면 산다는 것이 훨씬 즐겁고 행복할 수 있지 않을까.

인간과 인간 사이에는 단점을 장점으로 볼 줄 아는 마음의 눈이 필요하다. 누군가를 아는 만큼 그 사람의 좋은 점도 나쁜 점도 보이고, 그 사람을 아는 만큼 사랑하게 된다고 한다. 이해와 사랑이 많을수록 마음의 거리 또한 가까워질 수 있을 것이다.

그렇다면 나는 누구를 얼마만큼 알고 있는가? 혹시 나는 상대에게 먼저 다가가서 거리를 좁힐 생각은 않고 상대가 나에게 다가와 거리를 좁혀 주기만을 바라는 이기적인 인간인지도 모른다는 반성을 한다. 그것은 친구와의 거리에서만이 아니라 가족인 남편이나 자식들과의 거리에서도 마찬가지다.

스스로 행하고 있는 말이나 행동, 마음 씀이 옳고 바르다는 자가당착에 빠져 상대의 슬픔이나 고통에는 무심해 있다면 그만큼 상대와 나의 마음의 거리는 멀어질 거라는 걸 알면서도 얼른 헤아리지 못하는 어리석음을 자주 저지른다.

마음과 마음의 거리가 너무 멀어져서 소통의 부재를 느낄 땐 '너 아프니?' 묻지 않아도 '나 아프다.' 말하지 않아도 알 수 있는 마음의 기술을 갖출 수는 없을까, 몸짓만 보고도 눈빛만 보고도 알아주는 사람 어디 없을까 하는 아쉬움이 생긴다. 또한 상대가 내게 보여주지 않는 슬픔이나 고통까지 알아볼 수 있는 심안을 가지고 있다면 내 곁의 사람들을 이해하고 보듬을 수 있을 텐데, 누군가 나에게 손을 내밀었을 때 그 손의 생김새와 촉감만이 아니라 그 손이 내게로 향하게 된 원인이나 의미까지 알아챌 수 있는 능력이 있으면 좋겠다는 생각을 한다.

수레바퀴처럼 돌아가는 삶의 나날들에서 문득 바퀴살 하나가 부러진 듯 마음이 허허로운 날 마주 앉아 나누는 차 한 잔만으로도 위로가 될 수 있는 마음의 거리가 가까운 사람이 있었으면 좋겠다. 그리고 나 또한 그에게 그런 사람이 되었으면 좋겠다.

저 그리스의 철학자 디오게네스처럼 대낮에 등불을 들고라도 그런 사람을 찾고 싶다.

#

줄탁동시

비가 부슬부슬 내리는 가을날 오후, 지인과의 약속이 있어 나가는 길이었다. 대로변 사무실 앞 대리석 계단 옆에 옹색하게 웅크린 채 한 젊은이가 뭔가를 먹고 있다. 아마도 근처 사무실에 근무하는 사람들이 먹고 내놓은 중국음식 찌꺼기인 모양인지 볶음밥인 듯싶은 접시에 코를 박고 허겁지겁 먹고 있는 남자는 조금 낯이 익다.

목덜미를 덮는 긴 머리에 때에 전 모자를 쓰고 추레한 옷차림으로 휘청거리듯 걷는 그와 이 거리 어딘가에서 몇 번 마주쳤었다. 부랑배인가? 혹시 마약환자인가? 지레 겁을 먹고 바라보면서 멀리서부터 비켜 가곤 했었는데 허수아비에 옷을 걸친 듯 빼빼 마른 그의 몸이 잘 먹지 못한 탓이라는 걸 비로소 눈치챘다.

집은 어딘지? 어떤 사정이 있는 건지? 내가 도와줄 수 있는 건 없는지? 묻고 싶지만 마음뿐, 고개 숙여 밥을 먹는 그의 곁을 스치듯 총총히 지나쳐 간다. 그에게 말을 걸었을 때 어떤 반응이 나올지, 어쩌면 내가 감당하기 어려운 문제가 나올지도 몰라, '설마 누군가 보살펴 주는 사람이 있겠지. 그리고 나는 지금 약속 시간 때문에 빨리 가야 한다.' 여러 가지 이유로 자기 합리화를 하면서 걸음을 빨리 한다.

언젠가 이십여 년 전, 그때도 그랬었다. 여름날 이른 새벽 기차 시간에 맞춰 바삐 걷고 있던 나와 눈이 마주친 남자, 눈이 맑아 보이는 중년의 남자는 길가 쓰레기통에 버려진 쉰 열무김치를 손으로 주워 먹고 있었다. 갑자기 마주친 터라 그도 나도 흠칫 놀라 얼른 외면해 버렸다. 미친 사람인지도 모른다는 두려움과 기차 시간을 생각하며 바삐 지나쳐 왔지만 기차에 오르고서도 맨손으로 쓰레기통을 뒤지고 있던 그 남자의 모습이 눈에 밟혔었다. 나쁜 사람 같지는 않았는데 무슨 사연이 있는 걸까? 얼마나 배가 고프면 쓰레기통을 뒤져 버려진 열무김치를 주워 먹고 있었을까? 내가 가진 여비에서 밥 한 끼 정도의 돈은 줄 수도 있었는데, 뒤늦게 후회 비슷한 생각만 했었다.

이렇게 길거리에서 마주친 이런 만남이 아니라도 살아가면서 가끔 이런 일이 생긴다. 알고 지내던 지인이 됐건 집 주변에서 만나는 이웃이 됐건 내가 도와주어야 될 것 같은 어느 순간에 맞닥뜨렸을 때, 얼른 손을 내밀기보다는 다른 사람들은 가만히 있는데 내가 나서면 혹시 중뿔나게 군다고 하진 않을까 하는 염려부터 한다.

그리고 내가 가진 인식의 자로 상대를 요리조리 재 보기부터 한다. 저 사람이 뭘 잘못해서 그런 거 아냐? 왜 그렇게밖에 못 사나? 일이 그렇게 될 때까지 그 사람은 무얼 하고 있었기에? 어쩌면 애초에 조금 결여되어 있거나 아니면 조금 삐뚤어져 있을지도 모르는 나만의 왜곡된 자를 가지고 상대를 평가하고 판단을 내린다.

남을 돕는 것도 습관이라고 하는데, 누구나 생각은 할 수 있지만 적극적으로 행동에 옮기는 사람은 극히 드문 것 같다. 물론 평생 모은 재산을 내놓거나 굴지의 재벌들처럼 재단을 세워 불우한 이웃을 돕는 일은 아무나 할 수 있는 일은 아니다. 하지만 마음만 먹으면 아주 작은 도움을 줄 수 있는 기회는 수시로 만날 수 있다. 그런데도 때로는 선뜻 나서기가 쑥스럽거나 용기가 없어서 우물쭈물 망설이다가 그때를 놓쳐 버리기도 한다.

줄탁동시(啐啄同時)란 병아리가 알에서 깨어날 때를 딱 맞춰 어미닭이 알의 껍데기를 부리로 쪼아서 도와주는 걸 말하는 사자성어란다. 하지만 그때가 조금 빠르거나 조금 늦어서 적당치 못하다면 병아리의 탄생은 못 보게 될 수도 있을 것이다.

우리 옛말에 생일에 잘 먹으려다 이레를 굶으니 죽더라는 말도 있고 목이 말라 죽어 가는 사람에게 당장 한 바가지의 물이 절실하듯이, 배고픈 사람에게 단 한 끼의 식사를 대접하더라도 그가 진실로 원하는 그 시점이 아니면 아무 소용이 없는 것이다.

화분의 꽃이 시들기 전에 물을 줘야 하는 것처럼 인생살이도 때가 중요하다는 것은 누구나 안다. 유아일 때 엄마의 사랑과 보살핌을 충분히 받지 못하면 그는 평생 애정결핍증에 시달리고, 청소년기에 가족의 애정과 교육을 받지 못하면 그는 사회적 문제 인간이 될 수도 있는 것도 그런 맥락일 것이다.

그러므로 누군가를 도와주는 것도 그가 필요로 하는 그때에 해야 진정한 도움이 될 것이다. 누군가를 도와주거나 끌어올려 주는 것도 그 시기가 정말 중요하다고 나는 생각한다. 그런데도 오늘 또 나는 생각만 하고 지나갔다. 내가 가진 약삭빠른 현실성과 기꺼이 나서서 도와주지 못하는 용기 없는 비겁함에 스스로 슬퍼하면서 말이다.

하버드대학교 교수인 심리학자 하워드 가드너의 이론에 의하면 인간에겐 다중 지능이 있다고 한다. 음악적 지능, 언어적 지능, 공간적 지능, 논리수학적 지능, 신체운동적 지능, 대인관계지능, 자기이해지능, 자연탐구지능, 실존적 지능까지, 그리고 앞으로도 더 많은 지능들이 제기될 수 있다는데 어쩌면 누군가를 기꺼이 도울 줄 아는 지능이 첨가된다면 아마도 나의 지능지수는 최하위권이 되지 않을까 두렵다.

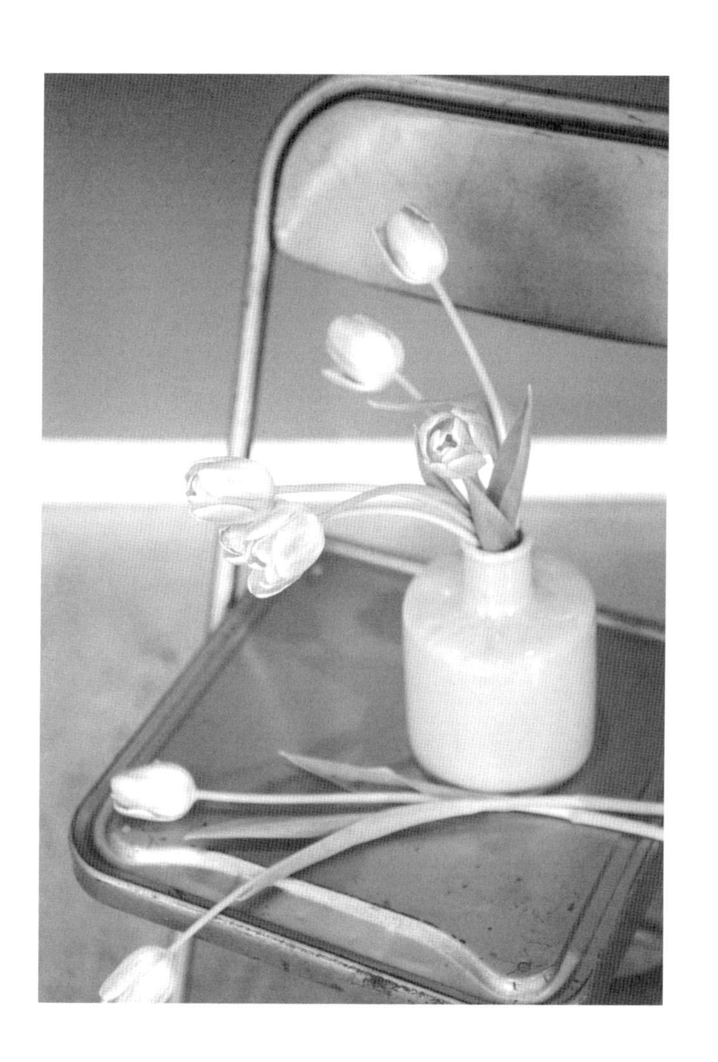

3

그 여자의 집

#

아이 키우기

음악에 맞춰 아이가 춤을 춘다. 캐스터네츠와 탬버린을 번갈아 흔들면서 음악의 곡조와 리듬에 따라 빠르게 혹은 느리게 우아하면서도 리드미컬하게 몸을 흔드는 게 음악의 박자와 흐름에 얼추 맞아떨어진다. 세상에 태어나 육 년을 살아온 아이의 몸놀림이 제법 음악과 어우러져 나오는 게 신기하다.

바뀌는 음악의 박자와 리듬에 따라 달라지는 아이의 율동적인 몸의 움직임을 보며 이 아이는 나중에 어떤 삶을 살게 될까 문득 생각이 스친다. 미리 무엇이 될 거라는 혹은 무엇이 되었으면 하는 고정된 생각이나 기대는 갖지 말자 하면서도 아이가 아름답고 즐거운 삶을 살 수 있기를 염원해 본다.

지금 내가 하는 행동이 언어가 혹은 가르침이 이 아이에게 어떤 영향을 줄지, 아이에게 어떤 것들을 제공해 주고 알려 주고 가르쳐 줘야 할지, 무엇이 앞으로 아이가 살아야 할 삶에 지혜와 보탬이 될지 순간순간 망설여진다.

○

내 엄마도, 아니 내 할머니도 나 어렸을 적 그런 생각을 하며 키웠던 적이 있었겠지. 어린 시절 어른의 한마디 말이, 가르침이, 따뜻한 손길이 일생 동안 각인되고 기억된다는 걸 알기는 했을까? 아이에게 기억될 나는 어떤 할머니상으로 남게 될까?

날씨가 맑고 따스해서 오후 늦게 아이랑 향한리 가는 길로 쑥을 캐러 갔었다. 아이에게도 비닐봉지와 연필 깎는 칼을 주고 쑥을 캐 보게 했다. 내가 먼저 쑥을 잡고 뿌리 쪽을 자르는 걸 시범으로 보여 줬더니 그대로 따라서 하며 제법 캔다. 허나 애라서 금방 싫증을 느끼고 쑥을 캐는 것보다 이곳저곳 땅바닥을 들여다보고 다니기에 바쁘다.

큰개미집인지 지면보다 약간 올라온 곳에 구멍이 몇 개 나 있는 곳을 보더니 두더지집인 모양이라고 파 본다고 한다. 물면 어떡하냐니까 나더러 파 보라고 한다. 두더지가 좋아하지 않을 거라고, 남의 집을 함부로 파면 안 된다고, 네가 집에서 자거나 놀고 있는데 누가 와서 갑자기 집을 부수면 어떻겠느냐고 했더니, 그러면 나쁘겠다고 안 파겠다고 한다.

시계 보는 공부를 하고 나갔기에 '이제 시계는 잘 보겠지' 했더니 연구를 좀 했으니 나아질 거란다. 아이에게 무엇을 보여 주고 무엇을 말해 줄까? 또 어떻게 설명해 주면 좋을까? 순간순간 아이의 대답과 질문 속에 들어 있는 번득이는 지혜와 재치에 놀라며 내가 해줄 수 있는 최선의 대답과 가르침을 생각한다.

자고 일어난 아이가 갑자기 목이 아프다고 울고 난리가 났다. 기

(氣)를 넣어도 안 되기에 헬스클럽과 정형외과에 다녀왔다. 먼저 제 엄마의 친구인 치료사자격증이 있는 헬스클럽관장에게 데려가서 마사지를 받고 조금 나아졌지만, 그래도 마음이 안 놓여 정형외과까지 다녀왔다. 원인은 잠잘 때 자세가 잘못된 데다 스트레스로 인한 어깨근육경직 때문에 그런다나, 애들이 스트레스로 어깨근육이 굳는다니 참 희한하다. 목이 기울어져서 며칠 약 먹고 물리치료를 받아야 된다니 놀랍기도 하지만, 내가 아직도 아이에 대해 모르는 게 많은 것 같아 마음이 편치 않다.

어제 슬쩍 들여다본 아이의 일기장에 '멈추지 않은 마음'이라는 내용이 있었다. 미운 일곱 살이라더니 엄마하고 약속한 것이나 하라는 공부를 제때 안 해서 야단맞고, 또 슬쩍슬쩍 거짓말을 해서 야단맞고…. 야단 안 맞는 날이 없다. 날마다 그것을 탓해서 야단을 치는 제 어미도 마음이 편치 않겠지만 거짓말을 하고 말썽을 부리는 아이도 마음이 많이 불편한 모양이다. 녀석 하는 짓을 보면 제멋대로에다 아무리 말을 해도 귀담아듣지도 않는 것 같은데, 맹랑하게 지가 필요할 땐 애교를 떨면서 달라붙다가도 잘못을 지적하거나 고치라는 말을 하면 딴전이나 부리고 못 들은 체하기 일쑤인데 속으론 스트레스를 받고 있었나 보다.

근 한 달간 강행한 콩 까기가 끝났다. 양쪽 손의 엄지와 검지에 살짝 굳은살이 생겼다. 콩꼬투리 숫자를 헤아린다면 수만이 될 테니 그럴 만도 하겠다.

콩 수확을 하면서 참 여러 가지를 느꼈다. 한날한시에 낳은 쌍둥이가 각기 다른 삶을 살듯이 한날한시에 심은 콩알도 거둘 때 보니 다 다르게 성장하고 있었다. 뿌리가 깊고 줄기가 굵게 잘 자란 게 있는가 하면 아주 가늘어서 옆에 있는 것의 반쯤밖에 안 되는 것도 있다. 반면 중심을 잘 잡고 가지를 적당히 펼쳐서 콩꼬투리가 돌아가며 균형 있게 달려 있는 것도 있고 약간 기울어져서 성장해 한쪽으로만 콩꼬투리가 달려 있기도 하다. 아예 일찌감치 옆으로 누운 것은 줄기를 길게 뻗어 보기는 하지만 열매는 작고 띄엄띄엄 붙어 있다.

꼬투리 속도 가지가지다. 꼬투리가 커서 알이 서너 개쯤 실하게 들어 있을 것 같은데 까 보면 달랑 한 개만 있다든지 작은 꼬투리 속에도 세 개가 고르게 큰 것이 있고 같은 꼬투리 속에서도 한 개는 잘 여물어 있는데 한 개는 아직 여려서 별 쓸모가 없는 것도 있다. 콩나무의 위와 아래 위치에 따라 꽃이 먼저 피고 나중 핀 시간의 경과에 따라 여물고 덜 여물고는 이해가 되지만, 한 꼬투리 안에서 한날한시에 생겨났을 콩알의 여묾에 차이가 있다는 게 신기하다.

또 겉보기에 멀쩡하게 생긴 꼬투리 속이 열고 보면 모두 썩은 것들만 들어 있기도 하고, 시원찮을 것 같이 보이는 꼬투리 속에 오히려 괜찮은 것들이 들어 있기도 하다. 수많은 콩을 까면서 하찮은 식물의 삶이 사람의 삶과 비슷하다는 생각이 들었고, 이 세상에 살아 있는 생물들의 삶이란 게 신기하게 조금씩 닮아 있다는 것을 새삼 느낀다.

어쩌다 아들딸과 대화를 나누다 보면 지나간 날의 일들이 터져 나올 때가 있다. 아이의 교육을 위한다거나 혹은 내가 나름 잘했다고 생각했던 일이 아이들에게 상처나 고통스러운 기억으로 남아 있는 걸 알게 될 때가 있다. 때로는 나는 전혀 기억에 없는 일이 아이에게 슬픔과 괴로움을 주었다는 걸 알게 되면 서글픔과 함께 자신의 교육에 대한 자존감마저 떨어진다.

해서 이제 할머니로서 내게 주어진 기회인 손녀의 교육만은 잘하고 싶은데 어떻게 하는 게 아이를 올바르게 키우는 방법일까? 공부하는 방법에 왕도가 없다는 말이 있듯 교육의 방법에도 왕도는 없을 터인데 그때그때 엄격하게 가르쳐야 옳은지, 대충 저 하고 싶은 대로 놔둬 버려야 옳은지 아직도 갈피를 못 잡겠다. 다만 한 가지, 뿌리가 잘 뻗고 줄기가 굵게 자란 콩나무는 옆으로 눕지도 않고 병이 들지도 않아서 열매도 실한 것처럼 사랑과 애정을 바탕으로 어린 시절을 잘 보낼 수 있도록 잘 도와줘야 참한 어른이 될 거라는 믿음이 있을 뿐이다.

#

도라지를 캐며

가을 날씨답게 맑은 날이다. 아침밥을 먹고 도라지를 캐기로 했다. 지인이 갖다 준 실뿌리 같은 일년생 도라지를 집 옆의 텃밭에 심은 지 삼 년이 되어 간다. 도라지는 심은 지 삼 년이 지나면 가운데에 심이 생겨서 나물을 해 먹을 수 없다는 말을 들은 터라 벌써부터 도라지를 캐야겠다고 마음을 먹고 있었지만 이것저것 바쁜 일이 겹쳐서 미루어졌다.

추위가 닥쳐 땅이 얼기 전에 해야 할 일이라 오늘은 짬을 내서 도라지 밭으로 나갔다. 마침 며칠 전 내린 비로 흙이 물기를 머금고 있어 삽질하기가 좀 수월치 싶다. 두 평 남짓 되는 작은 넓이지만 나름 자연농법을 고수한다고 잘 돌보지도 않은 밭은 풀과 도라지가 서로 엉클어져서 얼핏 보면 잡초인지 도라지인지 구분할 수 없을 정도다.

다행히 지난 여름내 흰색과 보라색으로 피어 눈을 즐겁게 해 주던 도라지꽃이 진 자리에 둥근 씨방이 맺어 있어 구분이 되었다. 다시 꽃을 볼 양으로 씨방째 몇 개 따 놓고 뿌리를 캐기 시작한다. 호미로 뿌리가 다칠세라 대궁이 달린 줄기 밑을 파내고 잡아당기니 중동이 뚝뚝 부러져 버린다.

안되겠다 싶어 삽을 가져왔다. 조금 멀찍이 삽을 깊게 박아 흙을 밀어 올리니 허연 도라지 뿌리가 올라온다. 줄기를 잡아 흙을 털어 내 빈 땅에 던져 놓으며 한 뿌리씩 캐 나간다. 아무리 조심을 해도 너무 깊게 박혀 있거나 예상치 못한 방향으로 뻗어 나간 뿌리는 더러 끊어져 나온다. 캐는 시기가 좀 늦었나? 아예 썩어 버린 것도 여러 개 있다.

도라지 뿌리를 끊어 버리지 않으려고 조심조심 한참을 캐 나가는데 평범치 않은 발자국 소리가 들린다. 길가에 있는 밭이라 간간이 지나가는 사람들이 있는데, 보통의 발소리와 달리 신발이 끌리는 소리와 종종걸음을 걷듯 잦게 내딛는 발자국 소리다. 하던 일을 멈추고 고개를 들어 보니 그 사람이다.

십 년 전 이곳에 이사 온 후 뒷동산에 오를 때면 마주쳤던 사람, 처음 그를 보았을 땐 한쪽이 거의 마비된 상태로 지팡이에 의지해서 간신히 한 발자국 한 발자국 내딛던 사람, 너무나 느려서 십 미터를 가는 데 10분도 넘게 걸리던 사람, 부축해 주거나 동행하는 사람도 없이 오로지 혼자서 넘어질 듯 위태롭게 걸음을 옮기는 그를 안타까운 마음으로 지켜보곤 했었다.

그가 누군가와 말을 나누거나 인사를 건네는 걸 본 적이 없다. 입을 굳게 다물고 정해진 시간에 뒷동산이나 아니면 우리 집 앞을 지나가는 그를 보곤 했다. 그 십 년이란 시간 동안 그는 느리게 돌아가는 비디오영상처럼 아주 조금씩 걸음이 나아져 가고 거의 고정되어 있던 그의 왼팔도 자연스러워져 가고 있다. 뭔가 허공에 떠 있는 듯 경직되어 있던 그의 얼굴도 표정이 한결 자연스러워졌다. 몇 년 전 그의 병력을 모르는 사람이 보면 그가 한쪽이 마비되었던 사람이라고는 느끼지 않을 정도로 그는 거의 정상으로 회복되었다.

신기한 것은 감정이 없는 듯 무기력하게 찌푸려져 있던 그의 얼굴이, 그의 걸음걸이가 나아갈수록 점점 달라 보이기 시작한 거다. 반듯하고 넓은 이마와 또렷또렷한 눈 코 입이 생기를 찾아가고 표정이 달라지니 사람이 달라져 보인다. 군인이었다는 그가 제복을 입었을 모습을 상상해 보니 아주 절도 있고 품위 있는 지휘관의 모습이었을 것 같다.

나는 그가 누구인지 모른다. 확실하거나 정확하다고는 믿을 수 없지만 누군가를 통해 들은 그의 전직이 육군의 고급 장교였다는 것, 어느 날 갑자기 중풍으로 쓰러져 군에서 퇴임을 당하고 반신마비가 된 그를 두고 그의 아내는 이혼을 선언하고 떠나 버려서 홀어머니와 단둘이 살고 있다는 정도가 그에 대해서 내가 알고 있는 전부다. 하지만 십 년 전 어느 날 마주친 뒤부터 그는 나에게 유심한 존재다. 물론 그는 전혀 모르겠지만…, 비록 가까이 다가가 따뜻한 격려의 말 한마디 보낼 수 없었지만….

십 년이면 강산도 변한다는 세월이다. 갑작스럽게 닥친 병마와 불운 속에서 겪어야 했을 상처와 분노를 딛고 일어서기까지 지난하고 긴 시간이다. 길을 나서기조차 어려운 몸으로 누구의 도움도 없이 하루도 빼놓지 않고 걸음을 옮기는 그의 노력과 의지가 오늘의 건강한 신체를 만들기까지, 보이지 않는 곳에서 흘렸을 그의 땀과 눈물이 얼마였으랴.

누구도 가늠할 수 없는 그의 노력과 의지가 보상을 받은 것 같아 요즘 그를 마주칠 때마다 내 마음이 흐뭇하다. 가까이 다가가 등을 두드리며 정말 장하다고 말해 주고 싶은 마음을 애틋한 눈길로 대신한다. 밭 옆을 지나 멀어져 가는 그의 뒷모습을 보며 이제 얼마 후면 그의 발자국 소리도 다른 이들과 구별할 수 없을 것이라고 확신한다.

다시 남은 도라지를 마저 캐야겠다. 어줍은 농부 주제에다 게을러서 잡초도 잘 안 뽑아 주고 가족들 건강 생각해서 자연 농법을 한다고 농약과 비료를 쓰지 않고 키운 도라지 밭은 썩거나 병들은 것들이 상당하다. 하지만 갖가지 해충과 잡초들 틈에서도 씩씩하게 잘 자란 도라지도 상당해서 고맙고 흐뭇하다. 난생 처음 내 손으로 심어 거둔 도라지를 보니 어릴 적 자주 불렀던 동요가 절로 나온다.

"도라지~ 도라지~ 백도라지~ 심심산천의 백도라지~~" 깨끗이 씻어서 딸네도 좀 주고 나물도 하고 효소도 담가야겠다.

#

고마움의 싹

얼마 전 우연치 않게 전국장애인 체육대회를 관전할 기회가 있었다. 내가 보게 된 경기는 당구게임이었다. 공 세 개를 가지고 하는 쓰리쿠션게임과 공 네 개를 가지고 하는 사구게임인데 두 사람이 하는 단식게임과 이 인씩 두 팀이 겨루는 복식게임이 진행되었다. 참가 선수들은 겉보기에 얼른 알아볼 수 없을 정도의 경증장애인과 휠체어를 타고 움직이는 중증장애인까지, 모두 장애인들이었다.

복식게임은 각 팀이 중증과 경증의 장애인이 이 인 일 조로 짜여 있어서 신체적인 핸디캡에 대한 배려가 있었고, 특히 휠체어에 앉은 중증장애인에게는 삼십 점 만점에 삼 점을 가산해 주는 경기운영방식이었다. 각 지역의 예선을 거쳐 올라온 팀이 결선을 치르는 현장은 자원봉사자들의 도움을 받으며 진지하게 진행되고 있었다.

넓은 실내체육관을 빌려 여러 대의 당구대에서 진행되는 게임 중 내가 가장 눈여겨 본 것은 평소에 내가 즐기고 있는 사구당구경기였다. 그런데 이 층 관람석에서 보는 내 눈에 사구게임 복식선수 중에

한 팀이 휠체어 선수들과 다르게 겉보기에 멀쩡해 보였다. 두 사람 다 경증 선수로 구성된 것이 이상해서 유심히 보고 있는데 그 선수의 차례가 되었다.

그는 양쪽 팔의 팔꿈치 아랫부분이 다 없었다. 왼쪽 팔은 의수를 하고 오른쪽 팔엔 쇠로 된 갈고리가 달려 있었는데 당구를 치는 큐대가 그의 갈고리에 묶어져 있었다. 어떻게 큐대를 고정시킬까 궁금해하는 순간, 움직일 수 없는 왼손 대신 놀랍게도 그의 왼발이 당구대 위에 올라와 큐대를 고정시켜 주는 역할을 하는 게 아닌가.

살펴보니 휠체어 선수들 중에도 하체는 물론 두 손 중 한 손마저 장애가 있어 어렵사리 큐대를 고정시키고 한 손으로 당구를 치는 선수도 있었다. 그날 나는 생전 처음으로 내 사지가 멀쩡하고 제 구실을 제대로 하고 있다는 것에 무한한 감사의 마음이 들었다.

나이를 먹어가며 철이 드는 것인지, 어느 날부턴가 고마움에 대한 싹이 내게 자꾸 나기 시작한다. 아무렇지도 않게 당연하게 생각했던 것들에 대한 고마운 마음이 때때로 올라온다. 어쩌면 옛날의 나였다면 그런 생각을 하는 자체가 어이가 없고 웃기는 일이라고 일축해버릴 수도 있는 그런 일들에 대해서 말이다.

가방이 고맙다. 여행지에서 가방을 꾸리다가 문득 오랫동안 끌고 다녀서 낡아빠진 가방의 지퍼가 스르르 잘 잠길 때 '가방아 말썽부리지 않아서 고마워' 하는 마음이 든다. 더러 며칠씩 걸리는 장거리 여행을 하다 보면 다른 사람의 가방 지퍼가 갑자기 고장이 나 애를 먹거나 화물로 운송 중에 표피가 딱딱한 소재의 가방이 깨져 나오는 걸 보곤 한다. 그래서 우리나라 공항에서는 가방의 표면을 한 번 더 붙들어 매는 벨트를 파는 상인을 만날 수 있고, 해외의 여러 나라에서도 공항대기실 앞에 가방을 비닐로 다시 싸 주는 장사꾼이 있는 걸 많이 봤다.

핸드폰이 고맙다. 남편이나 아이들의 안부를 즉시 확인할 수 있어서다. 평소 유달리 가족들에 대한 염려와 불안증이 많은 나는 아이들이 성년이 넘어 중년이 되어 가는 데도 시시때때로 자식들의 안부를 확인해야 직성이 풀린다. 젊은 시절부터 술을 많이 마시는 남편은 걸핏하면 통금시간이 넘도록 안 들어오거나 때로는 이삼 일씩 소식이 불통되기 일쑤였는데 그럴 때면 남편의 안위가 염려되어 밤잠을 못 이루고 불안과 걱정에 휩싸이곤 했었다. 지금도 여전히 고주망태인 남편이지만 그의 안부를 바로바로 핸드폰으로 확인할 수 있어 더 이상 잠을 못 자는 일은 없으니 참으로 고마운 일이다.

시위 현장에 서 있지 않아도 되니 고맙다. 신문이나 방송을 통해 시위 현장을 자주 보게 되는데 공권력과 맞부딪칠 때는 말할 것도 없겠지만 거리나 광장에서 맨몸으로 시위를 한다는 게 얼마나 힘들고 고통스러운 일이겠는가. 시위는 특별한 사람들이 하는 게 아니라 재산이나 인권을 억울하게 침해당한 사람들의 아우성이 아니겠는가! 내가 만일 부정부패와 모순이 판을 치는 현장에 서 있다면 그리고 내게 직접적인 위해가 가해진다면 나 또한 가만히 엎드려 당하고만 있을 수는 없을 것이다. 내가 아무리 하지 않으려 하나 하지 않을 수 없게 만드는 우리 사회의 모순과 부패에 맞닥뜨리지 않고 살 수 있는 것도 큰 복이라는 생각이 든다.

우리나라를 지켜 온 분들에게 고맙다. 자주독립을 위해 애쓰신 애국지사와 6·25전쟁을 통해 전사한 분들에 대한 감사가 진심으로 가슴에서 우러나온다. 젊은 날, 전후세대인 내게 나라란 태어날 때부터 당연히 있었고 전쟁이란 먼 나라의 이야기일 뿐이었다. 하지만 이젠 다르다. 이 지구상에는 버젓한 제 나라가 없어서 방랑하거나 속박받는 민족이 많다는 것도 알았고, 침략이나 내분으로 잔인한 전쟁을 치르고 있는 나라도 많으니 말이다. 더구나 공산치하에서 고통받고 있는 이북 주민들을 생각하면 이 나라를 지키기 위해 목숨을 바친 분들이 존경스럽고 이 땅에 살고 있는 게 얼마나 다행인지 모른다.

일일이 다 열거할 수는 없지만 생각해 보면 고맙고 감사해야 할 일이 얼마나 많은지 모른다. 오랜 세월 주어지지 않거나 채워지지 않는 것들에 대한 불평과 불만이 더 많았던 내게 고마움의 싹이 조금씩이나마 돋아나는 것은 육십 년이 넘는 세월을 산 탓이요, 그 세월이 나를 교육시킨 결과라면 날이 갈수록 나는 더 많은 것에 대한 고마움을 알게 될 것 같다. 그래서 해를 넘길수록 더 많은 것에 고마움을 느낀다면 언젠가 내 자신의 죽음까지도 고맙게 받아들일 수 있지 않을까 하는 바람을 가져 본다.

#

그 여자의 집

파란색 동그란 풍선이 거실 에어컨 앞을 굴러다닌 지가 며칠 째다. 여자가 거실바닥 비질을 하다 말고 손을 멈춘다. 여기저기 굴러다니는 장난감부터 다 싸서 내놔 버릴까 잠깐 생각을 한다. 그러나 곧 단념을 하고 하던 비질을 계속한다. 굴러다니는 장난감만 치워봤자 소용이 없다는 생각이 바로 들었기 때문이다.

치우려면 사방탁자에 얹어 놓은 청동주물 찌꺼기로 만들어진 만물상에서부터 오디오스피커 위에 놓여 있는 달마가 새겨진 바가지까지, 거실을 온통 차지하고 있는 것들을 다 내놔야 제대로 정리가 될 것 같다. 하지만 그것은 가능하지 않다. 여자가 원하는 대로 거실을 치웠다가는 예측할 수 없는 광풍이 집안에 휘몰아칠 것이다. 현재를 사는 데 필요한 것들이 적당히 제자리에 놓여 있는 깔끔하면서도 정돈되어 있는 거실을 여자는 포기한 지 오래다.

같이 사는 남자는 때로 어린애처럼 밖에 나가서 뭔가를 주워서 들고 들어오는 습성이 있다. 모양이나 색깔이 조금 특이한 돌멩이, 누군가가 갖고 있다 길에 내놓은 광개토대왕비나 성모자상까지, 거기다 가끔씩 올라가는 뒷산에서 가져온 나뭇등걸로 만든 그의 피조물로 여자네 거실이 장식된 것은 오래전부터다.

여자가 취미 삼아 거실 앞 베란다에 정성 들여 키우는 화분의 꽃들도 남자의 침입을 피할 수가 없다. 제발 손대지 말아 달라고, 여자가 말을 해도 남자는 자신의 기분이 내키면 어느 틈에 꽃나무의 가지를 멋대로 잘라 놓거나 화초의 특성은 생각지도 않고 자신이 마시던 찻봉지를 아무 화분에나 올려놓는다.

여자는 어렸을 때부터 정리정돈을 잘하는 편이었다. 비교적 규칙적이고 계획적인 생활을 하는 여자는 아침이면 정확한 시간에 일어나 식구들의 식사 준비를 하고 정해진 시간표대로 청소를 하고 집안 살림을 꾸려 나간다. 용건이 없이는 남의 집에 마실을 가지도 않고 아무나 만나 수다를 떨지도 않는 성격이다. 자신이 해야 되는 도리나 의무는 반드시 지켜야 된다고 생각하는 여자는 남에게 폐를 끼치거나 부담을 주는 행동은 절대 하지 않으려고 하는 대신에 자신의 영역이라고 생각하는 주방이나 자신의 서재 겸 침실을 누군가가 침범하거나 간섭하는 걸 질색한다.

반대로 남자는 붙임성 있게 아무하고나 어울리기도 잘하고 지나가는 낯선 이와도 십년지기처럼 인사를 나누고, 새로운 곳에 이사를 가면 이웃집 사람과의 친교도 남자가 도맡는다. 규칙이나 계획을 세우기보다는 기분이나 감정이 앞서는 생활을 하는 성격이라 밤새워 술을 마시거나 자신의 취미인 서예나 아마추어 무선을 밤새워 하는 건 예사요, 무언가에 필이 꽂히면 주변의 정황이나 옆 사람의 사정 같은 건 안중에도 없다. 가장으로서 도리나 의무보다는 항상 자신이 하고 싶은 것이 제일 먼저인 남자는 모든 것이 자기 마음대로다.

그런 남자의 가부장적인 지배력은 강산이 몇 번씩 바뀌는 세월에도 변하지 않아서 여전히 남자는 자신이 원하는 습관과 방식을 고집하고 자신의 뜻이 관철되지 않으면 집안은 살얼음판이 되곤 한다.

불안정한 어린 시절을 보낸 여자의 꿈은 백마를 탄 멋진 왕자를 만나는 것보다 잘 가꿔진 예쁜 정원과 넓고 시원한 창을 가진 거실이 있는 집을 가지는 거였다. 조금 더 욕심을 부리면 언젠가 오래전 외국영화에서 본 당구를 치면서 와인을 즐길 수 있는 취미실까지 있는 이층집을 갖는 거였다.

가난한 남자를 만나 결혼을 한 후로도 여자의 꿈은 변치 않았다. 사글세 단칸방에 살면서도 언젠가 짓게 될 집을 생각하면서 여자는 열심히 절약을 하고 힘이 닿는 대로 부업거리를 찾아 하면서 돈을 모았다. 어찌어찌 사글세에서 전세로 집을 옮기게 되면서부터 여자는 집을 지을 수 있는 땅을 마련하려고 애를 썼다.

자신이 마시고 싶은 술값을 가장 우선순위에 두고 집이란 온 식구가 누워 잘 수 있는 공간만 있으면 된다고 생각하는 남자는 그가 버는 월급의 반은 자신을 위하여 썼다. 오히려 여자의 그런 노력을 마뜩지 않아 하며 도와주기는커녕 험담을 하기 일쑤였다.

그렇거니 큰아이가 여덟 살이 될 무렵 여자는 조그만 도시의 변두리에 작은 밭을 마련하게 됐다. 하지만 돈이 모아지면 작은 집을 지을 수 있을 거라 믿었던 그 땅은 길이 없어서 건축을 할 수 없는 맹지였다. 건축법이나 부동산에 대하여 아무것도 몰랐던 여자의 무지 탓이었다.

그러나 여자는 좌절하지 않고 부동산과 건축에 대한 공부를 틈틈이 하면서 다시 집을 지을 수 있는 땅을 사기 위한 돈을 모으기 시작했다. 당연히 문화적인 생활은 배제하고 살았고, 흔한 얘기지만 콩 한쪽도 쪼개 먹고 계란 껍데기도 훑어 먹을 정도로 여자는 절약을 하며 집을 짓기 위해서 모든 노력을 다했다. 세월이 흐르고 여자에게 집을 지을 수 있는 능력과 기회가 왔다. 어린 시절 꿈꿔 왔던 거창한 이층집은 아니라도 아담한 정원과 밝은 유리창이 있는 전원주택을 지을 수는 있게 된 것이다.

하지만 여자는 스스로 그 기회를 물리쳤다. 아무리 잘 치우고 정리를 해도 어느 틈에 들어와 여기저기 자리 잡는 남자의 습득물과 피조물은 여자가 짓고자 하는 집과는 너무나 안 어울릴 것은 물론이요, 그로 인해 받아야 할 스트레스가 이만저만이 아닐 것이 뻔하게 보였다.

평소 여자는 명품 핸드백이 됐든, 고가의 자가용이 됐든, 세상에 소유할 수 있는 모든 것은 그것의 값의 고하가 문제가 아니라 그것을 잘 건사하고 관리할 수 있는 능력이 있는 사람이 소유해야 한다고 생각하는 편이다. 따라서 아무리 집을 잘 지어도 제대로 건사하고 관리할 수 있는 능력이 없다면 돈과 노력의 낭비가 될 것이라고 판단했기 때문이다.

참 많은 날들을 여자는 자신의 원칙을 지켜 주지 않는 남자를 원망하며 힘들어했었다. 그러나 지금은 아니다. 남자가 때때로 들고 들어오는 습득물과 심심하면 만들어 내는 그의 피조물들을 기꺼이 받아들인다. 아니, 언젠가부터 여자 스스로도 어질러진 잡동사니들과 함께하는 게 거슬리지가 않고 편한 것 같기도 하다. 어쩌면 생텍쥐페리의 『어린왕자』에 나오는 길들여진다는 말을 여자는 이제 조금 알 것 같다.

여자는 집에 대한 생각도 바꿨다. 누군가와 같이 산다는 건 자신이 원하는 것만이 아닌 상대가 원하는 것과의 타협과 조화가 중요하며, 좋은 집이란 크고 멋있게 지어진 건물이 아니라 그 안에 살고 있는 사람들에게 평안과 안정을 주는 곳이라야 된다고 말이다.

그런데도 여자는 여전히 길을 가다가 나지막한 울타리에 빨간 넝쿨장미가 열리고 작은 꽃들이 옹기종기 핀 꽃밭과 넓은 유리창을 가진 깨끗하고 예쁘게 잘 꾸며진 단독주택을 보면 멈춰 서서 한참씩 들여다보곤 한다.

#

팥죽

가슴에 끌어안은 팥죽꾸러미가 점점 무거움을 더해 간다. 앞으로도 오 리는 더 걸어야 될 텐데 벌써부터 어깨가 아파 온다. 손으로 들 수 있는 가방이나 보자기 같은 데 쌌으면 이렇게 힘들지는 않았을 것 같은데, 얇은 비닐 팩에 담겨진 팥죽은 잘못하면 터져 버릴지도 모른다는 불안감을 준다. 집까지 잘 가져가야 될 텐데 잘못하면 터져서 입고 있는 옷을 버림은 물론이요, 그리 되면 길거리에서 망신스러울까 봐 걱정스럽다.

가을이 깊어지려는지 벌써 보도 위엔 스산하게 낙엽들이 굴러다니고 뺨에 와 닿는 바람 끝이 날카롭다. 걸어가는 옷섶으로 스며든 바람 탓에 몸은 으스스한데 팥죽을 감싸 안은 두 팔과 손바닥이 따스하다. 어쨌거나 빨리 집으로 돌아가 먹을 팥죽 생각에 두 다리를 재게 놀린다. 내게 팥죽은 가장 좋아하는 음식 중에 하나요, 어린 날의 향수다. 흔들리고 불안했던 유년의 기억 속에서 찾아보는 몇 가지 되지 않는 나의 위안거리다.

우리가 사는 계룡시에는 두계리라는 곳이 있다. 지명에 콩 두자가 들어 있는 것은 옛날부터 콩 · 팥 · 녹두 같은 작물이 잘되는 곳인데다 조선을 세운 태조 이성계가 신도안에 도읍을 옮기려고 궁궐 축조를 할 때 공사에 동원된 인부들에게 팥죽을 쑤어서 팔았대서 고을 이름도 그렇게 붙였다고 한다. 그런 연고에서 매년 시월 우리 고장에서는 팥거리의 뜻을 새기기 위해 팥죽을 쑤어서 많은 사람들이 나눠 먹는 축제를 열고 특산물 선정에 팥죽을 넣기도 했다.

나는 노는 데 끼나 흥이 별로 없는데다 평상시에도 너무 떠들썩하고 요란한 걸 싫어하는 편이다. 하여 여간해서 사람들이 붐비는 축제 같은 데 잘 끼지 않는 내가 왕복 십 리가 되는 거리를 걸어가서 팥죽을 사 오는 까닭은 어린 시절의 향수를 맛보기 위한 나대로의 방법이다.

나이를 먹을수록 어린 시절에 경험했던 세시풍속들이 아련하게 그리워진다. 내가 어릴 때 살던 곳은 농촌과 도시의 중간쯤 되는 분위기를 가진 마을이었다. 지금 생각하면 철 따라 세시풍속을 잘 지키는 곳은 아니었지만 일 년에 몇 번 정도 지키고 즐기던 풍속들이 있었다.

정월 대보름 때는 이웃집을 돌아다니며 오곡밥을 먹으러 다니고 어른 아이 할 것 없이 남자들은 연날리기를 했고 여인들이 삼단 같은 머리를 풀어 창포물로 감는다는 단옷날이면 머리 감는 여인은 없었어도 동네 처자들이 모두 모여 그네뛰기와 널뛰기를 많이 했다. 팔월 추석이면 강강술래를 하고 동짓날이 되면 집집마다 으레 팥죽을 쑤어서 서로 주고받고 돌려 가며 먹곤 했었다.

그중에서도 팔월 한가위는 가장 풍성하고 떠들썩한 명절이었다. 송편은 물론이요 갖은 음식을 만들어 차례를 지내고 성묘를 다녀오면 해가 진다. 이윽고 보름달이 뜨면 온 동네 젊은 사람들은 남녀를 막론하고 거의 다 나와서 나이에 걸맞는 사람들끼리 손에 손을 잡고 원을 그리며 강강술래를 밤이 늦도록 했었다. 얼마나 신나게 했었는지 지금도 가장 기억이 많이 나고 다시 한 번 해 보고 싶은 세시풍속이다.

하지만 지금 그런 풍속이 있다 해도 모두들 바빠서 참석률도 저조할 테지만 요즘은 이웃집에 누가 사는지도 모르는 세태가 됐으니 사람들이 나온다 해도 서로 서먹해하지 않을까. 불과 몇 십 년 전의 일들이 이제는 옛이야기 속에 나오는 호랑이 담배 피던 시절의 이야기가 되어 가는 것 같아 안타까울 때가 있다.

냄새에도 추억과 그리움이 배어 있다. 대추를 끓이는 냄새, 생강을 끓이는 냄새, 팥죽을 끓이는 냄새, 호박떡이 익어 가는 냄새는 나에게 어린 시절의 집과 엄마를 연상시킨다. 아울러 건넛집 연례와 이웃집 재희가 연상되고, 봉창 문만 열면 내다보이던 애숙이네 마당의 채송화 · 봉숭아 · 분꽃 · 맨드라미가 피어 있는 작은 꽃밭이 떠오른다.

마치 흘러간 영화을 되돌려 보는 것처럼 분꽃이 피면 꽃을 따서 동그란 씨방을 귀에 꽂고 거꾸로 매달린 분꽃을 귀걸이처럼 하늘거리며 아이들 앞에서 거들거리던 그때가 보인다. 어쩌면 그것은 부족한 사랑에 대한, 정에 대한 갈증을 조금이나마 풀어 주는 위안들이었던 것 같다.

엄마는 음식을 잘 만드셨다. 종갓집 맏딸로 자라 외할머니의 음식 솜씨를 물려받은 탓인지는 모르지만 그다지 풍족하지 않은 살림살이에도 절기에 따라 계절에 맞는 음식을 만들곤 하셨다. 그것도 우리 식구만 먹을 정도가 아니라 온 동네에 돌리고도 남을 만치 많이 하셨다. 그런 날이면 남동생과 나는 온 동네에 음식을 나르느라 바쁘고 힘도 들었지만 애가 타기도 했다.

그것은 만들어 놓은 음식을 어서 먹고 싶은데 이웃집들 배달이 다 끝나야 먹을 수 있었기 때문이기도 했지만, 음식이 줄어들면 나중에 밤참으로 먹을 것이 없을까 봐서였다. 간식거리가 궁해서 처마 밑에 달린 고드름도 따서 먹었던 그 시절 차디차게 식은 팥죽은 어린 우리들에겐 아주 맛있는 간식거리이기도 했기 때문이다.

혼자서 사남매를 키우느라 돈벌이와 살림살이에 무척 바쁘게 돌아치는 생활 속에서도 때맞춰 세시풍속에 맞는 음식을 해내셨던 엄마가 이제야 새삼 존경스러워진다. 집안 살림만 하고 사는 나도 세시풍속에 맞는 음식을 제때 해먹은 적이 몇 번이나 되는지? 나이를 먹을수록 돌아가신 엄마가 얼마나 부지런하게 열심히 사셨는지 실감난다. 살아 보면 알 것이라는 옛 어른들의 말씀이 하나도 틀림이 없다.

어린 시절 그렇게 좋아하던 팥죽이 이젠 먹어도 그만 안 먹어도 그만인 음식이 되었지만, 내가 일부러 팥죽축제를 한다는 시청 앞 새

터산 축제 장소까지 찾아가서 팥죽을 사 오는 것은 어린 시절 즐겼던 팥죽에 대한 그리움 때문인지도 모르겠다.

집이 가까워진다. 품에 안은 팥죽의 따뜻한 감촉이 좋다. 어서 집으로 들어가서 동치미와 함께 팥죽을 먹고 싶다.

#

부겐베리아

장미처럼 색이 화려하지도 않다. 백합처럼 모양이 우아하지도 않다. 밤에 피는 야래향처럼 신비로운 향기도 없다. 모란처럼 대단히 아름답지도, 그렇다고 코스모스같이 청초하지도 않지만 이 꽃은 그만의 독특한 개성이 있다. 모양도 보통의 꽃과 많이 다르지만 잎이 없이 온통 붉은색으로 수십 송이의 꽃이 한꺼번에 피어난 모양은 제 태생인 남국의 태양빛을 상징하는 것처럼 정열적이다.

떨어진 꽃잎을 주워 손바닥에 올려놓고 유심히 들여다본다. 생명의 끈이 끊어진 꽃은 얇은 종이로 만든 조화처럼 건조하다. 일반적으로 많이 보아 온 꽃의 전형적인 조건을 갖추지 않은, 꽃치고 평범하지 않은 외형인 이 꽃의 모양을 보며 여러 가지 생각을 한다.

섬세하고 여리게 생기지 않은, 꽃잎이라기보다는 쉽게 볼 수 있는 나뭇잎 같은 타원형의 붉은색 잎 석 장을 누군가 손으로 살짝 맞붙여 가운데에 노란 수술 세 개를 보일 듯 말 듯하게 박아 놓은 것 같다. 아주 단순하게 생긴 게 연꽃의 모양을 본떠 만든 연등처럼 이런 모양의 등을 만들어 머리맡에 놓아도 좋을 듯하게 인공적으로 생겼다.

꽃들이 피었다 지는 걸 보면 불현듯 사람의 삶이 연상될 때가 있다. 대개 아름다움으로 사랑받는 꽃일수록 떨어질 때는 추하게 변하는 게 많다. 봄에 일찍 피는데다 모양이 우아하고 아름다워서 고귀한 귀부인을 연상시키는 백목련은 그 꽃이 질 때면 모양이나 색이 일그러지거나 바래 추하고 지저분하게 진다. 마치 젊은 시절 부유하고 화려하게 살았던 아름다운 여인이 세월이 지나면 늙은 창부처럼 초라하게 사그라지듯 말이다.

예쁘고 화려한 모양의 꽃은 많지만, 피었다 질 때도 아름다운 모양을 그대로 유지하고 있는 꽃은 별로 많지 않다. 그래서 나는 활짝 핀 그 모습 그대로 뚝 떨어지는 동백꽃의 최후를 찬양한다.

부겐베리아 꽃이 처음 피었을 때와 떨어질 무렵 달라지는 것은 유심하게 자세히 보지 않으면 별로 눈에 띄지 않는다. 놀라울 정도로 원형이 전혀 흐트러지지 않고 그대로다. 처음 석 장의 꽃잎이 맞붙은 중심에 수줍은 듯 보이던 세 개의 노란 꽃술이 없어지고 선명하면서도 부드러운 붉은빛이 약간 바랜 듯 옅어지는 것이 다를 뿐이다. 어찌 보면 마치 종이로 만든 조화처럼 생명의 느낌만 사라질 뿐 전혀 추하거나 상하지를 않는다.

우연히 친구에게서 잎이 몇 장 붙지 않은 조그만 부겐베리아 모종을 얻어다 키운 지가 칠 년이 넘었다. 부겐베리아라는 이름이 붙었다는 이유 하나로 친구를 졸라 얻어 온 모종을 나는 애지중지 키웠다. 처음엔 원래 식물 키우기에 문외한이었던 터라 따듯한 남쪽 태생의 이 나무를 겨울에 베란다에 두었다가 하마터면 얼어죽일 뻔하기도 했었다.

그 후엔 놀라서 여름이면 베란다 겨울이면 거실로 옮겨 가며 보살폈지만 여러 개의 가지가 종횡으로 뻗어나서 사방에 지주를 세우고 감아 가며 자라나는 동안 나무는 가시와 잎만 보여 주었다. 도통 어떻게 생긴 꽃인지, 한 번도 보지 못한 꽃이 피어나기를 기다리며 혹시 환경이 맞지 않아서 꽃을 피우지 못하는 건 아닌가 하는 의구심도 들었다.

우리 집에 온 지 칠 년, 드디어 이 나무가 올봄에 꽃을 피워 주었다. 잎도 없이 수십 송이가 한꺼번에 피어난 꽃은 화가 천경자 님이 글에서 쓴 것처럼 마치 불꽃을 피워 올리는 듯 일제히 피어났다. 며칠 동안 여행을 갔다가 돌아와 집 안에 들어선 순간 베란다에 거대한 꽃다발인 양 붉고 화려하게 피어난 부겐베리아의 마중을 받은 나는 칠 년 동안의 기다림을 한꺼번에 보상받은 듯 기뻤다.

나는 오래전 화가 천경자 님이 쓴 수필 속에서 이 꽃을 만났다. 화가의 수필집에는 여러 가지 주제의 글이 있었지만 어찌 된 일인지 여행 중 뜨거운 남태평양의 어느 섬나라에서 봤다는 부겐베리아에 대한 글이 가장 기억에 남았다. 그 후 글에 적힌 부겐베리아 꽃에 대한 인상이 강렬하게 남아서 아열대 지역으로 여행을 할 때면 한 번도 보지 못한 이 꽃을 찾곤 했다.

철부지 어린 시절 동화책 『소공녀』를 읽고 주인공 세라가 되고 싶었던 것처럼 나이를 먹은 어른인 내가 그림이나 사진도 아닌 수필 속에서 만난 생면부지의 꽃을 만나고 싶어 했다. 서울 사는 김 서방 찾는 것처럼 붉은색에다 부겐베리아라는 이름만으로는 부족했던지, 대개의 여행사 가이드들은 식물에 대해서는 알고 있는 게 별로 없어서인지 만나지를 못했다. 다만 재작년 네팔 여행에서 투숙하던 호텔 정원에 피어 있는 붉은 꽃무리를 보며 그것이 부겐베리아일지도 모른다는 짐작만 어렴풋이 한 적이 있었다.

글이 주는 마력에 대하여 다시 한 번 생각해 본다. 많은 사람들이 청소년 시기에 우연히 보게 된 한 권의 책에서 자신의 진로를 찾기도 하고 한 줄의 글귀를 평생의 좌우명으로 삼기도 한다는 건 진작에 알고 있었다. 또한 지혜가 들어 있는 좋은 글이 마음에 위안을 주고 먼 바다를 항해하는 듯한 미지의 인생길을 비추는 등대가 되기도 한다는 걸 알지만, 내가 하나의 꽃에 마음을 두고 찾아 헤매게 만들 줄은 몰랐다.

생각해 보면 나는 그다지 감상적이지도 않고 현실적인 가치와 의미가 없어 보이는 일에는 관심을 두지 않는 편이다. 불필요하다고 생각되는 것은 스스로 멀리하고 비효율적인 것을 대단히 싫어하는 편인데 하고많은 꽃을 두고 그 꽃을 찾아 헤맸을까? 특별하게 꽃을 좋아하거나 잘 키우는 것도 아니면서 왜 그리 찾아 헤맸는지 스스로도 의아스럽다.

살다 보면 아무것도 아닌 것이, 현실적인 생활에 아무런 영향을 주지도 않는 것이 어느 시기 어떤 순간에 내 눈에 내 귀에 들어와 세월이 가도 잊히지 않는 화인이 되어 그 흔적을 찾아 헤매게 하기도 하는 것 같다. 그리 대단할 것도, 귀중할 것도 없는 것인데 말이다.

부겐베리아 꽃이 핀 지 두 달이 다 되어 간다. 대단히 예쁘거나 특별하게 색이 화려하거나 별다른 향기는 없지만 단아하면서도 소박한 모습이 속진에 물들지 않은 촌색시 같아 한참씩 마음을 내려놓고 바라보곤 했었다. 화무십일홍이라고 열흘 붉어 안 떨어지는 꽃이 없다는 옛말이 무색하게 오래도록 피어 있어 한동안 우리 집 베란다와 거실의 분위기를 화사하게 빛내 주었다.

이제 하나, 두울, 가지를 떠나기 시작했다. 꽃이 피는 기간이 오래인 것도 감탄할 일이지만 피어났다가 떨어질 때까지 색깔이나 모양이 거의 변함이 없는 이 꽃을 보고 있노라면 사람도 저처럼 숨이 떨어질 때까지 깨끗하게 제 모습을 간직하고 죽을 수 있다면 참 좋겠다는 생각이 든다.

#

나의 나침판

며칠간의 여행에서 돌아오는 길, 집으로 돌아가는 길목의 벚꽃이 활짝 피었다. 길 양쪽으로 줄지어 선 벚나무에 하늘을 가릴 듯 만개한 벚꽃이 마치 언젠가 바닷가에 몰려오던 파도같이 내 마음속으로 밀려든다. 먼 바다에서 밀려왔다가 어느새 부서져 버리는 파도의 포말처럼 내일이면 사라져 버릴 허망함이라는 걸 알면서도 가슴이 환해져 온다.

그리고 문득 어쩌면 일 년을 한 권의 책으로 꾸민다면 이제 본론이 전개될 즈음이 사월이 아닐까 하는 생각이 든다. 아울러 올 일 년이라는 한 권의 책을 좀 더 알차게 꾸미려면 내 일상의 어떤 것들을 바꾸고 개선해야 할까 하는 궁리를 해 본다.

내게 책은 일용할 양식과 같은 존재다. 때때로 음식의 종류를 바꿔 먹듯 나는 책도 그날그날의 기분에 따라 바꿔 가며 읽는다. 어쩐지 정신이 산란하고 마음이 뒤숭숭한 날엔 길이가 짧은 단편소설이나 수필집을 읽고, 뭔가 허전하고 서글픈 마음이 드는 날엔 가벼운

콩트나 이야기로 풀어 쓴 고사성어집을 읽고, 어쩌다 정리정돈이 잘 된 서랍장 속처럼 마음이 안정된 날은 깊이 생각하며 읽어야 할 인문학 계통의 책을 읽는다. 누군가 내게 당신이 제일 잘할 수 있는 게 뭐냐고 묻는다면 책을 읽는 일이라고 말할 수 있다.

책을 읽는 것은 미지의 세계로의 여행이다. 작게는 한 인간의 삶으로의 여행에서부터 숲과 나무와 동물들의 삶을 느낄 수 있는 자연으로의 여행, 인류의 문명의 발전이 어떻게 이루어지고 어떻게 살아왔는지를 알아볼 수 있는 과거로의 여행, 내가 전혀 모르는 과학이나 천체물리학 같은 다른 세계로의 여행도 책 속에선 이루어진다.

책에선 다른 이의 인생의 숨결을 느낄 수 있다. 그의 가치관과 인생관을 배울 수 있다. 역사책에선 그 시대를 살았던 사람들의 생활과 사랑과 인생을 엿볼 수 있고, 몇 천 년 전에 살았던 옛 성인들이나 철학자들의 철학과 가르침을 배울 수 있는 것도 책이 있기에 가능하다.

부모님의 따뜻한 보살핌이 부족해서 외롭고 쓸쓸한 어린 시절 내게 책은 유일한 스승이자 벗이었다. 내게 책이 없었다면 암담했던 시절을 어떻게 견디고 살아왔을지? 외로울 때는 말할 것도 없지만 슬플 때도 고통스러울 때도 책은 나에게 위로와 희망을 주었다. 아무도 위로해 주지 않을 때 책은 나를 위로해 주고 암흑 속을 헤매는 절망 속에 있을 때 그 누구도 내게 희망을 말해 주지 않았지만 책은 나에게 희망을 속삭여 주었다.

초등학교를 졸업할 무렵, 나는 이미 모파상의 『여자의 일생』을 읽으며 인생이란 그렇게 슬픈 것만도 불행한 것만도 아닌 살아낼 만한 것이라는 것을 배웠고 알렉상드르 뒤마의 『몽테크리스토 백작』을 읽으며 어떤 절망 속에서도 희망을 가지고 앞을 바라보며 살아야 된다는 것을 배웠다.

정규적인 학교교육과 마땅한 인생의 선배가 없던 내게 책은 삶의 굽이굽이마다 나침판이 되어 주고 지침서가 되어 주었다. 좋은 책은 인간을 변화시킨다는 말이 있듯이 독서는 나의 내부에 숨겨진 어떤 것들, 즉 정신적으로 살아 있는 인간이 되려는 열망을 일깨워 주었다. 모르는 것을 알게 해 주고 삶의 부정적인 요소를 긍정적으로 바꾸어 주기도 하고 인간으로서 해야 할 일과 하지 말아야 할 일을 가르쳐 주기도 했다.

그러나 책에서 배우는 인생의 길에는 부작용도 있었다. 내가 읽은 책 속의 세상은 옳고 그름이 뚜렷했고 결과는 권선징악으로 끝나기 마련이었다. 하지만 우리가 사는 사회는 때로 경우에 따라 꼭 옳은 것도 꼭 그른 것도 없을 때가 많았으며 선한 것은 지켜지고 악한 것은 징벌을 받는 게 아니었기 때문에 나는 가끔씩 내가 아는 것과 오차가 심한 세상살이에 실망하고 괴로워했다. 또한 인간에게는 제각기 자신이 지켜야 하는 도리와 본분이 있는데 각자가 처한 자리에서의 자기 본분이 지켜지는 것은 책 속에서 만이라는 걸 세상을 얼마만큼 살고 나서야 나는 깨달았다.

책을 읽는 것과 쓰는 것은 다른 누군가와 소통하는 것이다. 인류가 하고 있는 모든 학문의 근본은 인간을 연구하는 것이라고 한다.

그러기에 모든 책은 다른 이와의 소통과 공생의 길을 가르쳐 주는 것이지 않을까. 세상이 점점 더 밝아지고 문명이 발전할수록 인류는 고독해지기 마련이고 나이를 먹을수록 인간은 외로워지기 마련이라면 책을 많이 읽고 많이 쓰는 것이야말로 고독과 외로움에서 벗어나는 길이 아닐까 나는 생각한다.

쉬이 잠들지 못하는 불면의 밤도 책이 벗이 되고 의지가 되어 주는 이즈음, 먼 옛날 책을 마음대로 사 볼 수 없었던 시대에 태어나지 않은 걸 다행으로 여기며 책을 베개 삼아 잠들 수 있는 날들이 삶의 끝날까지 이어지기를 소망한다.

머리맡에 있는 책을 펴든다. 오늘 밤은 심리학에 관한 책을 읽어야겠다.

#

뻐꾸기 울던 날

한가로운 일요일이다. 아침부터 뒷산에서 들려오는 뻐꾸기 소리가 아련하다. 적당히 내려앉은 하늘빛이 마음을 차분하게 가라앉게 해 주고 소리도 없이 조용조용 내리는 보슬비까지 오랜만에 외출 나온 안방마님 몸가짐처럼 조신한 모습이다.

마침 고무다라이에 심어 놓은 고구마 순이 잘라서 모종을 해도 될 만큼 키가 자랐다. 햇볕이 따가운 날 심으려면 더워서 힘든데다 모종도 뿌리내리기가 어려울 테니 고구마 순을 심어야겠다 싶어 밖으로 나선다. 밭에 나가 보니 보름 전 일 차로 잘라서 심은 고구마 순이 뿌리가 내린 모양인지 싱싱하다. 미리 만들어 놓은 이랑에 돋아나는 풀을 매어 가며 잘라 온 고구마 순을 심어 나간다.

한 고랑 두 고랑 세 고랑 네 고랑째 심어 나가노라니 다리도 힘들고 허리도 아파 온다. 저절로 내려앉는 엉덩이를 옷이 버리거나 말거나 아예 땅에 닿게 내버려 둔다. 그런데도 짜증이 나거나 힘들다기보다는 지금 이렇게 내가 맘먹었을 때 움직일 수 있고 하고 싶은 일을 할 수 있는 건강이 받쳐 준다는 게 얼마나 다행인가 하는 생각이 드는 게 나도 이제 철이 든 나이가 됐나 보다.

고구마 순을 다 심고 내친김에 부추 밭으로 간다. 부추 밭이라야 손바닥만 하지만 한동안 전혀 돌보질 않아 부추 밭인지 잡초 밭인지 분간이 안 갈 정도로 부추와 잡초가 뒤엉겨있다. 다른 날 같으면 보기만 해도 짜증이 나고 한숨이 날 법한데 의외로 마음이 여유롭다. 천천히 잡초를 골라 뽑아 나가기 시작한다. 이쑤시개처럼 가느다란 부추잎 사이에 끼어서 나는 잡초를 뽑을 땐 마치 어린 시절 머리털 사이에 숨어 있는 이를 잡는 것 같다는 생각을 한다.

뻐꾹~ 멀리서 들리던 뻐꾸기 소리가 바로 옆에서 나는 듯 커다랗게 들린다. 십여 미터 앞에 있는 정자나무에 혹시 뻐꾸기가 와 있나 싶어 고개를 들어 찾아봐도 보이진 않는다. 그런데 뻐꾸기 소리가 약간 이상하다. '뻐꾹~' 하는 끝소리가 맑지를 않고 사람이 목이 쉬었을 때 나는 탁성이다. 약간 이상하다 싶어서 귀를 기울이고 있었더니 소리가 계속되질 않다가 조금 있다 다시 '뻐꾹~' 하는데 여전히 끝소리가 탁음이다.

"뻐꾹~ 뻐꾹~ 뻐꾸기의 노래가 뻐꾹~ 뻐꾹~ 아름답게 들리네~~"

초등학교 시절 나는 교내 합창단이었는데 합창곡으로 이 노래를 많이 불렀었다. 그 탓인지 숲과 논밭에서 멀리 떨어진 도시에서 나고 자란 나에게 노래 속에서 만나는 뻐꾸기란 새는 아름다운 노래를 부르는 예쁜 새로 각인되었다. 그래서 뻐꾸기의 진짜 소리를 듣고 싶어 하고 그 실체를 만나고 싶었다. 그렇게 어른이 되고 텔레비전이 생길 때까지 뻐꾸기는 나에게 애잔한 그리움을 주는 이름의 새였다. 그러나 정작 TV의 다큐 프로에서 만난 뻐꾸기의 실체는 내게 충격적이었다.

그 모습도 내가 상상하고 있었던 것보다 그다지 예쁘지 않은 새이기도 했지만, 그 새의 습성이 자신이 낳은 알을 자신이 키우질 않고 자기보다 훨씬 몸집이 작은 오목눈이새 같은 작은 종류의 새집에 몰래 낳아 놓고 가 버린다는 것이다. 더욱 충격적인 것은 알에서 깨어난 뻐꾸기의 새끼가 아직 깨어나지 않은 오목눈이새의 알이나 작은 몸집의 오목눈이 새끼를 둥지 밖으로 밀어뜨려 버리는 기괴하고도 끔찍한 광경이었다.

제 자식을 제가 키우지 않고 남의 둥우리에 몰래 낳아 놓고 가 버리는 뻐꾸기 에미의 심보도 나쁘지만 애써서 길러 주는 양모의 자식들을 기를 쓰고 밀어뜨려 죽여 버리는 뻐꾸기새끼도 태어날 때부터 나쁜 종자요, 아무리 자연의 세계에서 벌어지는 일이라 하더라도 그것은 나에게 이해하기 어려운 뻐꾸기의 악마적인 유전 습성이라는 생각이 들었다.

더구나 늦은 봄부터 여름에 걸쳐서 들리는 '뻐꾹~ 뻐꾹~' 소리가 자기 새끼에게 엄마를 찾아오라는 생모의 신호라니 뻐꾸기의 생태에 관한 프로를 보고 난 뒤부터는 뻐꾸기 소리가 들리면 아름답다고 느끼기보다는 속으로 '저런 배은망덕한 것들' 하고 혀를 차곤 했다.

그랬는데 지금 바로 옆에서 내는 끝음이 탁음으로 나는 뻐꾸기 소리를 들으니 갑자기 애잔한 마음이 든다. 어쩌다 제 새끼를 제 손으로 기르지 못하고 남의 손을 빌어 기르면서도 자식에 대한 미련은 못 버려서 저렇게 애타게 '내가 네 어미다.', '내가 네 어미다.' 목이 메어 부르게 되었는지…. 뻐꾹~ 뻐꾹~ 얼마나 애타게 불렀으면 목이 쉴 정도가 되었을까? 좀 더 들어 보려고 귀를 기울이는데 소리가 없다. 목이 쉬어서인지 몇 번 부르지도 못하고 뻐꾸기가 떠났나 보다.

한 잎, 한 잎, 일일이 잎 사이를 헤쳐 가며 풀을 뽑던 부추밭매기가 끝나고 쇠스랑과 삽을 들고 집 옆에 있는 밭으로 간다. 며칠 후면 서리태를 심을 예정이니 밭 정리를 해 둬야 한다. 지난가을 추수가 끝나고 내버려 둔 밭엔 어느 사이 망초가 꽃을 피우고 쇠뜨기, 질경이, 엉겅퀴, 온갖 잡초들이 쩔다시피 뿌리를 내리고 있다. 그렇거니 밭 끝머리서부터 쇠스랑질을 해 나간다. 소리 없이 내리는 보슬비에 어깻죽지가 젖어 오고 약간씩 비를 머금은 흙이 신고 있는 작업화에 떡덩이처럼 붙어 옮겨 딛는 발을 무겁게 만든다.

벌써 두어 시간짼데 같이 살고 있는 남편은 내다보지도 않는다. 아침부터 자기 방에서 컴퓨터게임을 하고 있더니 아직도 게임 삼매경에 빠져 있는 모양이다. 혹시라도 도와주러 나오지 않을까? 집 쪽을 돌아보다 마음을 바꾼다. 에라, 기대를 말자. 모든 분노는 기대에서 나온다고 어떤 책에 쓰여 있었지, 남편이 외출하고 없다고 생각하자.

잘 안 해 보던 쇠스랑질이라 일의 진척이 별로다. 몸도 지쳐 가는

데 보슬비가 가랑비로 바뀌더니 빗줄기가 굵어진다. 그만하고 싶었는데 잘됐다 싶어 농기구를 챙겨 닦아서 창고에 들여놓고 집 안으로 들어왔다. 샤워를 하고 슬그머니 남편의 방을 들여다보니 아직도 게임 중이다. 그래, 두 사람 다 비 맞고 고생할 거 뭐 있어, 한 사람이라도 편하게 있는 게 낫지.

이상하게 오늘은 왠지 내 마음이 너그러운 쪽으로 돌아간다. 아침부터 들려오던 뻐꾸기 소리 때문인가?

#

운과 복

차창으로 흘러내리는 비가 계곡을 흘러내리는 폭포의 물줄기를 연상시키도록 비가 몰아친다. 정해진 일정을 채워야 하는 여행사측이나 여행을 중지할 수는 없는 여행객들의 사정이 맞물려 가히 태풍에 비견될 만한 비바람 속을 뚫고 관광을 다닌다.

가이드가 하나씩 나눠 준 비닐비옷과 롱이라는 베트남 전통 모자를 썼지만 바람에 날리는 빗방울을 막기는 역부족이다. 첫날부터 옷이 젖는 것은 둘째 치고 방수가 된 운동화도 소용이 없이 양말이 척척해졌다. 할 수 없이 이튿날부터는 슬리퍼를 구해 신고 다니는 이가 대부분이다.

세계 6대 해변에 든다는 아름다운 미케비치에서 해변의 풍광을 만끽하려 했던 계획이 수포로 돌아간 것은 그만두고라도 세계 10대 비경을 볼 수 있다는 하이반고개는 경치구경은커녕 퍼붓듯 쏟아지는 빗줄기 때문에 혹시 차 사고라도 날까 봐 가슴을 조이며 올라갔다 내려왔다.

수백 년 전부터 동남아시아의 주요 중계무역도시로 번성해서 인도인, 중국인, 일본인들의 마을이 강을 사이에 두고 형성돼 있어 그 독특한 건축양식과 거리의 풍광 때문에 유네스코 문화유산으로 등재되었다는 호이안의 거리도 쏟아지는 빗줄기 때문에 제대로 보지를 못했다. 베트남 마지막 왕조의 황궁이 있었다는 후에에서의 관광은 사원이나 왕릉조차도 내리는 비 때문에 아예 포기해 버리는 사람들도 속출했다.

한국인 가이드의 말에 따르면, 원래 12월이 베트남의 우기에 속하지만 이렇게 많은 비가 끊임없이 내리기는 처음인 것 같다고 하니 운이 없어도 단단히 없는 셈이다. 아무튼 비 맞고 다니기에 지겨워진 여행객들의 입에서 단 하루만이라도 해가 뜨기를 염원하는 소리가 간절했지만, 하루 이틀 사흘 나흘 닷새 비행기에서 내려서 다시 비행기를 탈 때까지 단 1분도 햇빛을 보지 못한 여행이었다.

내 유일한 씀씀이이자 취미인 여행을 시작한 지도 약 20년이 넘었다. 소녀 시절 우연히 들여다본 하와이의 경치를 담은 여행기를 보며 키운 여행에 대한 꿈을 실현시킬 수 있었던 것은 내 나이 사십이 넘어서였다. 사실 아이들 양육에서 벗어나고 경제적 여건이 허락되면 하고 싶었던 여행은 배낭여행이었다. 자유롭고 느긋하게 가고 싶은 곳에 가고 쉬고 싶은 곳에서 쉴 수 있는 여행을 나는 꿈꿨었다.

하지만 숙박시설을 예약해 놓고 비행기 표를 구해서 나선 첫 번째 여행지 홍콩에서부터 꿈이 빗나가기 시작했다. 같이 유명한 쇼핑센

터를 구경하다가도 혼자 사라져 버리기 일쑤요 재래시장을 찾아 길을 걷다가도 다리가 아프니 혼자 갔다 오라는 둥 유일한 동반자인 남편의 비협조적인 태도는 나를 슬프고 피곤하게 만들었다.

두 번째 배낭여행은 인천에서 배를 타고 중국 천진항으로 들어가 구경을 하고 기차로 북경으로 가는 일정이었다. 순조롭게 천진 여행을 마치고 기차로 북경에 도착, 예약해 둔 호텔에 여장을 풀고 시내 구경을 나섰는데 재래시장부터 구경하기로 했다. 지금은 어떤지 모르지만 90년대 중반의 북경은 시내도 어수선했지만 재래시장의 어수선함과 인파의 혼잡함은 정신을 빼놓고도 남을 정도였다.

그런데 시장 구경을 하며 전진을 하다 보니 어느 순간 남편이 없어져 버렸다. 이역만리 말도 안 통하는 중국 땅에서 남편을 잃어버리다니 깜짝 놀란 나는 정신없이 남편을 찾아다니기 시작했다. 가게마다 기웃거리며 돌아다니기를 몇 십 분, 그 유명한 박지원의『열하일기』에 나오는 유리창 거리의 골통품점에서 남편을 발견했다.

그 뒤 나는 배낭여행의 꿈을 패키지여행으로 바꿨다. 혼자서 배낭여행을 하기에는 여러 가지로 불안하고 두려운 점도 있는데다 남편만 놔두고 혼자만 여행을 떠날 배짱도 없었기 때문이다. 세 번째 여행부터 패키지여행을 시작했는데, 정해진 코스에 안내를 따라 단체로 다니는 일정이라 제멋대로인 남편을 더 이상 잃어버릴 일은 없었다.

일 년에 많으면 네 번, 적으면 두 번 정도 패키지여행을 나선다. 그럭저럭 유럽 일대와 북미, 동남아를 비롯하여 사십여 개국이 넘는 여행을 했다. 그런데 지금까지 여행을 다니면서 이번 다낭 여행처럼 날씨가 나빠서 고생을 한다거나 볼 것을 못 본 경우는 한 번도 없었다. 한 번에 가서 보기 어렵다는 백두산 천지의 전경이며 중국의 황산이며 장가계는 물론이요, 날이 흐리다거나 안개가 끼어서 보기 어려울 수도 있다는 비경들도 다 보고 다녔다.

지금은 어떤지 모르지만 십여 년 전 인도 여행을 할 때는 여행사와 계약할 때 인도에서는 모든 운송수단이 몇 시간에서 하루쯤 늦는 건 예사니 그 점에 대해 미리 양해각서에 사인을 하고 가라고 해서 그렇게 마음의 준비를 하고 갔는데, 모든 것이 순조롭게 진행이 돼서 제 날짜에 돌아왔다. 한국말을 잘하는 인도가이드 말로는 뉴델리에서 기차가 제시간에 출발한 것은 자신의 가이드 생활 몇 년 만에 처음 있는 일이라고 했었다.

국내 여행을 할 때도 비교적 운이 좋았다. 전남 신안군의 섬들은 물론이요 백령도 흑산도 홍도를 다녀올 때도 날씨 때문에 고생한 적이 없고, 울릉도와 독도를 다녀올 때도 마찬가지다. 특히 독도는 운이 좋아야 섬에 오를 수가 있고 섬에 있을 수 있는 시간도 제한적이라는 얘기를 많이 들었는데, 우리는 날씨가 아주 좋아서 뱃멀미도 하나 없이 순조롭게 독도에 닿은 데다 선장님이 마음이 좋아서인지 승객이 알아서 다시 승선할 때까지 아무런 독촉이 없었다.

그런 우리 내외를 보고 친구들은 운과 복이 있다는 말들을 한다. 말인즉슨 남편은 마누라 복이 있어서 제멋대로 속을 썩이는데도 부부 동반 여행을 다니고 있고, 나는 여행을 가는 데마다 날씨는 물론이요 별다른 문제가 없이 잘 다닌다고 하는 말이다. 남편이나 나나 그 말에 별 반응을 안 하는 것은 은근히 수긍을 하고 내심 우리는 여행 운이 있는 사람이다 하는 자부 같은 게 있었다.

그런데 이번 여행에서 그런 자부심이 깨지고 말았다. 그리고 또 하나 깨달은 게 있다. 운이란 것도 그냥 있는 게 아니라 계획하고 준비하는 자에게 있다는 것이다. 사실 그동안 여행을 갈 때면 나는 많은 것을 미리 알아보고 계획을 세웠었다. 그중엔 여행지의 기후가 여행 날짜를 좌우하기도 한 것은 당연지사였다. 그러나 이번 여행은 아들의 갑작스런 휴가에 맞춘 갑작스런 여행이라 단지 아들과 같이 할 수 있는 여행이라는 이유로 여행지의 기후 같은 건 도외시하고 떠난 여행이었다.

우스갯말로 사람의 팔자가 운이 칠 할이고 능력이 삼 할인 사람과 운이 삼 할이고 능력이 칠 할인 사람, 이렇게 두 부류로 나뉜다는데 나의 여행운은 삼 할짜리였나? 그렇다면 남편의 복은 어떤 등식이 나오나? 복을 받을 준비와 능력이 남편에게 갖춰져 있다는 건가? 근데 내게 여행 운이 '운(運) 삼(三) 기(技) 칠(七)'이라면 남편의 마누라복은 '운 칠 기 삼'이라고 주장하고 싶은 건 왜일까?

#

만일 내가 로또복권에 당첨되면

아차, 벌써 금요일이다. 오늘이 다 가기 전에 나갔다 와야겠다. 언젠가부터 내게 금요일은 데드라인이 됐다. 뭐 특별한 건 아니고 로또복권 사는 일이지만, 나이 탓인지 건망증이 늘어 가는 내겐 상당히 신경 쓰이는 일이다.

아들이 해외지사로 발령받아 떠난 지도 햇수로 사 년째다. 아들은 떠나기 전 나에게 한 가지 부탁을 하고 갔다. 자신이 매주 취미 삼아 사 오고 있던 로또복권을 엄마가 대신 사 달라는 것이다. 그래, 뭐 그리 거창한 것도 아니고 하나밖에 없는 아들이 부탁한 것이니 흔쾌히 그러마고 했다. 하지만 원래부터 로또에 관심을 가지고 있던 것도 아니요, 고스톱은 물론이고 도박이나 투기 같은 것에 관심이 전혀 없던 내게는 마뜩찮은 일이었다.

아들이 한 장에 천 원짜리 5장을 찍을 수 있는 복권표시권을 가져와 표시해 주고 간 표를 가지고 로또복권 판매점에 드나들기 삼 년, 근묵자흑(近墨者黑)이라고 먹이 가까우니 내게도 튀었다. 일석이조라고 기왕 움직이는 것 아들 심부름만 해 주는 것도 그렇고, 매주 로또복권번호를 확인하며 보는 당첨금의 액수에 마음이 동한 것이다. 혹시 아나, 일확천금이라도 생길지? 행여나 하는 마음으로 내 것도 사기 시작했다. 그러니까 아들 것 천 원짜리 다섯 장, 내 것은 천 원짜리 석 장이다.

이젠 복권판매점 주인의 눈에 익은 단골이 다 돼서 문을 열고 표시된 복권 표와 만 원짜리 한 장을 내밀면 주인이 단 일 분도 안 걸리고 거스름 이천 원과 복권을 내준다. 단 한 주도 빼놓지 않고 얼굴을 내민 지 수년의 이력 덕분에 단 한마디의 설명이나 말이 필요 없어진 거다.

육 개월에 한 번 정도 귀국을 하는 아들은 기특하게도 엄마의 심부름 수고를 생각해 오천 원 정도의 당첨금은 눈감아 주는 아량도 베풀고 그동안 사 놓은 로또복권 값을 정산해서 현찰을 주고 간다. 그래 봤자 그동안 당첨된 게 오천 원짜리로 네 번 정도였나?

단돈 천 원을 허투루 쓰지 않는 내게 일주일에 삼천 원이라는 돈은 상당히 큰돈이고 아들 돈이 일주일에 오천 원씩 그냥 없어지는 것도 짠한 생각에, 지난번 귀국한 아들에게 돈 아까우니 복권 사지 말자는 얘기를 했더니 불우이웃돕기도 하는데 취미생활이라고 생각하고 계속하잔다. 혹시 복권이 당첨되면 뭘 할까 어떻게 쓸까 꿈꾸는 동안이 행복하지 않느냐며 말이다.

그래, 그 말도 맞다. '간사한 게 사람의 마음이다.'라는 말도 있지만 당첨번호를 확인하기 몇 분 전까지 꾸는 꿈은 화려하고 행복하다. 여간해서 현실에 맞지 않는 공상망상을 하지 않겠다는 주의인 내가 복권에 당첨되면 하고 싶은 것은 공상망상에 가깝다고 해야 하려나.

가장 먼저 대출금으로 셋방살이를 하는 아들에게 집을 사 줘야겠다. 요즘 아가씨들은 남자가 자기 집이 없으면 결혼을 안 하려고 한다니 노총각인 아들이 장가가기 쉽게 수도 서울에다 자그마한 아파트라도 한 채 사 주면 아들을 닮은 귀여운 손주를 안겨 주지 않을까?

그다음으론 맏조카의 치아를 해 줘야겠다. 시댁의 장손인 조카는 나이가 오십이 넘은 장년이지만 혼자 외롭게 살고 있다. 오토바이를 타고 다니며 팔팔하던 이십대에 교통사고로 연인을 잃고 자신은 장애인이 되어 버린 맏조카가 늘 안쓰러웠는데, 얼마 전 집안일로 만났더니 얼굴의 한쪽 볼이 쑥 들어가 있다. 웬일인가 물으니 어금니 세 개가 한꺼번에 빠져 버렸단다. 자세한 말은 안 하지만 돈 때문에 이를 해 넣지 못하고 있는 것 같아 마음에 걸린다. 복권당첨금이 나오면 치아 해 넣을 돈과 몸도 좀 보신할 돈까지 조카에게 두둑이 주고 싶다.

세 번째는 좀 풍요로운 여행을 하고 싶다. 아들딸은 물론이요 친정오빠네 동생네까지 다 불러서 휴양지로 유명한 인도네시아 발리에 가서 한 닷새쯤 놀다 오고 싶다. 나이가 먹을수록 피붙이들이 소중하고 사랑스럽다. 더 나이가 먹기 전에 아직 젊은 애들과 어느 정도 보조를 맞춰서 움직일 수 있을 때에 아름다운 곳에서 아름다운 시간을 함께하며 정을 나누고 싶다.

○

그 외에도 돈이 있다면 하고 싶은 일은 많다. 매달 정기적으로 성금을 보내는 이웃돕기 후원처에도 좀 큰돈을 보내서 좀 더 많은 사람들에게 도움을 주고 싶고, 내가 구독하고 있는 가톨릭신문에 실리는 어렵고 힘든 사람들에게도 매번 힘이 돼 주고 싶다.

문제는 당첨금이 얼마나 될는지가 가장 관건이다. 나는 한 십여억 정도만 되도 괜찮을 것 같은데 아들 녀석은 한 백억은 돼야 쓸 만하단다.

매주 한 번씩 나는 꿈을 꾼다. 복권 당첨번호가 발표되는 토요일 하루 일을 마치고 온 집안이 조용해지는 늦은 밤이 되면 나는 홀로 지갑을 연다. 화려하고도 황홀한 꿈이 실현될지도 모른다는 희망으로 심장의 펌프질도 조금 빨라지는 걸 느끼며 고이 간직하던 복권을 꺼내어 번호를 맞춰 보기 시작한다. 혹시나 하던 기대가 역시나 무너져 버리는, 불과 5분도 안 되어 깨져 버리는 허망한 꿈이지만….

#

소경과 앉은뱅이

"왜 홍성 아이시가 안 나오지?"

"착각하지 마세요. 여긴 천안 논산 간 고속도로라 홍성아이시는 없어요. 대전 당진 간 고속도로로 나가면 홍성아이시가 있을 거예요."

"청양 나왔네!"

"아니, 청양이 아니고 홍성이에요."

"뭐야? 홍성 가는데 왜 예산 수덕사 아이시로 나가는 거야?"

"도청이 홍성과 예산 사이에 있나 봐요. 속도를 내려요. 앞에 카메라 있다는 표시 있는데 여긴 80킬로 도로예요."

여기까지는 볼일이 있어서 충남도청을 찾아가는 차 속에서 나눈 우리 부부의 대화다.

"왼쪽으로 핸들을 돌려."

"뒤쪽이 닿을 것 같아요."

"내려 봐, 내가 할게."

이건 좁고 복잡한 도심의 주차 빌딩 안에서 주차 때문에 쩔쩔매는 나와 남편의 대화다.

언젠가부터 우리 부부는 소경과 앉은뱅이의 혼합체처럼 살고 있다. 앞을 못 보는 장님과 걸어 다닐 수 없는 앉은뱅이가 만나 장님의 어깨 위에 앉은뱅이가 올라앉아서 장님의 눈이 되고 장님은 앉은뱅이의 다리가 되어 살아가는 옛날이야기처럼 서로의 약점을 보안해 주는 관계가 된 것이다.

처녀 총각으로 만나 결혼을 한 지 어언 수십 년이 지났다. 남녀가 결혼을 할 때 서로에게 끼워 주는 반지에는 '좁은 문'이라는 의미가 있다고 하는데, 우리의 결혼반지에는 좁은 문보다도 더한 '막힌 문'이라는 의미가 있었던 거 같다.

남성과 여성으로 만나 결혼이라는 언약을 맺고 한집에 살기는 하면서도 충동적이면서 자기감정에 충실한 성격인 남편과 이성적이지만 논리적이고 자기주장이 강한 나의 결혼생활은 마치 물과 기름의 만남처럼 겉돌고 화합이 안 됐었다. 나는 나요, 너는 너다. '내가 가장 먼저 행복해야 한다.'는 남편의 생각과 '부부는 일심동체요 우리는 같이 행복해야 한다.'라고 생각하는 나의 생각은 애초부터 타협의 여지가 없었는지도 모른다. 조그마한 일에도 마치 서로 자기 소리를 더 크게 내려고 하는 바이올린과 첼로처럼 불협화음을 내기 일쑤였다.

남편은 언제나 배타적이고 이기적인 말투에 독선적이고 남성우월

주의적인 주장만 하는 사람이어서 아내인 나에게 항상 양순하고 나긋나긋하고 고분고분하기를 요구하고, 나의 말투가 조금만 억세거나 단어 사용이 맘에 안 들거나 말소리가 높으면 기분 나빠하면서 화를 냈다.

반면에 따뜻하고 부드러운 대화를 기대하는 나에게서는 가장으로서 도리나 책임은 소홀히 하면서 폭압적인 권위만 내세우는 남편에 대한 불만과 야속함이 끊임없는 원망의 소리가 되어 나왔다.

삶에 대한 가치관이나 사고방식 또한 남편과 나는 너무 달랐다. 십 년이라는 나이 차이도 있는데다 남자들은 방 안에서 상 위에 차려진 밥을 먹고 여자들은 상도 없이 방바닥이나 부뚜막에 걸터앉아서 먹는 문화 속에서 자란 남편과 남녀 차별이 없는 밥상은 물론이요 고명딸이라고 남자 형제보다 명절이면 새 옷을 더 얻어 입고 자랐던 나의 가치관은 타협점을 찾기 참 힘들었다.

미래지향적이고 계획적인 삶을 살아야 된다고 생각하는 나와 현재지향적이고 즉흥적인 삶을 살고 싶어 하는 남편과의 생활은 사사건건 부딪침의 연속이었다. 늘 상대의 사고방식이나 생활 태도를 못마땅하게 생각해서 걸핏하면 서로가 비난을 퍼부었다.

어쩌다 타협점을 찾으려 대화라도 할라치면 오히려 더 큰 불화가 일어나곤 해서 아이들이 청소년이 되자 두 분 이렇게 살 바에야 이혼하는 게 어떠냐는 말이 나올 지경이었다. 우리 부부의 불화가 아이들에게도 괴로움이 되고 상처가 된 것이다. 실제로 젊은 날에 가정법률 상담소까지 간 적도 있고, 시기는 다르지만 각자 가방을 싸서 가출한 적도 있었다. 그렇게 우린 참으로 지혜롭지 못하고 참으로 사랑할 줄 모르고 참으로 겸손하지 않는 부부로 살았다.

그럼에도 불구하고 이혼이라는 막다른 길로 가지 않은 것은 두 사람이 가지고 있는 이혼자에 대한 사회의 부정적 인식에 대한 부담과 아이들에 대한 책임감 때문이다. 또한 요즘 여자들이 들으면 웃길 얘기지만, 죽어도 일부종사를 해야 한다는 나의 신념 때문이기도 하다.

어쨌건 그렇게 세월이 흘러갔고 우리는 늙어 갔다. 그사이 사회의 문화와 풍습도 많이 변했다. '마누라 눈치 보는 놈은 병신'이라고 일갈했던 남편의 입에서 '마누라 말을 잘 들어야 떡이 생긴다'는 말까지 나오는 세상이 됐다. 이제 남편은 구순해졌고 나도 구순해졌다. 서로가 상대의 이해와 협조 없이는 삶이 팍팍하다는 걸 알았기 때문이다.

TV 프로 중 EBS의 〈달라졌어요〉란 프로가 있다. 불화가 있는 부부 문제를 주로 다루는데, 그 프로를 보면서 참 많은 걸 느낀다. 서로가 사랑해서 결혼하고 함께 살면서 상대가 무엇을 원하는지 왜 아파하는지를 몰라서 슬픔을 주고 상처를 주는 걸 보면 슬며시 지난날의 내 모습이 겹친다.

내가 옳고 당신은 틀렸다는 판단을 하기 이전에 상대의 느낌과 감정에 공감하고 이해해 줄 줄 아는 마음이 정말 중요하다. 그 사람도 나도 제각기 다른 환경과 풍습 속에서 교육을 받고 자랐기 때문에 서로 다른 인식의 틀을 가지고 있음을 인정할 줄도 알아야 된다.

지금이라고 의견의 충돌이나 불협화음이 아주 없는 건 아니다. 옛날과 달라진 것은 서로 내가 옳다고 우기거나 저돌적으로 격돌하는 게 아니고 조금 물러서서 타협점을 찾는다는 점이다. 어떤 문제를 놓고 내가 말한 것을 당신이 잘못 들었을 수도 있고 아니면 내가 잘못 말했을 수도 있음을, 그리고 우린 둘 다 자신이 완벽하지 않고 모자란 구석이 있음을 스스로 인정한다.

음악의 이중주가 세련된 화음을 내려면 두 악기가 서로 상대의 음을 받쳐 줄 줄 아는 배려와 흔들림 없는 독립된 멜로디를 끌어갈 수 있어야 되는 것처럼 결혼 또한 상대에 대한 이해와 배려가 우선됨과 함께 자기에게 주어진 역할에 충실할 수 있어야 하는 것 같다.

결혼은 장성한 어른들이 어깨를 나란히 하고 걸어야 하는 도보여행 같은 것인지도 모른다는 생각을 요즈음 자주 한다. 한 사람이 앞을 잘 못 볼 때는 다른 한 사람이 그의 눈이 되어 주고 한 사람이 걸음을 잘 못 걸을 때는 다른 한 사람이 그의 다리가 되어 주어야 결혼생활이라는 여정이 잘 지속될 터이고 좀 더 멀리 갈 수 있지 않을까 싶다.

#

울릉도 여행

포항에서 떠나는 울릉도행 배는 고동 소리도 울리지 않고 항구를 떠나갔다. 뱃전에 기대어 멀어지는 항구와 보내는 사람들의 석별을 아쉬워하며 흔드는 손을 기대한 것은 아니지만, 각박한 현대사회의 단면을 보는 것 같아 별로 마음에 안 들었다. 뱃전에 부딪치는 파도를 가르며 망망대해를 바라볼 수 있을 것이라는 나의 기대 또한 접어야 했다. 밖을 내다 볼 수 없게 폐쇄된 선실로 들어간 내가 마치 오래전 삼류극장에 들어온 관객처럼 붙박이 의자에 앉아서 TV 시청을 하는 동안 배는 울릉도 도동항에 닿았다.

도동항은 첫인상이 외딴섬의 항구라기보다는 어느 관광지 상점가를 연상케 했다. 즐비하게 늘어선 가게와 식당들이 번잡하고 방금 배에서 쏟아져 나온 관광객들로 붐벼서 소란한 도동에서 버스를 타고 저동으로 향했다. 인터넷에서 미리 알아본 정보에 따라 숙박비가 상대적으로 도동보다 싼데다 독도행 배를 타려면 어차피 저동으로 가야 하기 때문이다.

천 원짜리 한 장씩을 내고 요즘 육지에서는 보기 드문 합승버스를 타고 가는 저동은 별로 멀지 않았다. 비수기 덕분에 비교적 싼 가격에 민박을 정하고 배낭을 풀어 놓은 우리는 저동항구로 나갔다. 내일 독도를 가려면 배표를 미리 예약해야 한다기에 표도 사고 항구도 둘러보기 위해서다.

저동항은 그다지 크지 않은 포구지만 관광지답게 민박집과 식당들이 제법 많았다. 어선들도 많이 있는지 수협위판장이 있어서 오징어 손질하는 아주머니들의 뒷정리가 한참이고, 여기저기 생선을 손질해 널어놓은 망사 판이 눈에 띄었다. 파도를 막기 위해 축조된 방파제에 올라가니 아스라이 점처럼 바다 위에 떠 있는 고깃배와 끝없이 펼쳐진 동해의 물결이 보인다.

방파제 끝에 해안을 따라 걷는 길이 있는데 태풍에 망가졌다고 접근 금지 표지가 있었다. 출렁이는 물결을 바라보며 호젓하게 걸어 보고 싶었는데 아쉬운 마음을 안고 발길을 돌렸다. 마침 일몰 시간이라 빨갛게 물든 수평선 너머로 해가 뉘엿뉘엿 넘어가고 곧이어 반원형의 포구에 불빛들이 켜지는 풍경도 한 폭의 그림처럼 아름답게 느껴졌다.

다음 날 열두 시 아침 겸 점심을 먹고 독도행 배를 타러 나갔다. 날씨에 따라 운항이 취소될 수도 있다는 얘기를 들은 터라 바람이 심하면 어쩌나 걱정했었는데 다행히 날씨가 좋아 바다가 잔잔하다. 미리 예매한 사람이 많은 것인지 시간에 맞춰 와서 배를 타려는 사람 중엔 표를 구하지 못해 애 태우는 사람들도 있었다.

약 2시간 만에 독도에 도착, 동도와 서도를 두루 구경하고 사진을 찍었다. 일본과의 분쟁 관계로 아픈 생인손처럼 늘 신경이 쓰이는 독도를 직접 둘러보고 망망대해 외로운 섬에서 독도를 지키는 경비대의 젊은이를 보니 괜히 가슴이 찡해 왔다. 승객들이 너도 나도 한반도 지도를 닮은 바위를 배경으로 포즈를 취하고 사진을 찍는 걸 보며 '조국', '민족' 이런 낱말들이 절로 떠올랐다. 독도에 가더라도 사진만 잠깐 찍고 와야 된다고 들었는데, 오늘 독도행 배 선장님은 마음이 후덕하신지 승객들이 자발적으로 다시 승선할 때까지 여유를 줘서 사오십 분 넘게 독도를 즐길 수 있었다.

독도에서 돌아온 우리는 서둘러 시내버스를 타러 갔다. 울릉도 일주를 하기 위해서다. 저동에서 다시 도동으로 가서 천부행 버스를 탔다. 버스가 가는 길은 섬 주변을 도는 일주도로여서 저절로 울릉도의 바다 풍경과 곳곳의 마을들을 구경할 수 있었다.

천부에 도착, 친절한 버스 운전기사의 소개로 버스 정류소에서 멀지 않은 곳에 있는 해중 전망대를 보기로 했다. 성인의 입장료가 사천 원인 해중전망대는 1층에 있는 망원경으로 먼 바다를 가깝게 볼 수도 있고 사방이 유리로 만들어진 지하로 내려가 수심 6미터 아래의 바닷속을 유영하는 여러 가지 물고기들을 관찰할 수 있다. 벽면에는 울릉도 근해에 많이 있는 어종을 사진과 함께 전시해 놔서 물고기들의 이름을 알기가 쉬웠고, 먹이 바구니로 유인된 물고기들이 떼 지어 돌아다니는 걸 볼 수 있었다.

다시 버스를 타고 죽암몽돌해변을 거처 구수한 버스기사 아저씨의

해설을 들으며 삼선암을 지나 관음도로 향했다. 큰 섬인 울릉도와 다리로 연결된 관음도는 작은 섬인데도 윗면이 평편한 평지라서 나무들이 우거지고 제법 긴 산책로가 있어서 사람들이 걷기도 하고 망망대해인 동해바다를 응시하며 사진들을 찍기도 했다. 울릉도는 섬의 둘레를 따라 도로가 개설되어 있어서 지역의 버스만 타고도 명소를 거의 구경할 수 있다는 인터넷 안내가 믿음직했다. 등산을 좋아하는 사람들이 많이 간다는 나리분지는 후일로 미루기로 했다.

셋째 날 아침, 민박집에 작별을 고하고 배낭을 메고 나섰다. 오후 3시에 떠나는 포항행 여객선을 타기 전에 도동항을 둘러보기로 했다. 우선 여객선 선착장 옆으로 난 해변길을 따라 걷기로 했다. 해변길이라고 모래 위나 갯바위를 걷는 게 아니라 바위틈이나 절벽을 깎거나 혹은 다리를 놓기도 해서 만든 길로 마주 오는 사람이 있으면 비켜서서 기다려 줘야 할 만큼 좁은 곳도 있다. 지질공원이라는 명칭이 있는 도동해안산책길은 그 이름대로 갖가지 지질층과 암석을 자연 그대로의 상태로 직접 보고 느낄 수 있어서 지질에 대한 공부도 되는 곳이었다.

그뿐만이 아니다. 해변 길을 따라 걸으면서 보는 넓게 펼쳐진 동해의 그림 같은 풍광도 좋지만, 우리나라 어느 바다의 물빛과도 견줄 수 없을 만큼 맑게 출렁이는 에메랄드빛 바다는 어디선가 인어가 살고 있지 않을까 하는 환상을 품게 만들었다. 그렇게 도동항에서 촛대바위까지 가는 해안 길은 너무 아름다워서 연방 감탄이 절로 나오는 길이었다.

점심은 울릉도에서 유명하다는 홍합 밥을 먹기로 했다. 울릉도 특산이라는 명이나물이 곁들어진 홍합 밥은 잘게 썬 홍합이 그것도 조금 들어 있어서 약간 실망스런 기분으로 먹었다. 우리는 남은 시간을 도동거리를 둘러보기로 했다. 식당거리에서 조금 걸어올라 가니 향토사료관이라는 현판이 붙은 건물이 있어 들어가 보았다. 기대보다 넓지 않은 공간에 울릉도의 문화유산이라는 테마로 옛사람들이 쓰던 유물과 귀틀집의 모형이 전시되어 있었다.

향토사료관에서 나와 가파른 길을 더 올라가니 독도 박물관이 나왔다. 일본의 억지 주장으로 늘 우리들의 가슴을 아프게 하는 독도에 대한 모든 것이 펼쳐져 있었다. 독도의 지정학적인 위치. 독도가 가진 자원과 생태환경, 독도를 지키기 위한 노력 등을 한눈에 알 수 있었다. 그중에서도 가장 감명 깊었던 것은 울릉도와 독도를 지키기 위해 힘써 온 사람들의 이야기였다.

국가의 지원도 없이 정부의 어떤 요직에 있었던 것도 아닌 민간인들이 오직 내 나라의 영토를 지키기 위해 목숨을 걸고 해온 노력들을 보면서 눈시울이 붉어져 왔다. 그리고 연전에 대마도 여행을 하면서 그 울창한 산림과 영토를 우리 것으로 지키지 못한 것이 못내 아쉬웠던 걸 생각하면서 너무나 감사한 마음이 들었다.

바로 옆에 있는 독도를 전망할 수 있다는 케이블카는 아쉽지만 포기를 하고 도동항으로 내려가기로 했다. 내려가는 길에는 해도사라는 길옆에 있는 절에 들렀다. 불교신자는 아니지만 얼핏 보기에도 아담하고 예쁘게 자리 잡고 있는 절의 건물들은 누구라도 한 번쯤 들러 보고 싶을 만치 잘 가꾸어져 있었다. 바닷길를 인도하는 절이라는 명칭답게 해수관음상이 바다를 향해 서 있고 여러 가지 손의 모양으로 만들어진 대리석조각상들이 이채로웠다.

이제 여객선 탑승시간이 다 되어 간다. 자연이 만들어 놓은 아름다운 보석 같은 울릉도, 다시 만날 날을 기약하며 빈손으로 가기 아쉬워 울릉도 호박엿을 사서 배낭에 넣고 항구로 나간다. 굿바이 울릉도여!

#

횡단

버스가 떠나기 전 여행사 직원들이 몰려나오더니 죽 늘어섰다. 이미 버스에 올라 앉아 있는 승객들과 타려고 서두르는 승객들을 불러 모아 플래카드를 앞세우고 사진을 찍는다. 곧 이어 출발하는 버스를 향해 일렬로 도열해 일제히 손을 흔들어 환송을 한다.

허 참, 그동안 패키지여행을 꽤나 했지만 이런 일은 처음이다. 왠지 계면쩍어서 “패키지여행이 뭐 그렇게 대단한 일이라고 사진까지 찍고 난리냐?” 중얼거렸더니 가이드 왈 미국 대륙을 횡단하는 15일간의 여행은 이번이 열세 번째인데 올해의 마지막 투어이기 때문에 자기 회사의 기념비적인 행사란다.

가이드의 자기소개와 이번 여행의 간략한 여행코스에 대한 설명과 함께 여행일정표가 주어졌다. 뒤이어 특별한 손님이 소개되었다. 맨 앞자리에 자리 잡고 앉아 있는 할머니다. 연세가 팔십 삼세인 분으로 듣지도 말하지도 못하는데, 이 여행을 하기 위하여 여덟 번을 여행사에 신청했지만 번번이 거절당했었는데 자신이 모시고 가겠다고 결정을 해서 동행하게 됐다는 얘기다.

누군가 그러면 아침 모닝콜도 못 들을 텐데 어떻게 하냐는 염려를 했다. 가이드도 그게 걱정된다면서 듣지도 말하지도 못하지만 마주 보는 상대의 입모양을 보고 말을 읽을 수 있으며 필담도 가능하다니 여러분도 도움을 주시란다. 덧붙여 장거리여행에 버스좌석은 서로 돌아가며 바꿔서 앉는 게 정석이나, 할머니만큼은 맨 앞자리에 계속 모실 테니 양해해 달란다.

'그쯤이야 당연하지. 근데 할머니 때문에 혹시 일정에 차질이생기진 않을까?' 입 밖에 내지는 않았지만 모두의 머릿속 생각이었다.

버스는 오전 일찍 엘에이를 출발했다. 화장실까지 갖춰져 있는 55인승 버스에 가이드와 운전기사까지 22명이 타서 좌석이 널널하고 실내 공기도 쾌적하다. 둘러보니 승객들의 연령대가 육십 대 중후반에서 칠십 대인 것 같다. 몇 쌍은 부부이고 여자가 과반수를 넘는데 놀랍게도 동반자가 없이 혼자 여행을 하는 이가 할머니까지 셋이나 된다. 젊은이도 아니고 육십이 넘는 연령의 여성이 혼자서 십여 일이나 되는 장거리 여행에 나서다니 대단하다는 생각이 든다.

첫날 버스는 모하비 사막에 있는 은을 캐던 광산이 있던 캘리코고스트타운을 거처 환락의 도시 라스베이거스에 도착했다. 캘리코고스트타운과 라스베이거스는 십 년 전 샌프란시스코를 거처 엘에이를 가는 미서부 투어 때 들러 봐서인지 낯이 익었다.

다음 이틀 동안은 미국의 국립공원이라는 자이언캐넌과 그랜드캐넌의 북쪽을 거처 붉은 사암으로 된 첨탑들로 유명한 브라이스캐넌을 둘러보고 유타주의 솔트레이크시티에 도착했다. 솔트레이크시티는 유타주의 주정부가 있는 곳인데다 일부다처주의로 유명한 몰몬교의 총본산이 있는 곳이다. 마치 공원 속에 도시가 세워진 듯 경치도 아름다웠고 주청사의 건축물도 매우 아름다웠다. 솔트레이크에 정착하게 된 몰몬교의 역사와 교리에 대한 설명을 들으며 본부교회의 내부도 볼 수 있었다.

사 일째는 미국의 오대호 중 하나인 아이다호가 있는 아이다호주로 향했다. 호수라기보다는 끝이 보이지 않는 바다를 연상케 하는 아이다호를 본 후, 수십 마리의 회색곰과 불곰을 자연 방목하는 베어랜드를 둘러보고 옐로스톤으로 향했다.

세계 최초의 국립공원이라는 옐로스톤은 넓은 면적에 경치가 유명한 곳도 많아서 버스를 타고 오르락내리락하며 하루 종일 봐도 다 못 본다고 한다. 게다가 때가 구월 초순인데 함박눈이 하얗게 내려서 남미의 볼리비아 출신이라는 버스운전기사 아저씨의 노고가 많았다. 미국에 와서도 남쪽지방에서만 살았다는 기사 아저씨는 눈을 직접 본 게 처음이라니 난생처음 해 보는 눈길 운전이 얼마나 힘들었을지 짐작이 간다.

그렇게 버스는 연일 달려서 몬태나, 와이오밍, 사우스타코다, 미네소타, 위스콘신, 일리노이, 인디애나, 미시간, 오하이오를 거쳐서 캐나다로 넘어가서 나이아가라폭포를 보고 다시 미국으로 돌아와 수도 워싱턴을 돌고 뉴욕이 최종 목적지였다. 광대하고 광대한 땅, 갖가지 광물의 원료가 다 묻혀 있는 땅, 지구에 존재하는 모든 인종이 숨을 쉬는 땅, 그 미국의 대륙을 서에서 동으로 대각선 이동을 하며 횡단한 것이다.

솔직히 나는 이제까지 살아오면서 우리나라의 국토가 별로 넓지 않다는 것에 아쉬움을 가지고 있었다. 그러나 이번에 광대하다는 미국의 내륙을 여행하면서 그 생각이 바뀌었다. 가도 가도 옥수수 밭과 푸른 초원만 끝을 모르고 나타나는 대륙의 자연은, 우리나라의 작지만 오밀조밀 산과 강이 어우러지고 푸른 바다가 넘실대는 아름다움이 너무나 소중하다는 걸 느끼게 했다. 그리고 보통 사람들이 갖고 있는 이상과 현실 사이에 괴리가 있는 것처럼 푸른 초원 위에 그림 같은 집을 짓고 산다는 건 그림 속의 환상이지 현실이 될 수 없다는 걸 절로 알게 됐다.

미국의 곡창지대인 중동부 지역은 땅은 넓은데 인구가 적어서 이웃집에 가려면 차로 사십여 분을 달려야 하고 아이들 학교 등교 시간도 보통 차로 사십여 분을 가야 한다니 사람이 살기에 그다지 좋을 것 같지가 않다. 교육 · 의료 · 문화 · 치안 등 인간이 살아가면서 겪어야 하는 온갖 생활의 어려움을 혼자서는 해결할 수 없는 것이 현실이고, 그때마다 누군가의 도움이나 사회적인 보호를 받기 위해서는 모둠살이를 할 수밖에 없는 것이 인간의 삶인데 말이다.

더구나 이 넓은 땅을 차지하기 위해 약탈과 살인을 서슴지 않았고 담요 속에 천연두, 콜레라, 장티브스균을 묻혀 인디언에게 줘서 부족을 전멸시켰다는 미국의 흑역사를 듣고 보니 그 광대한 땅이 좋아 보이지만은 않았다. 산엔 사슴과 버펄로가 노닐고 들엔 말과 소가 한가로이 풀을 뜯는 평화 뒤에 감춰진 잔인한 과거를 되새기며 자유와 평등의 기치 아래 묻힌 기만과 만행으로 얼룩진 미국의 민낯을 본 셈이다.

하지만 이번 여행 내내 내 관심은 맨 앞자리에 앉아 있는 할머니에게 쏠려 있었다. 아침 출발 시간에 늦지는 않을는지? 관광은 제대로 하는지? 돌아다니다가 제시간에 나타나는지? 식사 주문은 어떻게 하는지? 할머니의 일거수일투족은 일행들에게도 관심거리였다.

그러나 모든 것은 기우였다. 어느 한 군데도 빼놓지 않고 관광을 즐기고 아침 출발 시간과 약속된 시간에 할머니는 누구보다도 정확하게 나타났다. 무슨 고기 어느 부위를 먹을 건지, 개인의 취향에 따라 각자 주문하는 식당에서도 말을 할 줄 아는 사람보다 더 빨리 주문을 하셨는데, 할머니의 보디랭귀지는 요리사들에게 말보다 더 정확하게 전달되어서 일행의 걱정을 무색하게 만들었다.

할머니는 그 흔한 디지털카메라도 들지 않았다. 들을 수도 말할 수도 없는 할머니에게 핸드폰은 필요 없겠지만 사진 한 장 찍지 않는 할머니에게 지나치고 보이는 모든 풍경이 눈 속에 마음속에 기억 속에 각인되리라. 마치 그것을 증명이라도 하듯 할머니는 버스가 정차하는 모든 곳을 열심히 걸어 다니셨다. 참으로 놀라운 것은 버스에 오르는 할머니를 부축하기 위하여 잠깐 안아 본 할머니의 허리에 딱딱하게 닿는 허리복대가 있었다는 사실이다.

할머니의 비상한 능력을 알아볼수록 일행들의 할머니에 대한 궁금증은 더해 갔는데, 여간해서 자신에 대한 이야기는 하지 않았다. 시간이 흘러가면서 누군가 할머니가 삼십 칠세에 이민을 왔으며 아들이 둘이 있는데 멀리 떨어져 살고 엘에이에서 혼자 살고 있다는 말을 들려줬다. 할머니는 가는 곳마다 어느 누구의 도움도 받지 않고 자유롭게 돌아다니면서 기념품가게도 둘러보곤 했는데, 대개 그곳을 기념할 만한 그림엽서를 사서 보여 주기도 했다. 일행들의 누구에게 보낼 거냐는 물음엔 미소로 대답을 대신했다.

나이아가라폭포가 보이는 공원에서는 다른 여행사로 온 한국인 관광객과 필담을 나누고 있어서 가까이 다가갔더니 슬그머니 자리를 떠나셨다. 궁금해서 같이 얘기하던 사람에게 무슨 얘기를 나누었냐고 물었더니, 자기들에게 한국 어디에서 왔냐고 한글로 묻기에 대구에서 왔다니까 자신의 고향이 대구에서 가까운 경산이라고 한글로 써 보였다고 한다.

떠나온 지 오랜 세월이 흘렀어도 고향에 대한 기억과 그리움은 감출 수 없는 게 인지상정이라지만 들을 수도 말할 수도 없는 할머니의 향수가 더욱 애달프게 다가왔다. 신체가 정상적인 사람도 이국만리 낯선 곳에 정착하기까지 수많은 난관과 고생은 말로 하기 어려울 정도라는데, 할머니의 이민생활의 고초는 어떠했을까 상상하기가 어려우리라.

수도 워싱턴의 곳곳을 둘러보고 최종 목적지 뉴욕에서 15일간의 대륙횡단은 끝이 났다. 이 여행을 하기 위해 한국, 캐나다, 뉴욕, 뉴저지, 인디애나 등에서 온 사람들도 돌아갔다. 제각기 자신의 집으로 돌아가는 비행기를 기다리는 뉴욕의 공항에서 할머니의 뒷모습을 바라보며 7전8기의 도전 끝에 이 여행을 끝낸 할머니야말로 진정한 인생의 횡단을 하신 것 같은 생각이 들었다.

#

노래를 잃어버린 목소리

단풍철이다. 산자락을 덮는 붉은 단풍이 유난히 고와서 산의 이름도 '붉은 옷'이라 붙은 무주 적상산을 가는 길이다. 길가에 서 있는 가로수들도 저마다 고운 색깔로 물들어서 가을의 정취가 물씬 풍긴다.

스쳐 지나가는 창밖의 풍경이 눈을 뗄 수 없게 아름다운데도 버스 안에서 벌어진 회원들의 노래자랑은 열기가 대단하다. 그도 그럴 것이 노래가 끝나면 나오는 점수에 따라 벌금을 내거나 상금을 받게 돼 있어서다. 점수가 95점 아래로 나오면 벌금을 만 원 내야 하고 99점에서 100점이 나오면 반대로 상금으로 만 원을 받게 되니 노래를 부르는 열의들이 보통이 넘는다. 기성가수 뺨칠 정도로 구성지게 노래를 부르는 회원을 보며 나도 모르게 아쉬운 한숨이 나온다.

"목소리가 고운데요!"

"목소리가 마음에 들어요!"

"마이크 목소리가 듣기 좋아서 성우나 아나운서를 했으면 좋겠는데요!"

"노래를 잘하시는군요. 목소리도 아름답고요!"

이런 말을 들을 때마다 기분이 좋았었다. 그리고 더욱 예쁜 목소리를 내고 싶었다. 통통하고 작은 키에 그다지 예쁘지도 않은 외모를 가진 내게 그래도 자신 있는 것은 남들이 칭찬해 주는 목소리뿐이었다. 그런데 목소리가 잘 안 나온다. 언제부턴가 갈라지고 쉰 듯한 목소리가 자주 반복되더니, 이젠 조금만 말을 많이 해도 목구멍이 아프고 힘이 든다.

병원에 가거나 약을 먹는 걸 질색하는 터라 푹 쉬면 낫겠지 하고 쉬어 보기도 하고, 감기 기운이 있어서 그런가 하고 땀을 내 보기도 하며, "기계도 잘 안 쓰면 녹이 슨다는데 엄마가 옛날보다 노래도 잘 안 하고 목을 안 써서 그런가 봐! 성악가들도 날마다 발성 연습을 하지 않으면 목소리가 안 나온대요."라는 딸아이의 충고대로 피아노 반주에 맞춰서 노래 연습도 해 봤다.

예전에 내가 잘 부르고 좋아하던 대중가요도 음정이 틀리고 목소리가 나오질 않아 속이 상해하면 "엄마, 연습을 안 해서 그래. 연습을 많이 하면 목소리가 다시 나올 거예요."라고 말하는 아이의 격려 속에 더욱 큰 소리를 내려고 노력도 하고, 지나간 시절 하던 습관을 되살려서 청소를 할 때나 설거지를 하면서도 노래를 흥얼거려 봤지만, 목소리는 점점 더 갈라지고 게다가 목구멍까지 따끔거리고 아파오기 시작했다.

어느 날부턴가 내 걱정은 목소리의 음색이 문제가 아니라 목구멍 어딘가에 이상이 생겼는데 그게 암 종류 같은 게 아닐까 하는 염려와 불안에 휩싸이기 시작했다. 가까운 지인 중에 이비인후과 의사선생님이 계시지만, 물어보기가 두려워서 혼자서 후두암이나 식도암의 시초나 징후는 어떻게 시작되는지 알아보려고 이것저것 책을 뒤져 보기도 하다가, 어느 날 잘 아는 한의원에 전화를 걸어 목소리가 좋아지는 한약은 없는지 여쭈어보고 증세를 말씀드렸더니, 그 원장님 하시는 말씀이 우선 이비인후과에 가서 정밀한 진찰부터 받는 게 순서가 아니겠냐며 강력하게 진찰을 권하신다.

목은 점점 더 아파 오고, 할 수 없이 이비인후과에 가서 진찰을 받았더니 후두염이란다. 노래는 전혀 하지 말고 되도록 말하는 것도 삼가라며 처방을 해 주시는 게 아닌가. 그것도 모르고, 목소리를 틔워 보려고 노래를 계속 부르고 연습을 했으니 목이 더 악화된 거구나! 혼자서 속으로 혀를 차면서도 앞으로 맘대로 노래를 할 수가 없다는 게 못내 서운하다. 그래도 내 유일한 특기가 노래 부르기라고 생각하고 있었는데….

하지만, '혼자서 걱정했던 후두암이나 다른 나쁜 병은 아니라니 다행이다.'라는 마음과 함께 '하느님이 보시기에 그동안 내가 너무 말이 많았던가 보다. 남의 말을 듣기보다는 내 쪽에서 말하기를 좋아하고, 누구한테 지는 걸 싫어해서 끝까지 따지기를 잘하고, 남들이 어떻게 생각할까를 염두에 두지 않고, 알고 싶은 것에 대한 질문은 물론이요 하고 싶은 말은 다 하고 살았으니, 이제부터 말하기보다 듣기를 더 잘하며, 앞에 나서서 질문하기보다 뒤에서 조용히 경청할 줄 아는 인간이 되라고 기회를 주셨나 보다.'라는 생각도 들었다.

여태까지 살아오면서 아무런 불편 없이 말하고 소리 지르고 노래할 수 있는 게 얼마나 큰 복인지 몰랐다. 이런저런 이유로 말을 할 수 없는 사람들의 고통과 슬픔을 전혀 몰랐었다. 돈 많은 사람들이 누리는 물질적인 풍요에 대한 부러움이나 질투는 할 줄 알면서 내가 몸으로 하고 싶은 무언가를 하고 싶을 때 주저 없이 할 수 있다는 것이 얼마나 큰 행복인지는 모르고 있었다. 생각해 보면 목소리만이 아니라 어쩌면 내게 주어진 것들을 아무렇지도 않게 당연하게 갖고 쓸 줄만 알았지, 그것이 얼마나 소중하고 감사한 것인지를 그동안 모르고 살았던 것 같다.

목이 아파 목소리가 나오지 않는 동안 보고 싶지만 볼 수 없는, 듣고 싶지만 들을 수 없는, 걷고 싶지만 걸을 수 없는 이들의 아픔과 고통을 조금은 느껴 보는 기회가 되었다. 또한 무엇이든 쓰기보다는 말로 지껄이기를 잘하는 내 습관을 바꿔서, 말보다는 글로 쓰는 습관을 들여 보기로 했다. 하지만 수십 년이 넘게 들여 온 습관은 쉽게 바꾸어지질 않아서 여전히 듣기보다는 말하기를 즐겨하고, 뒷전에 앉아 있기보다는 나서기를 잘하는 편이라 스스로 조심하려고 노력 중이다.

말하기보다 듣기를 잘하고 떠들기보다 생각하기를 더 즐겨한다면 내 목의 염증도 나아지겠지. 맑고 높은 목소리는 아니라도 낮고 조용한 목소리는 낼 수 있겠지. 그러면 그윽하고 정감 있는 노래를 부를 수 있을 거야!

계속 치료를 받으면 나아지겠지만 목이 나아진다고 해도 예전처럼 높은 목소리를 내는 걸 삼가야 된다고 한다. 누군가 맑고 고운 목소리로 아름답게 노래하는 걸 들을 때마다 내 목소리를 생각하며 속이 상하는 것도 어느 날부턴가 괜찮아지리라 마음을 달래어 본다. 그리고 내게 주어진 다른 은혜들을 생각하며 감사한 마음을 가지리라.

4

갑이냐 을이냐

#

사회적 위선

나이를 먹어 가면서 젊은 시절에 왕성했던 배움에 대한 의욕과 도전의식이 엷어져 감을 느낀다. 미래에 대한 무엇이 필요해서 배우기보다 배움 그 자체를 즐기며 배울 수 있는 나이, 무엇인가에 얽매이거나 쫓기지 않고 배울 수 있는 마음의 여유가 있는 나이가 됐다는 걸 알면서도 뭔가를 새로 배워 봤자 별 쓸모가 없을 것이라는 생각이 앞서서 뭐를 해도 열심히 되질 않는다.

그래도 다행인 것은 식물에 대한 관심과 애정이 나이를 먹을수록 짙어지는 것이다. 살아갈수록 베란다에 피어 있는 꽃 한 분도 애틋하고 텃밭의 상추 한 포기에도 소중한 마음이 든다. 제각기 다른 씨앗들에서 제각기 다른 모양의 싹이 나오는 것도 신기하지만, 여리고 어린 싹을 잘 키워서 예쁜 꽃이 피어날 때의 보람과 내가 직접 가꾼 상추로 식구들에게 맛있는 쌈을 먹게 할 때의 기쁨이 여간 큰 게 아니다.

하지만 어린 시절부터 도시에서만 살아온 내게 텃밭 가꾸기나 식물의 생육은 시행착오가 일어나기 일쑤다. 책을 보거나 이웃 어른들께 물어보기도 하지만 체계적이지를 않아서 문제가 생긴다. 해서 주먹구구식 식물 보살피기를 탈피하려면 그 방법을 배워야겠다는 생각을 했다.

작년에 우연히 지자체에서 실시하는 농업대학이라는 곳이 있어서 화훼 재배와 텃밭 가꾸기에 유용한 공부를 할 수 있다는 것을 알았다. 교육 기간이 삼월부터 십일월까지고 매주 수요일 오후가 수업 시간이라는 것을 알고 모집 기간을 기다렸다. 드디어 신년 이월이 되니 농업대학 학생 모집 공고가 났다. 인터넷에서 서류를 받아서 직접 원서접수를 해야 한다기에 컴퓨터를 열었더니 구비서류가 여러 장인데 그중 지원대상자의 자격이 정해져 있었다.

그런데 해당 지역의 주민이라야 한다는 것과 전년도에 재학했던 사람은 제외시키는 건 이해하겠는데, 대학을 졸업한 사람으로 졸업증명서를 첨부해야 한다는 것이다. 화초와 가족들이 먹을 정도의 일반적인 야채를 키우는 강의가 왜 대학을 졸업한 사람만 들을 수 있는 건지? 일주일에 한 번 네다섯 시간의 수업으로 대단히 수준 높은 석박사급의 전문 인력이라도 양산해 내겠다는 것인지? 담당자가 옆에 있다면 묻고 싶었다.

국가에서 실시하는 공무원시험도 학력을 철폐한 지 오래고 기업들의 채용시험에도 학력 철폐를 권장하는 마당에 농사를 짓는 데 필요한 공부를 하는 데 대학졸업증명서가 꼭 필요할까? 텃밭 가꾸기 수준의 지원 자격이 이러할진대 행여 뜻한 바 있어 농업에 투신하려는 사람이나 현재 농사를 지으면서 좀 더 체계적으로 농업을 배우려고 하는데 학력 때문에 원서조차 내지 못하는 일이 있을 것 같아 신경이 쓰였다.

얼마 전 다녀온 라오스 여행을 이끌었던 가이드는 사십 중반쯤 된 넉살이 좋은 남자였다. 그다지 친절하지도 않았지만 여행을 이끄는 내내 약삭빠른 장사꾼 냄새가 물씬 풍겨서 별로 마음에 들지 않은 가이드였다. 동남아 패키지여행에 으레 있는 것이기는 하지만 따로 돈을 내고 하는 옵션을 강요할 때나 예상보다 형편없는 숙소의 시설과 불편함에 답하는 그의 언행은 한마디로 뻔뻔스러울 정도였다. 그런데 그 가이드의 언행이 나를 혼란스럽게 했다.

재작년 라오스를 여행할 때 산골마을에 가져갔던 헌옷과 학용품이 요긴하게 쓰이는 걸 보고 우리는 이번 여행에도 티셔츠 몇 벌과 크레파스와 볼펜을 조금 들고 갔다. 티셔츠와 볼펜은 여행 일정에 들어 있는 카약을 태워 준 젊은 청년과 운전기사들에게 줬지만 나머지는 가이드에게 말해서 라오스에서도 가장 가난하게 사는 몽족 아이들에게 주기로 했다. 그런데 우리의 여행 일정에는 외진 곳에 있는 몽족 마을을 들르는 스케줄이 없어서 혹시라도 가이드가 안 된다고 하면 어쩌나 하는 염려를 했었다.

그런데 예상외로 우리의 요청을 선뜻 들어주고 다른 이들에게도 몽족 사람들의 생활상을 얘기해 주면서 십시일반 조금씩이라도 도우면 좋겠다는 것이 아닌가. 게다가 가난하고 어려운 이들을 돕는 일이 얼마나 우리 삶에 필요하고 유익한 일인지 역설을 하며 우리가 들고 간 학용품을 주기 위하여 예정에 없던 몽족 마을에 들르면서 자신은 수익의 몇 퍼센트를 가난한 몽족 사람들을 위해 쓰고 있다고 몇 번이나 강조를 했다.

그런 그의 언행을 보며 손님의 불편이나 불만사항은 귓등으로 들어 넘기며 유별나게 약삭빠르고 이익만 챙기려 드는 사람과, 없던 일정을 만들기까지 하며 어렵고 가난하게 사는 몽족 사람들에게 도움을 주려 애쓰는 착하고 마음 따뜻한 사람이 한 사람 안에 같이 존재함을 느끼며 어느 쪽이 그의 진면목일까 궁금했었다.

가끔 앞과 뒤가 다른 개인을 볼 때가 있다. 착하고 얌전한 사람인 줄 알았는데 알고 보니 집안에서는 괴팍하고 폭압적인 사람이나 많은 사람들 앞에서는 선량하고 자선가인 척하면서 뒷전에서는 남의 등 처먹는 사기꾼질을 하는 사람을 우리들은 '위선적인 사람'이라고 한다.

그런데 국가적인 혹은 사회적인 시스템에서도 앞과 뒤가 다른 위선적인 데를 발견할 때가 많다. 위에서 말한 국민이 내는 세금으로 운영하는 국가기관의 이중적인 작태는 말할 것도 없고, 학력 철폐를 선언한 대기업일수록 사실은 수도권소재 명문대생을 가장 우선적으로 뽑는다는 것 또한 그렇다.

그런 까닭에 수도권 인구 분산책으로 기업과 대학들을 지방으로 이주시키려는 제도도 말뿐 오히려 어떻게 하든지 수도권을 벗어나지 않으려 하고, 기존에 지방에 있던 대학들까지 수도권으로 소재지를 옮기려는 움직임을 보인다. 얼마 전 이웃 지역에서도 지방의 명문대가 수도권으로 이전하려 한다는 설이 있어서 지역 주민들이 떠나가는 학교를 붙들려고 탄원서명을 하는 안타까운 일이 벌어지기도 했었다.

아마도 이런 일이 알아보면 한두 가지가 아닐 것이다. 국가적으로나 사회적으로 우리가 미처 모르는 혹은 아직 당해 보지 않는 곳에서 일어나는 위선적이고 불합리한 경우는 얼마나 더 많을까?

위선적인 사람을 만나 당하는 문제야 개개인 스스로 해결할 수밖에 없는 일이지만 국가적인 또는 사회적인 불합리하고 위선적인 제도만이라도 개선한다면 열심히 살려는 사람들의 마음에 상처를 입히는 일이 줄어들 것이요, 조금은 더 살기 좋은 나라가 되지 않을까 하는 생각을 해 본다.

#

뿌리의 힘

일 년도 넘었다. 어떻게든 살아날 것이라는 기대와 희망을 안고 그를 지켜본 지도….

손바닥만 한 어린 치자나무가 나와 인연을 맺은 것은 육 년 전 일이다. 그다지 정성을 들이지 않고 그냥저냥 목이나 마르지 않을 정도로 보살폈는데도 햇볕도 충분하지 않은 베란다 한쪽에서 치자나무는 잘 자라 주었다. 내게로 온 지 삼 년이 지나자 나무는 소박한 향내를 풍기는 하얗고 예쁜 꽃을 피우기 시작했다.

그때부터였다. 나는 치자나무에 조금 더 관심과 애정을 베풀었다. 가끔 꽃집에서 파는 영양제를 꽂아 주기도 하고 커피를 걸러 내고 남은 원두커피 찌꺼기를 화분에 뿌려 주기도 했다. 이 년이 지나자 나무는 더욱 많은 꽃을 피웠다. 문제는 커진 나무의 몸피 때문에 어렸을 때 자리 잡은 화분이 너무 비좁아진 것이다.

뿌리가 화분 밑으로 삐어 나온 것을 보고 꽃이 지고 난 나무를 화분에서 뽑아 더 큰 화분으로 옮겨 심은 것은 재작년 늦봄이었다. 그런데 그 뒤부터 치자나무에 꽃이 피지 않더니 설상가상으로 나뭇잎까지 하나둘 말라 떨어지기 시작했다. 옮겨 심을 때 생각 없이 잔뿌리를 너무 많이 잘라 버려서인가? 풀이건 나무건 뿌리가 튼튼해야 날씨도 이겨 내고 환경에도 잘 적응할 수 있는 것을 미처 생각지 못한 탓이다.

식물에게 뿌리의 힘은 대단하다. 아니, 전부라고 할 수 있다. 뿌리가 없는 식물은 존재할 수가 없을 테니까. 씨를 뿌리거나 꺾꽂이를 한 식물을 옮겨 심을 때 보면 뿌리가 튼실하고 잘 뻗어 있는 개체일수록 새로운 환경에 빨리 적응하고 잘 자란다.

나는 해마다 검은 콩 농사를 짓는데 콩싹이 두세 잎 날 무렵이면 새들이 날아와 뜯어먹는 통에 골머리를 앓곤 한다. 그런데 새들이 싹을 다 먹어 버렸어도 뿌리가 뽑히지 않은 것은 어떻게 든 새잎을 틔우며 살아난다. 뿌리가 남아 있으면 온전한 모종보다 더디기는 하지만 꽃을 피우고 열매를 맺는 것을 보면 뿌리에 들어 있는 놀라운 생명력에 감탄이 절로 나온다.

식물에게만 뿌리가 있는 건 아니다. 인간과 동물에게도 뿌리가 있다고 나는 생각한다. 동물에게는 종과 속으로 분류되는 생물학적이고 유전적인 뿌리가 있다면, 그럼 우리 인간의 뿌리는 어떤 것인가?

우리가 보편적으로 생각하는 인간의 뿌리라는 개념은 오래전 미국의 흑인작가 '알렉스 헤일리'의 『뿌리를 찾아서』라는 유명한 작품처럼 자기 조상의 근본을 말하거나 찾는 것일 수 있다. 우리 민족이 중요시하는 가문이나 족보에 대한 것도 그와 유사한 자신의 뿌리에 대한 정체성과 보존의식의 발로일 것이다.

사실 양반이나 상놈으로 대별되는 신분으로 한 인간의 일생이 결정지어지는 봉건시대에는 가문이나 족보야말로 자신을 지탱해 주고 대변해 주는 뿌리가 될 수밖에 없었다. 세상에 태어나면서 주어지는 신분이라는 뿌리는 그 시대에 있어서 자신의 힘으로는 바꾸거나 변화시킬 수 없는 거대한 힘이거나 올가미가 되었다. 요즘 금수저니 흙수저니 하는 비관적인 말들이 난무하는 것도 봉건시대의 타고난 신분 대신에 재물이 현재를 사는 보통 사람들의 힘이 되어 버린 탓일 것이다.

그러나 지금은 봉건시대가 아니다. 신분이나 족보가 우리의 삶의 질을 좌우하는 뿌리가 될 수는 없다. 생물학적이고 유전적인 것이 삶의 근원인 뿌리가 되기에는 우리에게 주어진 사회 환경이 매우 복잡해지고 문명과 과학이 엄청나게 발달해 버렸다. 그렇다고 재물이 우리의 삶의 근원이 될 수는 더욱 없다. 아무리 물질만능인 현대라지만, 재물은 생활에 여유를 줄 수는 있을망정 삶의 근원이 될 수는 없다.

정말 중요한 것은 그 사람의 정신세계이다. 사람의 정신세계야말로 그 사람의 삶의 근간을 이루는 토대와 같다. 그러므로 어떤 한 사람이 가진 사고방식은 그 사람의 일생을 지배하는 삶의 뿌리가 된다고 하겠다. 즉, 그의 가치관이나 인생관 내지는 윤리나 도덕적인 기준이 그 사람의 생각과 사상을 이루는 기본적인 개념이 된다. 그것은 그가 살아나가는 사회를 바라보는 인식의 틀을 이루고 그의 삶의 방식을 결정짓는 근본이 될 것이기 때문이다.

따라서 현실에 맞지 않는 허황된 사고를 가진 이는 삶 또한 현실과 유리된 삶을 살아갈 확률이 높다. 반면에 도덕적이고 건실한 사고방식을 가진 이는 그의 삶 또한 성실하고 근면하게 살아가게 되는 것이다.

그런 의미에서 대개의 부모들은 자신의 자녀가 연애를 한다거나 결혼을 할 경우 며느리가 될 사람이나 사위가 될 사람이 근본이 있는 사람인가를 가장 먼저 따진다. 부모가 있는지, 무엇하는 사람인지, 가정교육은 잘 받았는지, 제대로 된 가정에서 제대로 된 교육을 받고 제대로 된 인간으로서의 윤리나 도덕관을 갖춘 사람인지를 확인하려는 것이다. 물론 싹을 뜯어 먹힌 콩모종이 자라듯이 불우한 환경에서도 건강하게 잘 자란이도 있겠지만, 튼실한 뿌리를 갖춘 모종이 옮겨 심은 땅에 잘 적응하고 잘 자라는 것처럼 건전한 교육을 받고 건강한 사고방식을 갖춘 사람이라야 남녀를 불문하고 결혼이라는 새로운 환경에 잘 적응하고 온전한 가정을 이루어 나갈 수 있을 것이기 때문이다.

요즘 친부모 · 계부모를 막론하고 어린이 학대사건이 꼬리를 물고 일어나서 사회적 파장을 일으키는 것도 그 근원을 파고 들어가면 그 당사자들의 뿌리인 정신세계가 병들어 있는 것을 볼 수 있다. 실제로 살펴보면 그런 이들의 자라 온 환경과 교육이 제대로 된 정신세계를 만들어 주지 못한 탓이다. 인간으로서 갖춰야 하는 생명에 대한 기본적인 존중과 윤리관이 결여되어 있고 더 나아가 부모로서 갖춰야 하는 자식에 대한 애착과 자애심을 갖추지 못한 탓에 끔찍한 학대와 살해를 자행하는 것이다.

뿌리가 튼튼하지 못한 식물이 병이 쉽게 들고 열매를 제대로 맺지 못하는 것처럼 사람도 정신이라는 뿌리가 튼튼하지 못하면 제대로 사람 구실을 하지 못하는 것이다. 따라서 어떤 이가 아무리 높은 학력이나 많은 지식을 가졌다 하더라도 바르고 건강한 정신이 뒷받침되어야만 온전한 인간으로서의 삶을 영위할 수 있는 것이라고 나는 생각한다.

시들시들 죽어 가는 베란다의 치자나무에 금방 떠 온 약수를 부어 준다. 아무쪼록 잘라 버린 뿌리 대신에 새 뿌리가 돋아나기를 희망하면서….

#

‘용감’에 대하여

바야흐로 선거철이다. 선거철만 되면 어디서 무엇을 하던 사람들인지 천방지축 불을 본 불나방처럼 선거판에 뛰어드는 이들을 보면 참 용감하다는 느낌이 먼저 든다. 사람마다 ‘용감’에 대한 정의는 다를 수 있겠지만 한 도시의, 더 나아가 한 나라의 명운을 좌지우지할 수 있는 엄청나게 큰일에 겁도 없이 뛰어들겠다는 이들을 보면 그들의 용맹함에 어이가 없을 때도 있다.

아울러 용감이란 무엇인가 하는 생각을 하게 된다. 무언가를 하기 위하여 혹은 누군가를 위하여 자신의 이익이나 안위를 관계치 않고 뛰어드는 것? 사전에는 ‘용기가 있어 사물에 임하여 과감함’이라 쓰여 있다. 그다음 용기란 ‘씩씩한 의기, 사물을 겁내지 않는 기개’라 쓰여 있다.

하지만 그 일에 대한 자신의 자질이나 능력에 대한 객관적인 검증이나 심사숙고하는 성찰 없이 무조건 할 수 있다는 자신감만으로 뛰어드는 건 뭐라고 해야 하나, 얼른 단어가 생각나지 않는다.

지난번 일본의 대지진으로 원자력 발전소가 폭발할 위기에 처하자 생명을 잃을지도 모르는 방사능 오염의 위험을 무릅쓰고 뛰어들어 발전소를 위기에서 지켜 낸 사람들의 이야기는 우리나라 사람들이 아닌데도 울컥 눈물이 맺히도록 감동적이었다.

용감이란 이렇게 위험한 줄 알면서도 그것을 무릅쓰고 더 큰 위험을 막아 내기 위함이나 위험에 빠진 생명을 구해 내기 위해 뛰어드는 용기가 아닐까. 일본 유학 중 철로에 떨어진 사람을 구하기 위해 뛰어든 이수연 씨 이야기나 서울지하철에 근무하는 역무원이 달려오는 기차에 뛰어들어 사람을 구하는 용기 같은 그런 거 말이다.

무식하면 용맹하다는 말도 있다. 길을 가다 보면 유행을 따르느라 자신의 나이나 체격, 외모에 어울리지 않는 옷차림을 한 청소년을 볼 때도 있고 어떤 의미인지도 모르고 친구끼리 욕을 해대는 청소년을 볼 수 있다. 젊음 특유의 자신감과 패기가 원인일 때도 있지만 대개의 젊음은 자신을 아직 잘 모르는 시기다. 자신을 잘 모르면 용맹하다는 게 내 지론이다.

젊은 날의 나는 정말 나 자신을 잘 몰랐던 것 같다. 책에서 읽은 얕은 지식을 믿고 친구들 앞에서 그것을 알고 있는 척 우쭐댔던 것도 지금 와서 생각하면 무지하기에 가능했던 일이요, 어떤 일에 망설임 없이 뛰어들었던 것도 내 능력을 제대로 가늠하지 못했던 무지였고, 약관의 나이에 망설임 없이 입었던 대담한 옷차림조차도 내 자신을 제대로 모르는 무지에서 출발했던 것 같다.

솔직히 말하지만 나는 키도 작은 편이지만 팔다리도 짧고 별로 안 예쁘다. 예쁘기는커녕 짓궂은 어른들이나 친구들로부터 종아리가 축구선수 다리 같다느니 고등어 같다느니 하는 말을 들었었다. 그런데도 처녀적 나는 아무 거리낌 없이 그때 한창 유행하던 미니스커트와 핫팬츠라는 아주 짧은 바지를 곧잘 입었었다.

지금 시대와 달리 그때는 아가씨들이 유행이라고 해도 그렇게 선불리 노출이 심한 옷차림은 많이 안 했었다. 사회적인 분위기도 보수적이어서 남자들의 장발과 여자들의 스커트 길이를 경찰들이 자를 들고 다니며 단속할 정도였다. 해서 비교적 자유분방한 성격이나 용감하지 않으면 그렇게 짧은 옷은 안 입는 편이었는데 나는 곧잘 그런 옷을 입고 거리를 활보하곤 했었다.

지금은 나이가 어지간히 먹은 여자들도 무릎 위로 한참 올라간 스커트나 반바지를 입고 다녀서 이제 치마나 바지의 길이는 언급할 가치조차 없게 되었다. 하지만 옷이 추위나 더위로부터 피부를 보호해 주는 역할 외에 그 사람의 아름다움을 돋보이게 해 주는 것이라면 적당히 어울리게 입어야 할 것이다. 가끔 유행을 따르느라 자신의 체격이 가지고 있는 단점을 오히려 드러나게 하는 옷차림의 청소년을 보면 옛날 그 시절의 나를 보는 것 같다.

〈용감한 사람들〉이라는 개그 프로가 요즘 인기다. 그 프로에 나오는 개그맨들의 주가가 대단해서 그들이 모델로 나오는 광고도 많다. 왜 그렇게 사람들이 좋아할까?

사회적인 이슈나 남녀 간의 문제 혹은 자신의 인사권에 막대한 영향을 미치는 직장 상사에 대한 험담 같은, 사람들이 차마 대 놓고 하지 못하는 말을 하는 개그 프로가 인기가 있는 건 보통 사람들의 마음을 대변해 줘서일 것이다. 그것은 자신에게 불이익이 올까 봐 혹은 용기가 없어서 꼭 하고 싶은 말도 제대로 못하고 사는 사람들이 많다는 반증일지도 모른다.

자신이 하고 싶은 걸 하기 위해 기존의 어떤 것들을 과감히 버리고 떠나는 사람들도 용감한 사람들이다. 우리나라의 근현대사를 보면 앞서 살았던 여인들 중 참으로 용감한 이들이 여럿이다. 일제의 압제에 맞서 나라의 독립운동을 이끌었던 여류 독립투사들은 말할 것도 없고, 여성에게 사회적인 제약이 많았던 그 시절 화가 나혜석이나 작가 전혜린 같은 이들의 행적을 보면 같은 여자로서 감탄을 한다.

자신이 원하던 삶과 사랑의 쟁취를 위해 그 시대에는 있을 수도 없었던 결혼 계약서라는 걸 쓰고 사랑을 위해 자신에게 보장된 생활을 과감하게 버릴 수 있는 용기는 보통 여자들은 도저히 가질 수 없는 것이다. 안타깝게도 그들의 시대를 앞서간 용기는 그들의 인생을 파멸로 몰아가는 단초가 되기도 했지만, 시대를 관통하는 문화와 관습과 전통은 어느 정도 그런 용기 있는 이들에 의하여 변화되고 발전되고 더 나아가 인류의 인권과 여성의 지위를 높일 수 있었을 것이다.

용감은 어떤 종류의 것이냐에 따라 결과가 판이하게 나온다. 한 나라의 존립이나 독립을 위하여 자신의 안위는 물론 생명까지 버리기를 개의치 않았던 지사나 투사들의 용감은 한 민족의 명맥을 이어가게 한다. 죽어 가는 사람을 위하여 몸을 던지는 용감은 사람을 살리거나 인간의 의기를 기억하게 한다.

○

하지만 자신의 역량과 자질을 모르고 국가의 운영에 뛰어드는 용감은 한 도시나 한 나라의 기반을 흔들리게 하고 국민의 안전과 안녕을 헤치게 된다. 바라건대 아무쪼록 작든 크든 국가의 운영을 맡고 싶은 사람들은 선거판에 뛰어드는 용감함에 앞서 자신의 역량을 점검할 줄 아는 현명함과 지혜를 갖추었으면 좋겠다.

○

#

안전 불감증

언젠가 십여 년도 더 지난 일이다. 지인들과 점심을 먹고 헤어지는 길이었다. 집으로 돌아가는 버스를 기다리느라 길가에 서 있는데 어디선가 갑자기 '펑' 하는 굉음이 들리더니 저만치서 달려오고 있던 감청색 승용차가 미끄러지듯 한쪽으로 쏠리며 인도 쪽으로 돌진했다. 순간 아뿔싸, 길가에서 쓰레기를 줍고 있던 미화원 아저씨의 엉덩이를 들이받았다. 그런데 하필이면 길가에 박혀 있던 화강암으로 된 가로 세로 십 센티 정도의 도로표지석에 아저씨의 이마가 부딪혀 순식간에 아저씨의 이마에서 피가 쏟아졌다.

때마침 지나가던 택시가 서더니 운전기사가 내려 재빨리 아저씨를 병원에 데려간다며 싣고 갔다. 사고를 낸 승용차는 길가에 멈춰 있는데 운전을 했던 중년의 남자가 차에서 내려 아무 말도 없이 얼빠진 얼굴로 담배를 피워 물고 곧이어 경찰차가 오는 걸 보고 나는 버스를 타고 귀가 했다. 그날 내 눈앞에서 불과 몇 분 동안에 벌어진 그 사건이 오래도록 내 기억에서 지워지지 않는 건 미화원 아저씨의 생사가 걱정되기도 하고, 사고 자체가 너무나 어처구니없는 일로 일어났다고 생각하기 때문이다.

말하자면 작은 부주의가 엄청난 불행을 부른 것이다. 과속을 한 것도 아니요 운전을 잘못한 것도 아닌데 차의 타이어가 너무 낡아서 도로에 있는 작은 돌출물에 쉽게 터져 버린 탓이었다. 한마디로 제때에 타이어를 갈아 끼워야 되는 걸 괜찮겠지 방심하고 안전점검을 안 해서 생긴 안전 불감증 사고였다.

그리고 오늘 우리 집 꼬마 강빈이를 유치원에 데려다주고 오는 길이었다. 이차선 도로를 달리는 내 차 옆을 스치듯 달려가던 일차선의 노란색 어린이집 차가 오른쪽 깜빡이를 넣기에 마침 신호등 앞 정지선이 얼마 남지 않은 거리라 속도를 줄이고 서행을 했다. 노란 차가 내 차의 앞쪽으로 들어올 시간을 주기 위해서다.

그런데 우측으로 들어오려던 차가 멈칫하더니 다시 좌측으로 돌리려는지 앞바퀴를 돌리는 것 같았다. 그 순간 그 차의 오른쪽 앞바퀴가 옆으로 쏙 빠져나오면서 차가 오른쪽으로 기울어졌다. 내 차 앞을 비스듬히 막고 멈춰 섰기에 망정이지, 까딱했으면 내 차와 부딪칠 뻔했는데 간신히 모면은 했다. 앞차가 안전하게 차선 변경을 하도록 기다리고 있기를 정말 잘했다.

순식간에 내 눈앞에서 벌어진 일이라 놀라기도 했지만 어떻게 달리던 차의 바퀴가 갑자기 빠질 수 있는지 너무나 어이가 없고 황당했다. 다행히 차에 큰 충격은 가지 않은 듯싶은데 앞차 운전자가 내려서 어리둥절한 표정으로 자기 차의 빠진 앞바퀴를 들여다본다. 차에 타고 있을 어린이들은 어떤지? 천만다행으로 차가 서행 중에 생긴 일이라 큰 충격은 없었겠지만 아이들이 많이 놀랐을 것 같다.

창문을 내리고 운전자에게 도와줄 건 없냐고 물었더니 괜찮다며 그냥 가라는 손짓을 한다. 그래도 운전자가 젊은 남자인데다 어디론가 전화를 하는 걸 보니 적절한 조처를 하는 모양이다. 때맞춰 신호가 바뀌어서 그 곁을 스쳐 지나오며 뒤미처 달려오는 차들을 어찌할지? 도로 한복판에서 멈춰 버린 그 차에 더 이상 다른 피해 없이 빨리 수습이 돼야 될 텐데 하는 걱정과 염려가 집에 도착해서도 계속된다.

며칠째 계속되는 여객선 조난사고 현장을 보도하는 뉴스를 차마 볼 수가 없다. 가슴이 답답하고 심장이 타들어 가고 저절로 눈물이 앞을 가린다. 어찌하나, 아직 피어 보지도 못한 아이들의 생목숨이 이렇게 가야 하다니…. 아이를 잃어버린 그 부모들은 이제 어찌 살까. 전혀 남남인 내가 이럴진대 그 사건과 연관된 가족들의 애타는 심정은 말로 표현할 수도 없을 것이다.

어떻게 이런 일이 있을 수가 있는지? 배가 바닷속으로 완전히 가라앉은 것도 아니요, 육지에서 그리 멀지도 않은 근해에서 일어난 사고로 그렇게 많은 사람들이 죽다니…. 온 나라가 초상집이 된 느낌이다.

더구나 계속 이어지는 사건의 진실을 알면 알수록 울분과 함께 탄식이 절로 나온다. 돈에 눈이 멀어 배의 평형을 유지하는 부분을 없애고 화물칸을 만든 선박회사 사람들의 행태도 기가 막히지만, 사람의 목숨이 위태로운 줄 뻔히 알면서도 그런 위법행위를 묵인하고 있었던 관계기관원들이 너무나 밉고 야속하다.

더욱 기가 막힌 것은 배의 운행과 안전을 책임지고 있던 선장과 선원들의 행태다. 배에 타고 있던 사람들을 구조할 수 있는 충분한 시간이 있었음에도 불구하고 승객들에겐 퇴선 안내방송조차 없이 자신들만 빠져나오다니 천만인이 공노할 일이다. 특히 필요하면 배 안에서 사법권까지 행사할 수 있는 막중한 권한을 가진 배의 총책임자였던 선장이 위급한 순간에 수많은 어린 학생들을 나 몰라라 하고 도망쳤다니 통탄할 일이다. 어른들의 말을 믿고 따르라는 교육을 받은 아이들이 침몰하는 배 속에서 느꼈을 분노와 한을 어떻게 짐작이나 할 수 있을까?

그동안 우리나라는 문명도 문화도 앞서가는 선진국 대열에 들어섰다고 자부하면서 해외로 여행을 나갈 때마다 느꼈던 내 나라, 우리나라에 대한 자긍심과 자랑스러움이 한순간에 다 무너져 내리는 듯하다. 가끔 더러더러 신문과 방송을 통해 안전 불감증으로 인한 대형 사고를 보면서도 우리나라가 그렇게 형편없는 나라라고 생각해본 적은 없다. '어쩌다 미꾸라지 한 마리가 개울물을 흐려 놓는 격이려니' 그 정도로 치부하곤 했었다.

그런데 이번 세월호 사건을 보면서 그게 아닌 것 같다. 미꾸라지 한 마리 정도가 아니라 수천수만 마리의 미꾸라지가 나라의 중요한 강은 다 흐려 놓고 있다는 생각이 든다. 다른 건 몰라도 이 기회에

잘못된 관행이나 부정부패를 척결해야 한다. 특히 사람의 목숨에 관계된 안전 불감증을 뿌리 뽑을 수 있는 특단의 조치가 내려져서 두 번 다시 안전 불감증으로 인한 가슴 아픈 사고가 일어나는 일이 없어야 할 것이다.

미안하고 부끄럽고 어리석은 어른들이 개과천선했다고 말할 수 있어야 된다. 그리하여 하루빨리 자라나는 청소년들에게 우리나라 좋은 나라, 안전한 나라라는 자부심을 느끼게 해 줄 수 있어야 된다.

#

도둑

초대하지 않은 손님이 집에 왔다 갔다. 그냥 왔다 간 게 아니라 우리식구가 아무도 없을 때 번호키가 붙은 강철로 된 현관문을 빠루라는 도구로 강제로 열고 들어와 안방을 뒤져서 고이 모셔 놨던 패물함을 뒤집어 값나가는 것만 가지고 가 버렸다. 다행인 것은 카메라며 휴대용 컴퓨터 같은 전자제품은 하나도 안 가지고 갔다는 거다. 대낮에 불과 사십 분 정도 집을 비운 결과다.

신고를 받은 경찰관이 와서 족적을 뜨고 지문을 채취하면서 전문가들의 소행이라고 한다. 전국을 돌며 빠루로 현관문을 뜯고 도둑질을 하는 일당인데, 요즘 전문 도둑들은 전자제품은 안 가져가고 금붙이나 현금만 가져간단다. 대개 이 인 일 조로 한 사람은 망을 보고 한 사람이 들어와서 범행을 한다는 것이다. 며칠 전부터 사전답사를 하고 사람들이 나가는 것을 지켜보다가 들어왔을 거란다. 건너편에 정자가 있는 우리 집이 망보기가 좋은 위치에 있어서 당한 것 같다며 대개 이런 식으로 도둑맞은 물건은 찾기가 어렵다고 한다.

가만히 헤아려 보니 내가 결혼을 하고 살아오면서 맞은 네 번째 도둑이다. 첫 번째는 지금도 궁금증이 풀리지 않는 사건으로, 서랍 속에 넣어 두었던 돈이 든 월급봉투와 수수 알처럼 작은 빨간 루비알이 다섯 개씩 박힌 쌍가락지만 감쪽같이 없어진 거다.

방 안을 뒤진 흔적도 없이 그것만 달랑 없어진 것을 보며 그날 우리 집에 놀러 와서 차를 마시고 월급봉투와 반지를 그 서랍에 넣는 걸 보고 내가 외출할 때 돌아간 이가 의심스러웠지만 내색도 못했었다. 심증만 있을 뿐 물증이 없는데다 친척처럼 가깝게 지내던 이라 그때까지의 좋은 관계를 해칠까 봐 벙어리 냉가슴만 앓고 말았던 기억이 있다. 그 루비반지는 내가 가지고 있던 유일한 반지인데다 친정엄마가 물려주신 것이어서 두고두고 생각이 났었다.

두 번째는 분명히 범인을 알 수 있는 사건이었다. 젊어서부터 남편은 자신이 좋아하는 취미생활에 몰두했었는데 사람을 좋아하는 남편 덕분에 우리 집엔 같은 취미를 가진 젊은이들이 자주 놀러 오곤 했었다. 그날 마침 여름 보너스를 받은 남편이 선심을 써서 온 가족이 휴가를 가자고 꽤 많은 현금을 내게 줬다. 그때까지 대체로 보너스는 남편의 취미생활에 다 들어가는 게 우리 집의 상례라 그 돈을 받고 몹시 기뻐하고 있는데, 마침 동호인 후배 부부가 놀러 왔다.

손님이 왔기에 돈을 안방 화장대 위에 놓아두고 거실에 있는 그들에게 다과를 내고 취미생활에 대하여 한참 대화를 나누었다. 그런데 웃고 떠들던 그들이 간 뒤 안방에 들어가 화장대 위를 봤더니 돈이 없어진 거다. 이야기 도중 후배의 부인이 거울 좀 보겠다고 안방에 들어갔다 나온 거 외에는 아무도 그 방엘 들어간 적이 없는데 말이다.

부질없는 짓이라는 걸 알면서도 돌아간 후배의 집을 찾아가 혹시 안방에 들어갔을 때 화장대 위의 돈을 못 보았느냐고 물어보았지만 못 봤다는 대답만 들었다. 현장에서 잡질 못했으니 경찰에 신고해 보았자 소용도 없을 것 같고, 그즈음 그들의 생활이 어렵다는 걸 알고 있었기에 도운 셈 치라는 남편의 말을 듣고 잊기로 했지만 모처럼 가려던 휴가비가 없어진 것이 너무나 황당하고 아까워서 속이 많이 상했었다.

그 후 수년이 지난 뒤, 다른 도시로 이사를 가서 소식이 없던 그 후배가 어느 날 찾아와서 작은 상자를 내밀었다. 보석 가공회사에 근무하고 있다며 그가 나에게 준 선물은 새끼손톱보다 조금 작은 빨간 루비 한 알이었다. 너무나 뜻밖이었지만 그것을 받는 순간 그 후배의 마음을 알 것 같아 아무 말 없이 받아들였다. 그 루비는 십팔금으로 세공을 해 반지로 만들어서 지금도 간직하고 있다.

세 번째는 해양대학을 나와 외항선을 타던 동생이 귀국길에 사 온 대형 카세트였다. 지금이야 아무것도 아니지만 칠팔십 년대만 해도 노래 테이프가 돌아가고 라디오가 나오는 카세트는 상당히 큰 재산이었다. 동생이 큰맘 먹고 사다 준 데다 값도 꽤 나가는 것이라 애지중지하며 쓰고 있었는데, 어느 날 찬거리를 사러 시장에 나갔다 왔더니 대문과 방문이 열려 있고 카세트가 없어진 거다. 경찰에 신고를 했지만 찾는 걸 기대하지 말라는 순경 아저씨의 말대로 흐지부지 넘어가고 말았다. 그러고 보니 우리 집은 네 번의 도둑을 다 대낮에 맞은 셈이다.

도둑질을 하는 원인과 이유도 시대와 환경에 따라 달라지는 걸까? 살림살이가 고만고만한 정겨운 이웃들과 살던 나의 어린 시절은 도둑에 대한 기억이 별로 없고 가장 먼저 도둑의 존재에 대해서 알게 된 것은 책을 통해서다. 하지만 내가 읽었던 책 속의 도둑들은 그들의 사연을 들으면 분명 나쁜 짓이지만 일면 이해가 가기도 할 만큼 가난하고 당장 끼니를 잇질 못해서 도둑질이라도 해야만 목숨을 부지할 정도였다.

가장 감명 깊게 읽었던 프랑스의 작가 빅토르위고의 소설『레미제라블』에 나오는 장발장의 도둑질은 나쁜 짓이라는 생각보다는 굶고 있는 가족들을 위해 어쩔 수 없다는 동정심이 더 들었었다. 그것을 알고 있기에 인정 많은 주교님이 경찰에게 잡혀 온 장발장의 죄를 덮어 주려 한 것이라고 어린 소견에도 생각했었다.

그런데 요즘 굶어 죽게 생겨서 도둑질을 했다는 이야기는 별로 못 들어 봤다. 현금이나 금품을 훔치는 전문적인 도둑이야 옛날부터 있는 일이겠지만, 명품에 대한 동경이나 생리 중 충동에 의한 도둑질은 시대적인 병폐가 아닌가 싶기도 하다.

지방의회의원인 여성이 백화점에서 도둑질을 하다 잡혔다는 뉴스, 백화점을 돌며 상습적으로 자잘한 물건을 도둑질해 온 여성이 가택수색 중에 창밖으로 몸을 던져 자살을 해버린 뉴스를 들으면 도저히 이해가 되지 않는다. 지방의회의원쯤 될 정도라면 나름대로 자신의 가치관이나 인생관이 뚜렷하게 정립됐을 거고 자신의 처신에 대한 좌우명쯤은 있을 텐데 그런 어리석은 행동을 한다는 것이 납득이 안 되고, 자신의 도벽으로 가택수색을 당하는 게 죽을 만치 수치스러운 것을 느끼는 사람이라면 그동안 상습적으로 도둑질을 해오면서 여러 번 입건을 당했다는데 되풀이해서 잘못을 저질러야 했는지 참으로 안타깝다.

하기는 물건을 훔치는 도둑만 도둑이겠는가! 국민의 세금으로 만든 나랏돈을 헛되이 쓰는 것, 자신의 지위를 이용해서 뇌물을 받아먹는 것, 법과 규정대로 물자를 쓰지 않고 날림으로 짓는 공사 등등 따지고 보면 더 큰 도둑들이 횡행하고 있는 세상이다. 주기적으로 되풀이되는 도둑질도 있다. 대통령의 임기가 끝나 가는 즈음이면 날마다 신문과 방송을 색칠하는 대통령의 친인척비리 사건이다. '설마, 이번에는 아니겠지'가 점점 비리의 액수도 인원도 많아지는 걸 보며 우리나라는 언제쯤이나 진실로 청렴하고 존경할 수 있는 지도자를 만날 수 있으려나? 희망이 안 보인다.

문득 이번에 우리 집 물건을 훔쳐 간 도둑들이 안 됐다는 생각이 든다. 진짜라고 생각하고 훔쳐 갔을 물건의 상당수가 그저 액세서리에 불과한 모조품일 테니 확인해 보고 마음이 많이 상하지는 않았을까? 괜히 헛수고했다는 생각이 든다면 '에이, 다시는 이따위 도둑질은 안 해야지' 하는 마음으로 바뀌지는 않을까?

옛말에 마음을 훔치는 도둑과 재물을 훔치는 도둑이 있다고 했는데, 기왕이면 그들이 누군가의 마음을 훔치는 도둑이 되었으면 좋겠다는 바보 같은 생각을 해 본다.

○

#

격세지감

강경에 있는 등기소엘 다녀오는 길이다. 사는 집에서 십여 킬로 정도 떨어진 토지에 지은 작은 건축물의 보존등기 신청을 하러 등기소엘 갔었다. 미리 준비해야 할 서류를 전화로 알아보고 잘 챙겨서 가지고 가건마는 등기소로 향하는 내 마음은 조금 무거우면서도 불안했다. 법무사를 통하지 않고서도 잘할 수 있을지?

십여 년 전 인접해 있는 토지의 합병등기를 직접 하러 갔다가 겪었던 수모랄까 당황스러움이 상기되어서다. 엄숙하다 못해 근엄하기까지 했던 등기소 내의 분위기, 등기접수 방법을 묻는 내게 전문법무사를 통해서 해야지 왜 직접 하려느냐는 투로 두 번 묻기가 어려울 정도로 퉁명스러웠던 담당직원의 말투, 인지대를 내기 위해 접수창구를 찾아 헤맸던 그날의 어려움이 되살아났다.

등기소의 위치는 법원 건물 내의 십여 년 전 그 자리 그대로였다. 첫눈에 들어온 것은 사무실에 근무하는 직원의 성별이 예전에 비해 남자보다 여자가 훨씬 더 많아진 점이다. 그래서인지 사무실 내에

감도는 분위기가 왠지 모르게 부드러워진 느낌이 들었다. 조심스럽게 가지고 간 서류를 창구에 내밀며 건축물 보존등기를 하려고 한다는 말을 했다. 접수를 받는 직원은 남자였는데 잠깐만 기다리시라고 하더니 컴퓨터를 눌러 무언가를 프린트해 냈다. 그것은 보존등기 신청서류 양식인데 각 항목마다 어떤 식으로 써야 하는지, 상세하게 예를 들어 쓰여 있었지만 직원은 자신이 일일이 설명을 해 주며 그렇게 쓰면 된다고 친절하게 말해 주었다. 수수료에 대해서도 얼마가 나올 것인지 미리 말해 주고 수수료를 내는 곳을 상세하게 가르쳐 주었다.

예상했던 것보다 너무나 쉽게 접수가 완료되었을 때 담당직원이 물었다. 등기필 통지서를 직접 와서 찾아갈 것인지 아니면 우편으로 받고 싶은지, 만일 우편으로 받고 싶으면 등기소 전용 봉투에 주소를 써 놓고 삼천 원의 우편료를 내면 일주일 안에 집으로 우송이 될 거란다. "와! 정말 편리하고 좋은 제도가 있네요." 내 입에서 저절로 탄성이 터져 나왔다. 유쾌하게 일을 끝내고 등기소를 나와서 차에 있는 시계를 보니 보존등기 접수에 걸린 시간은 불과 십오 분 정도밖에 안 됐다.

돌아오는 길, 부담스러웠던 일을 잘 처리했다는 안도감과 함께 무어라 표현하기는 어렵지만 기분이 매우 좋다. 별로 기대하지 않고 찾아간 지인에게서 기대 이상의 대접을 잘 받아서 마음이 흡족한 느낌이 이렇지 않을까 싶다.

세월 따라 많은 것이 변했다는 걸 매일매일 실감하고 사는 요즈음이다. 시청이나 세무서를 가 봐도 민원담당직원들이 얼마나 친절하고 자상하게 안내를 해 주는지 어지간한 사무는 개인이 직접 서류를 작성해서 처리하기가 편리해졌다.

봉건적인 왕조시대를 거쳐 일제의 압제 밑에서 살았던 잔재 때문인지는 몰라도 그동안 우리 같은 서민들에겐 법원이나 경찰서를 가는 일은 물론이고 관청이라는 델 들어가는 것은 괜스레 부담스럽고 미리 주눅이 드는 일이었다. 그만큼 예전 관청의 분위기는 위압적이고 그곳에서 근무하는 공무원들은 권위적이었다. 오죽하면 죄의 유무와 상관없이 죄인같이 되는 법원이나 경찰서는 일생 동안 한 번도 안 가고 사는 게 좋다는 말도 있었겠는가 말이다.

여전히 관공서에 따라 혹은 근무하는 담당자의 자질에 따라 다르긴 하지만 달라져도 많이 달라졌다. 하긴 요즘같이 인터넷이 발달하고 하루가 다르게 개인의 정보통신능력이 좋아지는 세상에 공공기관이 구태의연하게 권위주의적이어서는 안 될 것이고, 일반인들의 지식수준이나 의식 또한 많이 달라져서 모든 것에 당당해지긴 했다.

그러나 지나침은 모자람만 못하다는 말이 있듯 요즘 경찰이나 관청에 대한 일부 시민들의 몰지각한 행위들을 심심찮게 볼 수 있다. 술에 취해 경찰관에게 행패를 부리는 것은 다반사요, 심지어 민원을 빨리 해결해 주지 않는다고 트럭을 몰고 정부청사로 돌진하지를 않나, 공권력이 땅에 떨어지는 일이 자주 매스컴을 통해 알려진다. 시청에 근무하는 지인의 이야기를 들어 보면 국가에서 주는 생활보호비를 받는 대상자들도 자신이 원하는 것을 빨리 안 해 준다고 복지

관련 공무원에게 호통을 치는 일이 비일비재하다니 참으로 문제다.

공권력의 권위를 무시하는 건 대단히 위험한 일이다. 국가의 공권력이란 양날의 칼과 같아서 때로 국민을 옭죄는 올가미가 될 수도 있지만, 더 큰 역할은 국민을 보호하는 울타리가 되는 것이니 말이다. 그러니 국가의 기반을 이루는 공권력의 권위가 떨어지면 결국 국민인 우리들에게 무슨 일이 있을 때 공권력의 보호를 받을 수 없는 지경이 될지도 모른다. 자신이 권위를 인정해 주지 않는 공권력은 또 다른 누군가 또한 권위를 인정해 주지 않을 테니 말이다.

따라서 우리 스스로 우리 정부의 공권력을 무시하고 짓밟는 몰지각한 짓은 하지 말아야 된다. 그런 일이 많아진다면 실제로 치안이 불안전한 지구상의 여러 나라들처럼 언젠가 우리 사회도 공권력에 의지할 수 없게 될지도 모른다.

미국이나 서구의 우리나라보다 민주주의가 훨씬 발달된 선진국의 국민들이 공권력에 대한 권위만은 절대 존중해 주는 것도 스스로 자신들의 권익을 보호받기 위해서일 것이다. 자유가 지나쳐 방종이 되면 스스로 자신의 인생을 망칠 수 있듯이 자신의 인권을 위한 법적인 적당한 대응력은 좋지만 사회적 약속인 법의 테두리를 벗어난 공권력에 대한 무시는 우리 자신들의 발등을 찍는 자해가 될 수도 있다는 것을 우리 모두 알았으면 좋겠다.

#

옥에 티

TV 저녁 뉴스 시간이다. 아파트 13층의 한 집에서 새빨간 불길이 맹렬하게 타오르는 화면이 나온다. 암흑 속을 소방관들이 플래시를 비춰 가며 불길 속으로 들어가는 장면이 나오고 뒤이어 그 집에 있던 노인을 구해 냈다는 아나운서의 설명이다. 어찌나 불길이 거센지 노인을 구출해 낸 소방관들이 입은 방재복과 안전헬멧이 불에 그슬리고 소방관 한 사람은 목에 2도 화상을 입었다는 내용이다.

이 정도의 사건은 우리나라 소방관들이 하는 일 중 구우일모(九牛一毛)라는 고사성어처럼 많고 많은 소털 중에 한 가닥밖에 안 될 정도라는 걸 알고 있다. 우리 집만 하더라도 119소방대원들의 도움을 받은 게 한두 번이 아니다.

삼 층 단독주택인 우리 집은 부근에 공터가 많고 공원이 있어서인지 말벌이 집을 잘 짓는다. 꿀벌도 아닌 말벌집이라 무섭기도 하고 이 층 창문 곁이나 꽤 높은 곳에 집을 짓는 녀석들을 퇴치할 때마다 119에 전화를 해서 도움을 받았고, 재작년 정월 대보름에도 소방대원들의 신세를 진 적이 있다.

대보름이라고 오랜만에 모인 식구들이 둘러앉아 윷놀이를 하고 있었는데 남자팀 여자팀으로 편을 갈라 한참 신나게 윷을 던지던 아들이 갑자기 허리를 삐끗했는지 통증을 호소하면서 전혀 운신을 못하는 게 아닌가. 178센티의 키에 100킬로가 되는 거구의 아들이 허리가 아파서 꼼짝을 못하고 있는데 제일 먼저 생각나는 게 119였다. 다행히 바로 달려와 준 소방대원들의 도움으로 종합병원 응급실로 데려가 치료를 받고 아들은 다음 날 무사히 회사에 출근할 수 있었다.

그런데 얼마 전 또 한 번 신세를 질 뻔한 일이 있었다. 날씨가 따뜻한 봄날이라고 딸 내외랑 탑정저수지로 아이들을 데리고 놀러 나갔다. 새로 단장한 저수지 둑에서 일곱 살배기 아들과 달리기 놀이를 하던 사위가 신고 있던 운동화가 벗겨지면서 뒤로 넘어져 큰 대자로 뻗어 버렸다. 보고 있던 식구들이 놀라서 달려갔더니 뒤통수가 깨졌는지 머리에서 피가 흐르고 정신을 놓은 게 아닌가.

너무나 놀라서 어쩔 줄을 모르는 중에도 재빨리 119에 구조전화를 했다. 그런데 전화를 받는 사람이 현재 위치가 어디냐고 물어서 여기는 탑정저수지 수문 근처라고 말해도 잘 못 알아듣고 도리어 큰 소리로 말하지 말라고 윽박지르기나 하더니 전화를 끊고도 온다 간다 소식이 없다.

사람이 죽어 가는데 애간장은 타고 기다릴 수가 없어서 우리 차에다 식구들이 간신히 환자를 싣고 종합병원 응급실로 달려갔다. 온갖 검사를 하고 알파벳 와이자로 깨진 머리 뒤통수를 봉합하고 정신을 차린 사위는 일주일 만에 퇴원해서 나왔는데, 다행히 후유증은 없는 것 같다.

엊그제 모임이 있어 나간 자리에서 이런 얘기를 했더니 친구도 119 때문에 속상했던 얘기를 했다. 어느 날 남편과 둘이 뒷산에 올랐던 친구가 발목을 접질렸는데 꼼짝을 할 수가 없어서 119에 구조 신고를 했더니 한참이 지난 뒤에 소방대원 두 사람이 올라왔더란다. 그런데 분명히 발을 다쳐서 걸을 수가 없다고 했는데도 들것을 안 가지고 와서 친구의 남편과 소방대원들이 번갈아 가며 업고 내려왔는데 아주 불편했었다며 준비성이 부족하고 친절하지 않은 것 같다는 얘기였다. 하긴 재작년 아들을 도와 준 소방대원들도 세심하질 않아서 응급차에서 내리던 아들의 머리가 땅바닥으로 떨어져 까닥하면 뇌진탕을 일으킬 뻔하기도 했었다.

교포가 많이 살고 있는 미국의 소방서는 우리와 반대로 911이다. 미국에 살고 있는 동생네 말을 들으면, 미국에서 소방관들의 사회적 위상이 우리가 생각하는 것 이상으로 높다고 한다. 경제적인 대우도 높아서 911 소방대원들의 자부와 긍지가 대단하며 그만큼 국민을 위해 희생과 봉사를 아끼지 않는다고 한다.

물론 우리나라에서도 119 소방관들이 우리 사회에서 얼마나 많은 희생과 봉사를 하고 있는지는 초등학교 어린이들도 익히 알고 있다. 또한 소방관들의 노고와 희생에 비해 근로조건이나 대우가 그다지 좋지 않다는 뉴스도 접한 적이 있어서 하루빨리 경제적 처우 개선과 함께 사회적 위상이 높아져야 한다고 주장하는 사람이 나다.

하지만 이번 일로 그동안 119에 가지고 있던 감사와 애정의 농도가 많이 옅어졌다. 갑작스런 사고로 사람이 죽어 간다고 느끼는 신고자가 다급하고 숨 가쁘게 외치는 소리가 알아듣기에 나쁘다면 우선 신고자를 침착하도록 다독거리면서 정확하게 말하도록 유도를 하는 게 원칙이지 싶다. 그리고 일각이 여삼추로 느끼며 기다리고 있을 신고자에게 '도착할 수 있는 예정 시간' 같은 진행 상황을 알려주면 훨씬 도움이 되지 않을까.

일반 국민들에게 119는 생명줄 같은 곳이라고 나는 생각한다. 위급하거나 어려울 때 가장 먼저 생각나고 부를 수 있는 곳이 119라는 건 우리 모두가 그만큼 119를 믿고 의지하고 있다는 말이니 말이다. 열 번 잘하다가 한 번만 잘못해도 불평부터 하는 게 보통 사람들이니 소방관들도 할 말은 많겠지만, 위급한 상황에서 일을 당하는 입장에서는 그 열 번 중에 한 번이 전부가 된다는 걸 얘기하고 싶다.

옛말에 옥에도 티가 있다는 말이 있듯이 많은 일을 하다 보면 실수를 하거나 미처 챙기지 못할 수도 있다는 걸 알고 있다. 허나 119가 하는 일은 보통 일이 아니다. 국민의 건강과 생명과 재산을 구하고 지키는 막중한 일인 것이다. 그만치 단 한 가지의 일도 허투루 해서는 안 될 것이다.

#

갑이냐 을이냐

칠십 년대 초 십 년 가까이 근무했던 남편의 군대 생활을 끝내고 우리 세 식구가 정착한 곳은 서울 변두리의 달동네였다. 군 생활을 전역하면서 받은 얼마 안 되는 퇴직금에서 다시 취직이 될 때까지 견뎌 내야 할 생활비를 조금 남기고 남은 돈으로는 달동네의 방 한 칸을 겨우 얻을 수 있었다.

산동네로 올라가는 중턱쯤에 있는 그 집은 시멘트 블록에 슬레이트를 지붕에 얹고 있는 일자형인데 부엌과 방이 붙은 셋방이 둘이고 길가로 면한 쪽은 주인집으로 방 둘에 부엌과 가게를 가진 구조였다. 주인 내외는 오십대 초반으로 국수틀을 놓고 국수를 뽑아 파는 장사를 하고 있었다.

시멘트 블록으로 대충 지어진 건물은 옆방에 사는 사람들의 말소리가 들릴 정도로 벽이 얇았고 우리가 사는 방은 부엌을 통해서 방으로 들어가야 하는 구조였는데, 드나드는 문이 너무 작아서 결혼할 때 애써 마련한 호마이카 장롱을 방 안으로 들여놓을 수가 없었다.

할 수 없이 가구점에 가서 장롱을 오단짜리 서랍장으로 바꿔서 놓아야 했고, 방문 바로 앞에 있는 아궁이 때문에 연탄가스가 방으로 새어 들어와서 돌이 막 지난 딸아이와 내가 쓰러지는 일이 잦았다. 그렇게 열악한 환경의 집이었지만 서울이라는 도시에서 우리 식구가 등을 붙이고 살 수 있는 보금자리가 있다는 것만으로도 감지덕지하며 나날을 살아내는 일에 바빴다.

그런데 그 집에 산 지 육 개월쯤 지난 어느 날이었다. 갑작스런 주인아저씨의 호출로 마당에 불려나간 우리는 호되게 야단을 맞아야 했다. 인터넷이나 무선통신이 발달되지 않았던 그 시절 편지는 중요한 통신수단이었다. 달동네에 오는 우체부는 수취인 이름이 달라도 그 집에 사는 이들 우편물은 한꺼번에 주인집 가게에다 맡겨 놓고 갔었는데 그날은 주인아저씨가 우편물을 받은 것이다. 이유인즉 남편 앞으로 오는 편지봉투에 '달동네 몇 번지 ㅇㅇㅇ방 ㅇㅇㅇ귀하'라고 쓰여 있는 게 문제였다.

연세가 오십 대 초반쯤인 주인아저씨 말씀은 주소란에 마땅히 'ㅇㅇㅇ씨댁 ㅇㅇㅇ앞'이라고 써야 되는데, 편지를 보내는 우리가 배운 데 없이 'ㅇㅇㅇ방 ㅇㅇㅇ'이라고 써서 보내니까 그쪽에서도 그렇게 써서 보낸 것이란다. 어떻게 변명할 수도 없이, 일방적으로 '배운 데 없는 예의 없는 젊은 것들'이라는 호통을 다소곳이 듣고 방에 들어와서 셋방살이하는 서러움에 얼마나 울었는지 모른다.

불평등한 사회일수록 갑과 을의 관계는 많다. 대기업과 중소기업,

취조검사와 피의자, 종합병원의사와 환자, 채권자와 채무자, 사랑을 받는 자와 사랑을 구하는 자, 심지어 바람직한 인간을 만들기 위한 학문의 전당인 대학원에서조차 지도교수와 대학원생 간의 갑을 관계는 알 만한 사람들은 다 안다. 지성과 이성을 갖춘 최고의 인간을 만드는 가장 이상적인 장소에서도 말이다. 매스컴에서 자주 다루는 대기업과 중소기업 간의 불평등 계약이라든지 연예인지망생들이 맺는다는 세칭 노예계약서도 이쪽이 을의 위치에 있기 때문에 당하는 서러움과 고통이다.

갑이 되느냐 을이 되느냐도 여러 경우가 있는 것 같다. 권력을 잡은 자와 못 잡은 자, 돈이 있는 자와 없는 자, 힘이 있는 자와 없는 자 사이에 갑과 을의 관계가 형성되기도 하지만 더러는 양심이 없는 자와 양심이 있는 자, 도덕과 윤리를 생각 안 하는 자와 도덕과 윤리를 중요시하는 자 사이에 참으로 어이없는 갑과 을의 관계가 형성되기도 하는 것 같다. 인간으로서 가져야 할 기본적인 윤리와 도덕, 더 나아가 양심을 중요시하는 사람은 갑이 되기가 쉽지 않다.

내가 갑의 위치냐 을의 위치냐에 따라 달라지는 사람들의 근성은 부부 사이에서도 예외가 없는 것 같다. 상대가 쥔 줄의 힘이 내 것보다 약해 보일 때 가차 없이 내 쪽의 줄을 잡아당겨 상대를 쓰러뜨려 이겨 버린다. 그쪽이 가진 줄의 힘을 배려해서 상대가 갑자기 넘어지지 않도록 힘의 안배를 하는 경우는 극히 드문 게 인간들의 사회생활이다.

인생을 살다 보면 잘잘못에 따라 갑과 을이 되기도 한다. 그러나

돈에는 을의 위치를 갑의 위치로 바꿀 수 있는 위력이 있다. 돈을 받고 법정에 선 변호사는 사건의 진실보다는 돈을 준 수임자의 위치를 어떻게 하면 갑의 위치로 만들어 줄 것인가에 최선을 다한다.

갑은 을의 허리를 구부리게 만든다. 갑은 을의 코를 땅바닥에 닿을 수 있게 만들 수도 있다. 더 심하면 손을 대지 않고도 갑은 을의 심장을 멈출 수 있게도 만든다. 사람들은 상대가 갑이냐 을이냐에 따라 대하는 태도와 말씨가 달라진다.

가끔 자신이 갑인 줄 알고 상대에게 위압과 교만을 부리다가 거꾸로 되잡혀서 철저하게 을의 위치로 전락하는 사람도 있다. 청춘 남녀 사이도 그런 경우가 종종 있는데, 처음에 먼저 상대에게 반한 사람이 을의 위치처럼 상대가 원하는 것은 다 들어주거나 꼼작 못하고 복종하다시피 한다. 하지만 일정 기간이 지나거나 을의 사랑이 시들해지면 반대로 위치가 바뀌어서 갑이었던 쪽에서 결혼을 종용하거나 애걸복걸 떠나지 말아 달라고 애원하는 경우도 있는 것이다. 갈수록 늘어나고 있다는 황혼이혼도 어쩌면 한평생 을로서 살아야 했던 아내족이 평생 갑이었던 남편족에게 보내는 도전장인지도 모른다는 생각이 든다.

요즈음 신문지면을 가장 많이 장식하는 기사가 갑과 을의 관계에 대한 것이다. 여객기의 일등석 승객이 여승무원에게 폭언과 폭행을 해서 매스컴이 떠들썩하더니 일류회사의 임원이었다는 그 승객은 회사를 그만두어야 했고, 어느 제빵회사 회장이라는 이는 차를 옮겨 달라는 호텔종업원에게 폭언과 뺨을 때리는 어처구니없는 행동을 하더니 드디어는 회사를 폐업하기로 했단다.

연이어 내로라하는 유명업체들의 본사와 대리점의 불평등 관계가 도마에 오르는 등 봇물 터지듯 부적절한 갑을 관계가 까발려지고 있다. 아무리 고통스럽고 힘들어도 어쩔 수 없이 죽어지내야 했던 약자들의 꿈틀거림이 시작된 것이다. 대부분 갑이 저지르는 횡포와 그로 인해 받는 을의 고통과 눈물에 대한 이야기다.

사실 갑의 횡포와 상대적으로 받는 을의 고통은 어제 오늘 일이 아니고 먼 옛날부터 사람이 사는 사회에는 어디에나 존재해 왔다고 해도 과언이 아니다. 철저한 계급사회였던 왕조시대는 말할 것도 없고 대대로 우리 사회의 강자와 약자의 관계는 불평등의 연속이었다. 그런 갑의 횡포는 그동안 당연시 내지는 묵인되어 왔고, 을 쪽에서는 억울하고 분한 경우라도 어쩔 수 없이 견뎌 내야 하는 것이 사회적 통념이기도 했다.

그러나 이제 사회적 분위기와 함께 시대가 바뀌었고 따라서 사람들의 의식구조도 달라졌다는 걸 갑의 위치에 있는 이들이 알아야 될 때가 왔다. 을의 반란이 시작된 것이다. 하지만 알려지지 않는 또는 은폐되어 있는 을이 받아야 하는 불평등 관계는 얼마나 더 많을지 알 수 없는 일이다. 오죽하면 을의 입장에 있는 사원들이 노조를 결성해서 갑인 기업과 싸울 수 있는 사람들이 부럽다는 더 열악한 위치의 을들도 있다. 싸울 수 있는 용기조차 낼 수 없는 을도 있는 것이다.

분명한 것은 누구나 어느 순간 갑이 되기도 하고 을이 되기도 한다는 것을 많은 이들이 잊고 산다는 거다.

#

성삼문재

나는 가끔 그 길을 가 보고 싶어 한다. 논산시 가야곡면 소재지에서 맛좋은 왕주로 유명한 양조장을 지나 강청저수지를 끼고 양촌면 쪽으로 돌아 나가면 나오는 야트막한 언덕길, 언젠가부터 '성삼문재'라 불린다는 고개.

어느 누구의 손도 타지 않고 아무렇게 자란 소나무 몇 그루 무심하게 서 있고 봄이면 밟혀도 죽지 않는 질경이가 지천으로 돋아나는 곳, 날씨가 궂은 날이면 벌건 황토 흙이 신발에 묻어나는 곳, 별로 볼품이 있는 곳은 아니지만 올라서면 눈 아래로 햇볕 잘 드는 양촌골이 한눈에 들어오는 곳이다.

한약방에서 차전초라 불리는 질경이가 몸에 좋다고 해서 어느 해 봄에 친구랑 같이 질경이를 뜯으러 갔었다. 그때 그 언덕을 성삼문재라 부른다 해서 어떻게 해서 그리됐는지 궁금했었다.

이 몸이 죽어 가서 무엇이 될고 하니

봉래산 제일봉에 낙락장송 되었다가
백설이 만건곤할 제 독야청청하리라

이 시조는 오육십 대 사람이라면 초등학교 때 교과서에서 배운 기억이 있을 것이다. 고려 말의 충신 포은 정몽주의 「단심가」와 더불어 조선시대의 대표적인 충절을 노래하는 시조로 꼽혔던 매죽헌 성삼문의 시조다.

성삼문은 조선 세조 때 단종의 복위를 꾀하다 역적으로 몰려 죽은 사육신의 한 사람으로 조선시대 충절을 대표하는 인물이다. 기록에 의하면 성삼문(1418 ~ 1456)은 십여 세에 이미 문장이 뛰어나고 글씨를 잘 썼다. 1438년에 과거시험에 합격하여 벼슬길에 올랐는데, 집현전학사로 세종대왕의 총애를 받았다.

1455년 수양대군이 조카 단종을 폐위하고 왕위를 찬탈한 2년 후 세조는 명나라 사신을 초청하여 창덕궁 광연전에서 연회를 베풀기로 했는데 성삼문, 박팽년 등이 단종복위를 위해 거사를 일으킬 계획을 세웠다. 그러나 거사 며칠을 앞두고 김질이 배반하여 세조에게 밀고하는 바람에 탄로가 나고 말았다. 이리하여 성삼문 등 사육신은 형장의 이슬로 사라지고 가족은 삼족을 몰살시키는 멸문지화를 당했다. 아버지 성승도 주모자 중 한 사람이었기 때문에 세 동생과 아들 오 형제는 물론이요 남자는 젖먹이라도 살려 두지 않았다. 가산은 몰수되고 여자들은 모두 관비로 끌려갔다.

그렇게 자신은 물론이요 가문이 몰살을 당한 성삼문의 이름이 이

언덕에 붙여진 것에 기이한 내력이 있다. 자신들의 재능을 아까워한 세조의 회유도 듣지 않은 사육신은 능지처참 형을 당했다. 사지가 찢긴 사육신의 시신을 세조는 백성들에게 본보기로 조리를 돌리고 한양에서 멀리 떨어진 곳에 버리라고 하였다. 그때 성삼문의 시신을 지고 가던 인부가 지금의 가야곡면 양촌리 언덕을 넘는데 덥고 힘이 들어 "에잇, 무겁고 귀찮아. 아무 데나 버릴까?" 하고 혼잣말을 했더니 지게에 얹어 있는 시체에서 "아무 데나 묻어라!" 하는 소리가 들렸다. 이에 너무 놀란 그 인부는 지게마저 내팽개치고 도망갔다.

다행히 그들의 의기와 순절에 감복한 이름 모를 사람들에 의해 성삼문의 신체 일부가 언덕길가에 묻혔다. 그 후 그 묘는 '일지총'이라고 불렸는데 근처에 소나무가 한 그루 크게 자라났다. 사람들은 성삼문의 충의를 대변하는 소나무가 자랐다 하여 그 소나무를 '사송치(思松峙)'라 부르고 언덕을 성삼문의 일지체가 묻혔다 하여 '성삼문재'라고 불렀다고 한다.

현재 성삼문의 묘는 원래 있던 자리에서 옮겨져 언덕을 조금 넘어가서 양촌면 쪽으로 앞이 트이고 양지가 바른 아늑한 자리에 모셔져 있다. 멸족을 당했으니 직계는 아니겠지만 성씨 문중에서 넓은 터를 잡아서 묘소도 잘 만들고 사당도 짓고 비까지 세워서 충신의 높은 뜻을 잘 기리고 있다.

나는 지금도 가끔 성삼문재를 넘어갈 때면 그 묘역을 가 보곤 한다. 바로 아래 묘를 관리하는 집까지 있어 언제나 깨끗하고 보기 좋게 다듬어져 있는 묘역을 보며 저마다 지니고 있는 우리 시대 사람들의 가치관에 대하여 생각해 본다. 더불어 나의 부박한 가치관에 대해서도 성찰해 보게 된다. 지금 내 자신이 옳다고 생각하고 행하고 있는 나의 세상을 향한 행보는 진실로 옳은 것인지?

비록 나라와 사회를 짊어질 거창한 소명의식은 지니지 못했다 하더라도 이 시대를 살아가는 한 사람으로 내가 가진 사고방식과 인생관은 제대로 된 것인지 가늠해 보게 된다. 그 시대 성삼문이 가졌던 그의 가치관은 그의 목숨을 앗아가고 가족과 가문에 멸문지화를 당하는 불행을 일으켰지만, 후대에 이르러 만고의 충신으로 우러름을 받고 몇 백 년이 지난 지금까지도 그의 흔적이 지켜지게 하는 원인이 되었으니 말이다.

그리고 논산과는 아무 연고도 없는 성삼문의 묘가 이곳에 있게 된 인연에 대하여도 생각해 본다. 같은 충남이지만 홍성출신인 성삼문의 묘가 논산에 있게 된 까닭이 의미심장하다. 구태여 나름대로 규정짓자면 후대에 김집, 김장생 등 조선 예학의 산실로 자리매김하게 될 논산 지역의 기(氣)가 작용한 것은 아니었을까 싶다. 나라에 대한 충성이야말로 예와 뗄 수 없는 불가분의 관계요, 예가 살아 있는 곳에서만이 충신의 충절이 더욱 빛날 수 있는 것이니 말이다.

조선왕조도 끝나고 성삼문이 죽은 뒤 수백 년이 지난 지금 논산시의 슬로건은 충절과 예학이다.

#

어른아이, 아이어른

국민투표를 하는 날이었다. 투표장에 가기 전 남편이 유치원에 다니는 일곱 살 난 손자를 데리고 가자고 했다. 평소 호기심이 많은 녀석에게 인근 초등학교에 있는 투표장과 투표하는 모습을 보여 주려는 것이다. 내게 같은 건물 위층에 사는 녀석에게 투표장에 가자고 말해 보란다.

아침 식사를 하고 자신의 방에서 놀고 있던 녀석에게 할아버지가 투표하는 데 같이 가자고 하신다고 했더니, 왜 자기를 데려가시려고 하느냐 묻는다. 할아버지의 뜻을 간단히 설명해 주니 잠깐 망설이다가 이렇게 대답을 한다. "제가 좀 더 크면 따라갈게요. 오늘은 가고 싶지 않아요." 평소 활동적인데다 할아버지와 동행하기를 좋아하는 녀석이라 당연히 따라가겠다고 반색을 하며 나설 줄 알았던 아이의 뜻밖의 답변에 조금 당황하기는 했지만, 알겠다며 문을 나서는 내게 아이가 또 이렇게 말했다. "할아버지의 청을 거절해 맘 상하시게 해서 죄송하고 미안하다고 전해 주세요."

순간 이제 세상에 태어난 지 만 육 년도 채 되지 않은 어린아이가 이렇게 상대의 마음을 헤아릴 줄 안다는 게 놀라웠다. 그리고 너무나 어른스러운 아이의 배려에 나는 과연 이 나이까지 살아오면서 누군가의 마음에 그런 배려를 해 본 적이 있는지 스스로 자문을 하게 됐다. 그리고 문득 나이만 먹는다고 어른이 되는 건 아니라는 생각이 들었다.

언제부턴가 타인의 마음이나 감정 같은 건 안중에도 없이 자신의 기분, 자신의 욕망밖에 생각하지 않은 모자라는 어른들이 넘쳐나는 세상이 됐다. 자신의 욕망에 대한 절제와 겸손, 이웃에 대한 배려는 이제 옛 시절의 낡은 덕목이 되고 말았다.

우리가 사는 사회에선 스무 살이 되면 성년이라 해서 어른이 되었다고 주민등록증은 물론이요 자동차 운전면허를 딸 수 있으며 술을 마실 수 있고 정치에 참여할 수 있는 투표권도 준다. 하지만 스무 살이 되었다고 해서 자격증을 따듯 어른이 되는 건 아니다. 다양한 권리를 행사할 수 있으려면 어른으로서 스스로를 절제하고 타인의 입장에서 생각할 수 있는 능력과 자신의 일에 집중하고 스스로 결정하고 판단하는 의사결정력이 있어야 한다. 또한 누군가에게 의존하지 않는 독립적인 삶을 살아가려면 현실에 대한 상황 판단력과 함께 쉽게 꺾이지 않는 의지가 필요하다.

어른이란 자신의 행동과 결과에 대해 책임을 질 수 있는 나이가 됐다는 것을 의미한다. 아이일 때는 그 의도가 선했다면 잘못된 결과도 포용해 줄 수 있지만 어른은 다르다. 나뿐만 아니라 다른 사람과 사회에 미칠 영향까지 고려해 행동하고 그 결과를 책임지는 것이 어른으로서 갖춰야 할 윤리이자 의무인 것이다. 그래서 어른이 되면 쉽게 흔들리거나 불안에 휩싸이지 않고 변덕을 부리거나 충동적이지 않아야 한다.

어른이 되는 것은 자신과 상관없는 타인의 감정, 고통에도 관심을 보이고 이웃 · 가족 · 동료 · 국가 · 인류로까지 관심의 범위가 넓어지고, 자신의 만족만큼 타인의 만족도 중요하게 여기며 자신의 경험을 토대로 타인의 고통도 상상하고 공감할 줄 알게 되는 것이다. 또한 어른이란 타인과 입장을 바꿔서 생각할 수 있는 심리적 태도를 바탕으로 정의 · 도덕과 같은 윤리적 가치를 느낄 수 있어야 하며, 타인과 건강한 관계를 맺고 한 사회의 일원으로서 올바른 가치판단을 내릴 수 있는 사람이 어른으로 불릴 수 있는 것이다.

그런데 날이 갈수록 어른다운 어른이 드물어지고 있는 것 같다. 몸은 어른인데 정신이 따라가지 못하는 아이어른이나, 나이만 먹었지 어른으로서 마땅히 지켜야 할 규율과 원칙을 무시하고 내 마음대로 살아가는 사람을 우리는 주변에서 흔히 볼 수 있다. 자조적인 한 사람으로서 살아갈 수 있는 경제적 독립은커녕 어른으로서 지녀야 할 책임과 덕목조차 모르는, 어른으로서의 자유와 권리는 누리면서 역할과 의무는 나 몰라라 하는 어른이 점점 많아지고 있는 것 같다.

국가적으로도 존경할 만한 어른이 없다는 말을 청소년들이 많이 한다고 한다. 그건 맞는 말인 것 같다. 늙어 가는 내가 보기에도 우리 사회의 각계각층을 이끌고 있는 사람들은 모두 나이를 먹을 만치 먹은 어른들인데도 제대로 된 어른이 별로 없다. 자라나는 세대들이 어른다운 어른을 많이 볼 수 있을 때, 그들 또한 제대로 된 어른으로 클 수 있을 텐데 말이다.

도저히 이해할 수 없는 세월호 사건은 물론이요, 쉴 사이 없이 터지는 사건사고와 나라를 좀 먹는 부정부패도 어쩌면 어른답지 않은 성숙하지 못한 어리석은 어른들이 많기 때문일 것이다. 어른이란 자신이 앉을 자리 설 자리를 알고 그 자리에 대한 자율과 그 자리에 맞는 덕목을 갖춘, 그리고 책임을 질 줄 아는 사람이라야 된다는 것을 그들이 알았으면 좋겠다.

어른다운 어른이 필요하다. 사회적으로든 가정적으로든 어른으로서 책임과 덕목을 갖춘 이가 어른이 돼야 한다. 툭하면 나이만 앞세우는 권위의식에 젖은 어른이나 책임지는 것을 두려워하는 미성숙한 어른은 참된 의미의 어른이 될 수 없다.

삼십육 년이라는 일제의 압박과 참혹한 동족상잔의 비극을 겪고 가난하고 어려운 시절을 견뎌 내면서도 우리나라가 이만큼이나 살게 된 것은 사회를 이끌어 나가는 어른들이 있었기 때문일 것이다. 그런데 언제부턴가 불의에 타협하지 않고 자신의 권익보다는 공공의 이익을 생각하고 권력에 탄압받는 사람들과 소외된 사람들의 인권을 위하여 목소리를 내는 어른이 없는 세상이 됐다.

공자나 맹자 같은 성인은 바랄 수 없겠지만 보통 사람으로서 진정으로 따르고 존경할 수 있는 어른다운 어른이 많아진다면 무너진 우리 사회의 도덕과 기강이 조금은 바로 서지 않을까. 자라나는 아이들에게 모범이 될 수 있는 어른다운 어른이 많아졌으면 좋겠다는 바람을 품으며 우선 나 자신부터 제대로 된 어른인지를 성찰해 봐야겠다.